mtb

Zum Buch:

„Ich bin ja kerngesund, Klößchen, aber der Schörner will mich in eine Klinik schicken. Weil ich ... wie heißt das Wort, warte mal, ich habe es aufgeschrieben ... Burn-out habe. Das ist so ein neumodisches Wort für sich hängen lassen. Aber ich lasse mich doch nicht hängen! In der Klinik soll ich malen und Einhörner aus Speckstein herausarbeiten! Klößchen, sag dem Schörner, dass das mit der Klinik nicht nötig ist."
„Aber Oma, warum soll das denn nicht nötig sein?", fragte Isabell besorgt.
„Der Schörner war schon immer so. Wenn man Bauchweh hatte, war es gleich ein Blinddarmdurchbruch. Denk mal an Opa."
„Oma, der hatte ja auch einen."

Zur Autorin:

Liv Jansen, geb. 1979, arbeitete als Redakteurin für verschiedene Fernsehformate, bis sie vor Kurzem das Schreiben für sich entdeckte. Weil ihr das so gut gefällt, hat sie sich gleich mal an ein Buch gesetzt. Mit ihrem Mann und ihrer Tochter macht sie gern Urlaub in Österreich, weil es da so leckeren Kaiserschmarrn gibt. Und wenn sie zu Hause in Frankfurt ist, trifft man sie eigentlich immer im Pferdestall bei ihrem Schimmel Romeo.

Lieferbare Titel:

Zornröschen

Liv Jansen

Oma wird erwachsen

Roman

mtb

MIRA® TASCHENBUCH
Band 25982

1. Auflage: März 2017

Deutsche Originalausgabe

Erschienen bei: HarperCollins Germany, Hamburg

Umschlaggestaltung: any.way, Barbara Hanke/Cordula Schmidt
Umschlagabbildung: Louise French
Redaktion: Maya Gause
Satz: GGP Media GmbH, Pößneck
Printed in Germany
Dieses Buch wurde auf FSC®-zertifiziertem Papier gedruckt.
ISBN 978-3-95649-657-8

www.mira-taschenbuch.de

1. Kapitel

Hamburg, im Mai 2016

„Oh merde, merde!“ Monique Bellini, die natürlich gar nicht so hieß, sondern Dagmar Kloppermann, schrie auf und warf den Kopf hin und her. „Oh, oh, mooooon dijööööööö!“

Kalle verdrehte die Augen. Dagmar nervte. Sie nervte seit vier Jahren. Und jedes Mal, wenn er den Wachsstreifen über der Oberlippe wegriss, hörte es sich an, als ob sie sterben würde oder einen Orgasmus hätte. Dagmar war Schauspielerin oder wollte zumindest eine sein. Sie war mit dem Reeder Rasmus Kloppermann verheiratet. Der war vierzig Jahre älter als sie und verehrte sie, als sei sie Kleopatra.

Angeblich, so munkelte man, war Monique mal bei einem Escort-Service tätig, und hier hatte Rasmus sie kennengelernt und kurze Zeit später geheiratet – was mit Sicherheit nicht an ihrer Intelligenz lag, sondern eher an ihrer Figur und vor allem ihrer enormen Oberweite.

„Jetzt stell dich nicht so an. So. Noch einmal … jetzt!“ Kalle zerrte den zweiten Streifen mit den Oberlippenhärchen ab, Monique fluchte noch einmal „Merde, oh meeerde!“, dann schloss sie die Augen und ließ sich ein kühlendes Gel auftragen. Kalle begann mit der Pediküre und steckte Moniques Füße in ein Sprudelbad. Ein paar

Sekunden herrschte Ruhe. Kalle zählte mit. Er wusste, gleich … Monique holte Luft.

„Mein Hasenpups hat mir zum Geburtstag einen Porsche versprochen“, plapperte sie nun los so wie immer, wenn Kalle mit ihrem Gesicht fertig war. „Ich will ja gern ein Cabrio, aber Hasenpups sagt, das lohnt sich nicht in Hamburg, weil es so oft regnet, hat er gesagt, er sagt, ein geschlossenes Auto ist auch sicherer für mich, da kann ich bei einem Unfall nicht rausfliegen, hat er gesagt. Ach je, unter der Nase tut's immer noch weh, also wirklich, dieser Wachs. Du sagst immer, ich soll dich weiterempfehlen, aber wie soll ich das denn mit gutem Gewissen tun, hm? Wenn das immer so wehtut. Meiner Freundin Karen, die bei dir war, hast du ins Gesicht gesagt, das seien keine Fältchen, sondern Krater um die Augen.“

Das stimmte. Kalle konnte aber nichts dafür! Manche seiner Kundinnen brachten ihn einfach zur Weißglut. Da konnte er irgendwann nicht mehr freundlich bleiben. Sonst war Kalle ein wirklich netter Mensch, nur hin und wieder doch ein wenig zu direkt. Einerseits heulte er, wenn er auf einen Regenwurm trat oder der schwedische Prinz seine Sofia heiratete, weil das alles so romantisch war – andererseits war er zu seinen Kundinnen gern mal bissig. Und diese Kundin, Karen, hatte ihn beinahe eine halbe Stunde lang immer und immer wieder gefragt, ob er log.

„Ich habe wohl Falten.“

„Nein, haben Sie nicht“, hatte Kalle gesagt.

„Doch, doch. Sie lügen. Ich habe tiefe Furchen im Gesicht“, war die Meinung von Karen gewesen.

„Nein. Wirklich nicht.“ Kalle.

„Sie können ruhig ehrlich zu mir sein.“

„Bin ich doch." Kalle musste sich nun wirklich zusammenreißen.

„Sind Sie nicht." Karen war unzufrieden.

„Doch."

„Nein." Karen ließ nicht locker.

„Doch."

„Nein." Karen ließ immer noch nicht locker. Oder sie war masochistisch veranlagt. „Sie lügen."

Da war Kalle der Kragen geplatzt: „HERRJE! JA! SIE HABEN KRATER IM GESICHT! DAS SIND KEINE FÄLTCHEN MEHR UND DIE KRIEGEN WIR AUCH NICHT WEG! SIE HÄTTEN SICH MAL ÖFTER IM SCHATTEN AUFHALTEN SOLLEN! IHR GESICHT SIEHT AUS WIE DAS VON LEDERSTRUMPF!"

So war es passiert.

Kalle verdrehte die Augen. „Wenn es doch stimmt."

„Karen hat gesagt, das sei unmöglich gewesen. Sie wird nicht mehr herkommen. Sie geht jetzt zu Maurice." Monique seufzte. „Also, ich fahre ja übermorgen in die Schweiz, ein bisschen ausspannen mit Daryl, die kennst du doch, Kalle, diese Schauspielerin, wir haben uns auf einem *Tschärriti*-Abend in der Kunsthalle kennengelernt, die spielt doch in der einen Serie mittwochs auf RTL 2 so eine taubstumme Kassiererin im Supermarkt, also, Daryl ist eeeeecht 'ne Nette, und ich brauch das mal wieder, so Berge und Seen, hier oben ist nur Meer und alles ist flach, und die machen da diese Kur, die aus Indien kommt, da lassen die einem Öl auf den Kopf fließen, und wenn wir wieder da sind, fahr ich mit dem Hasenpups nach New York, oh, bis dahin sind bestimmt die neuen Koffer fertig, von Prada, kennst du Prada, Kalle? Und dann …"

Kalle hörte gar nicht mehr zu. Er zählte die Stunden bis zum Feierabend. Ja, Monique hatte recht. Er müsste mal ein bisschen freundlicher sein. Aber er war genervt. Sein Kosmetiksalon lief nicht gut. Aber er konnte sich nun mal nicht verbiegen, das hatte er noch nie gekonnt.

Seine gute Freundin Isabell sagte immer, der Kunde sei König, aber das hatte Kalle noch nicht so ganz begriffen. Andererseits war er ein herzensguter Kerl. Er trug das Herz eben manchmal zu sehr auf der Zunge.

Ach ja.

Vielleicht hatte Látigo geantwortet. Sobald er mit Monique fertig war, würde er mal nachschauen. Látigo machte einen guten Eindruck. Im Chat zumindest. Kalle hatte ihn bei „GayLover" kennengelernt. Er war wie er auf der Suche nach einer festen Bindung, auf One-Night-Stands hatte er keine Lust. Látigo war 38 so wie Kalle, wohnte auch in Hamburg und er mochte Kino, Theater und Tanzen. Er wolle endlich „ankommen", hat er geschrieben. Látigo hatte um Verständnis gebeten, dass er seinen echten Namen im Chat nicht preisgeben könne. Er sei da sehr vorsichtig, das müsse man heutzutage sein.

Natürlich hatte Kalle Verständnis. Er gab ja auch nicht seinen Namen preis, aber nicht, weil er vorsichtig war, sondern weil er Angst hatte, dass alle die Flucht ergreifen könnten, wenn sie „Karlheinz" lasen. Von seinem Namen abgesehen konnte Kalle sich aber sehen lassen. Er war groß, schlank, hatte leicht gewelltes, halblanges hellbraunes Haar, grüne Augen und sah einfach lieb aus. Er hätte Modell für eine dieser in Stein gehauenen griechischen Statuen der Antike sein können, die lange Umhänge trugen und ernst schauten. Sie alle hatten so etwas Melancholisches an sich, genau wie Kalle. Er war manchmal unglaublich nah am Wasser gebaut und nahm sich vieles zu Herzen.

Monique redete und redete und redete, und Kalle träumte von einem schönen Leben mit einem netten Mann, mit dem er im Sommer abends auf dem Balkon und im Winter vor dem Kamin saß, und er träumte von schönen Wochenenden mit Fahrradtouren und Einkehren in einem Landgasthof, und er träumte davon, eines Tages vielleicht mal gefragt zu werden, ob er Moritz/Ansgar/Tom/Karsten/Leo heiraten wolle. Dann würden sie auf dem Land leben und abends den Grillen lauschen und vielleicht hätten sie einen Bio-Hof, und die gesundheitsbewussten Väter würden ihnen mit ihren Kindern am Wochenende die Bude einrennen, weil nur bei Kalle die Möhren noch nach Möhren schmeckten.

Hach.

„Kalle!" Isabell beugte sich über die Trennwand, die ihren von Kalles Balkon trennte. „KALLE!"

Drüben ging die Balkontür auf. „Was schreist du denn so?", fragte Kalle. „Ich kann doch nicht fliegen. Was ist denn?"

„Ich hab zweimal gerufen. Komm rüber, wir setzen uns raus. Ich hab kalten Weißwein", lockte ihn Isabell und zwei Sekunden später war Kalle über die Brüstung geklettert und sie machten es sich auf Isabells Balkon gemütlich. Die Türen nahmen sie schon lange nicht mehr. Zu klettern ging schneller und sie wohnten im ersten Stock, unter ihnen befand sich die Markise vom Restaurant. Kalle war schon mal draufgefallen, weil er abgerutscht war, aber der Stoff hatte gehalten.

„Himmel, war das ein Tag." Kalle stöhnte. „Ich sag nur Monique und dann Daniela mit ihrem Pudel. Diese Töle will mich immer beißen. Ich kann einfach nicht mit Hunden umgehen. Sie sehen mich als Opfer."

Isabell verdrehte die Augen. „Du armer, armer Kerl."

Kalle war ein kleiner Dramatiker.

Isabell goss Weißwein in die Gläser. „Big H ist zum Kotzen, du glaubst nicht, wie sehr er zum Kotzen ist. Es reicht ja wohl, dass er überhaupt lebt, aber kann er seinen verdammten Reißverschluss nicht *ein Mal* zumachen und kann er bitte aufhören, mit den Fingern Wurstreste zwischen den Zähnen rauszuziehen?"

Big H war Isabells Chef, ein Choleriker vor dem Herrn. Harry Müpflinger, so hieß er, fand es cool, sich Big H zu nennen, und zog das *Äitsch* immer lang. „Ich bin Big Äiiiiitsch." Er war ein leider halbwegs und manchmal sehr erfolgreicher Filmproduzent. Seine Spezialität waren unterirdische Reality-Soaps. Isabell hatte vor drei Jahren den Fehler gemacht, sich bei ihm auf eine Assistenzstelle zu bewerben – und seit drei Jahren war sie unglücklich mit Big H. Er nannte sie grundsätzlich nur bei ihrem Nachnamen, Barding.

„Barding, mach dies, mach das."

Isabell fand das unmöglich, konnte aber nichts dagegen ausrichten. Sie hatte sich auch schon bei anderen Firmen beworben, aber sie hatte das Gefühl, dass die sie deswegen nicht einstellten, weil sie niemanden wollten, der für Big H gearbeitet hatte. Er war verrufen in der Branche und wurde auch nie irgendwo eingeladen. Isabell schon, aber sie ging nicht gern auf diese Bla-bla-Events, auf denen es immer nur um Klatsch und Tratsch ging. Networking lag ihr nicht, sie war lieber gemütlich daheim. Und ein paarmal war sie von irgendwelchen Branchentypen richtig dämlich angemacht worden („*Bist du zuckerkrank oder wieso bist du so süß?*“). Ein anderer hatte gefragt, ob sie ihm einen Sonderpreis mache, und hatte sich dann mit seinen Kumpels totgelacht. Deshalb zog sie es mittlerweile vor, nur noch in den allernötigsten Fällen solche Veranstaltungen zu besuchen.

„Ein widerlicher Typ, dieser Big H.“ Kalle hob sein Glas und sie tranken. „Ich hab ihn einmal gesehen, das reicht. Ekelhaft, dieser Kerl. Ich sagte guten Tag und er rülpste. So was ist mir auch noch nicht passiert.“ Sie hatten Big H an einem Samstag mal in der Stadt getroffen.

„Ich hab keine Lust mehr, schon lange nicht“, meinte Isabell sauer. „Dieser Schwachkopf. Und dann auch noch Daryl, diese Nullnummer.“

„Diese Daryl von RTL 2?“

„Seit wann guckst du denn so was?“, fragte Isabell erstaunt. Kalle liebte französische Schwarzweißfilme, in denen die Protagonisten rauchend in Pariser Altbauwohnungen am Fenster standen und über das Leben philosophierten, oder Dokus auf Arte und im Regionalfernsehen. Er liebte aber auch diese Serien, in denen Töchter ihre Väter suchten, um sich bei ihnen zu entschuldigen, oder in denen Väter ihre Töchter suchten, um ihnen zu erklären, warum sie damals, als die Tochter klein war, „einfach gehen mussten“. Kalle weinte dann immer, weil sich am Ende alle in den Armen lagen und sich versprachen, dass sie fortan immer zusammenbleiben würden.

„Gar nicht, aber eine Kundin, ich hab dir mal von ihr erzählt – nennt sich Monique, heißt aber Dagmar –, fährt mit ihr in die Schweiz. Sie hat mich heute wieder mit allem Möglichen vollgetextet."

„Daryl ist dumm wie eine Ofenkartoffel."

„Monique ist dumm wie Sauerrahm."

„Dann passt es ja", sagten beide gleichzeitig und kicherten.

„Ach Kalle." Isabell lehnte sich in dem Korbstuhl zurück und schaute in den Himmel. „Ich würde so gern was anderes machen, was ganz anderes. Bald bin ich fünfzig, und was dann?"

„Also, erstens mal bist du in sechzehn Jahren fünfzig, und zweitens: Ich weiß, am liebsten würdest du unter anderem den ganzen Tag lang backen und Pralinen herstellen. Hohlkörper mit Champagnercreme füllen, Nugat rollen, das wäre es! Du sagtest es bereits tausend Mal."

Isabell genehmigte sich noch einen Schluck Wein. „Aber wenn es doch die Wahrheit ist. Ich bin nicht dafür gemacht, dummen Menschen hinterherzulaufen und ihnen den Hintern hinterherzutragen. Ohne Dank und vor allen Dingen: ohne Sinn. Wer braucht Daryl, wer braucht Big H und wer braucht diese Soaps? Ach, ein eigenes Café wäre schön, mit einem Garten hintendran. Da könnte ich Rosenbüsche pflanzen und ich könnte nach Dänemark fahren und tolles Porzellan kaufen und die ganze Einrichtung ..."

„Du mit deinem Café", sagte Kalle. „Ich sag dir, wenn du jeden Tag mehrere Kuchen backen *müsstest*, hättest du bald schon keine Lust mehr drauf."

„Hätte ich wohl", Isabell war nun bockig. „Ich würde vierzig Kuchen backen, jeden Tag, um nicht mehr bei Big H sein zu müssen. Übrigens, was macht Látigo38?"

„Oh Himmel!" Kalle stellte sein Glas ab. „Eigentlich wollte ich es dir gar nicht erzählen ..."

„Du spinnst wohl“, regte Isabell sich auf. „Du kannst mich doch nicht tagelang zutexten und mir jede einzelne Nachricht vorlesen und dann sagen, dass …“

„Wir treffen uns morgen Abend“, unterbrach Kalle sie mit leuchtenden Augen.

„Wo?“

„In einer Bar auf dem Kiez.“ Kalle war aufgeregt.

„In welcher?“

„Das sagt er mir noch. Er macht es sehr spannend. Und weißt du, warum ich es dir nun doch erzähle?“ Mit zitternder Hand griff er zur Weinflasche. „Himmel, bin ich nervös. Also, ich erzähle es dir nun doch, weil ich will, dass du mitkommst.“

„Wieso DAS denn?“

„Du weißt, wie viel Pech ich schon mit Männern hatte. Ich bin blind, wenn mich die Leidenschaft übermannt. Deswegen sollst du an einem Nachbartisch sitzen und uns beobachten.“

„Aber …“

„Kein Aber. Denk an Detlef! Tausend Euro hab ich ihm geliehen, weil seine Mutter angeblich einen Rollator brauchte und kein Geld hatte. Und dann hat er sich nie wieder gemeldet. Oder denk an Oliver. Ich war Brötchen holen und er hat innerhalb von zehn Minuten alles aus meiner Wohnung mitgenommen, was nicht niet- und nagelfest war. Sogar meine teure Augencreme von ‚La Mer‘. Die hab ich mir vom Munde abgespart. Und was hast du jedes Mal gesagt? Du hast gesagt, das hättest du mir gleich sagen können, weil du ihnen angesehen hast, dass sie falsch sind. Also wirst du dich morgen Abend schön in eine Ecke setzen und mir dann sagen, was du von Látigo hältst.“

Es war sinnlos, ihm zu widersprechen, und außerdem hatte er recht. Isabell hatte das wirklich jedes Mal gesagt.

„Na gut“, willigte sie ein. „Wollen wir hoffen, dass der Typ keine Nullnummer ist.“ Sie stand auf. „Willst du was essen? Ich hab gestern Abend Frühlingsrollen selbst gemacht. Total lecker mit Hackfleisch und Glasnudeln.“

„Und viel Öl?“

„Na klar.“ Isabell nickte stolz. „Das gute Olivenöl, das ich aus Italien mitgebracht habe.“

„Und hat es dir geschmeckt?“, wollte Kalle wissen. Isabell nickte.

„Das sieht man“, sagte Kalle. „Du hast nämlich schon wieder zugenommen.“ Er war ein richtiger Schatz.

„Hab ich nicht.“ Isabell sah entsetzt aus.

„Wann hast du dich zum letzten Mal auf die Waage gestellt?“

Sie wurde rot. „Die Batterien sind alle.“

„Ich sehe auch so, dass dein Körperfettanteil sich bedenklich in die falsche Richtung bewegt“, erklärte Kalle. „Und ich nehme gern eine Frühlingsrolle. Nein, zwei.“

Isabell war sauer. „Du kannst essen, was du willst, du nimmst nie zu“, stellte sie zum hundertsten Mal fest. „Du weißt gar nicht, wie schwer das für mich ist, immer nur Salat zu essen und zuzunehmen, wenn ich nur an Schokolade denke.“

„Nein, weiß ich auch nicht. Und jetzt hab ich Hunger.“

Seufzend stand sie auf. Kalle war immer so direkt.

Und außerdem hatte er recht. Und die Batterien der Waage waren gar nicht leer.

2. Kapitel

Hamburg, 3 Uhr morgens

Isabell schoss kerzengerade hoch und tastete nach dem Telefon. Wenn jetzt ein Marktforschungsunternehmen dran wäre, würde sie ausrasten. Letztens hatte so ein Irrer mitten in der Nacht angerufen, um nach ihren Durchschlafgewohnheiten zu fragen.

Oder war etwas passiert? Wer rief sonst nachts an?

Gut, es könnte jemand aus Sri Lanka sein, der sich verwählt hatte, da war es jetzt halb acht Uhr morgens. Vielleicht wollte der Anrufer aus Sri Lanka seine Kusine spontan zum Baden im Indischen Ozean abholen, weil er Urlaub hatte und es doch sehr warm war?

„Hallo?"

„Klößchen? Hab ich dich geweckt?"

„Oma? Bist du das?"

„Nennt dich sonst noch jemand Klößchen? Natürlich ist hier Oma. Gerade bin ich vom Sehtraining nach Hause gekommen und da dachte ich, ich ruf mal an."

„Es ist nach drei, Oma. Also nachts."

„Das weiß ich auch. Ich bin nicht ganz dumm."

Isabell seufzte. „Was für ein Training ist das?"

„Was gibt es denn an diesem Wort nicht zu verstehen?"

„Es könnte mit zwei ‚e' oder ‚eh' geschrieben werden. Es

könnte also etwas mit Wasser oder mit den Augen zu tun haben", erklärte Isabell ihrer Großmutter.

„Das stimmt", lenkte die ein. „Du bist doch ganz schön schlau. Seh mit ‚eh'. Wenn man ins Alter kommt, werden die Augen ja schwächer. Und da wollen wir vorbeugen."

„Aha. Nachts?"

„Ja, da ist es dunkel, schau mal aus dem Fenster. Und wir haben geübt. Wir sind also im Wald herumgelaufen und durchs Dorf. Bei Dunkelheit. Und jetzt bin ich wieder daheim und dachte, ich ruf mal mein Klößchen an."

Isabell konnte es eigentlich nicht ausstehen, wenn Oma sie Klößchen nannte. Sie hatte sich als Sechsjährige mal an Kloßteig überfressen und zwei Tage mit Magenschmerzen im Bett gelegen, seitdem hatte sie bei Oma ihren Spitznamen weg. Natürlich dachte niemand, der das hörte, dass sie sich an Teig überfressen hatte, nein, alle dachten: Der Name passt zu dem Kind. Ein Kloß ist klein und rund.

„Ihr hättet einfach die Augen zumachen und das Ganze auch tagsüber üben können", sagte Isabell und gähnte. „Im Ernst, Oma, ich muss morgen arbeiten. Ich brauche meinen Schlaf."

„Ach Gottchen. Schlaf! Wenn du mal waagerecht in der Kiste liegst, kannst du schlafen, solange du willst. Ich habe jetzt Lust zu plaudern. Also, hör zu. Ich war mit Julchen und Hanni unterwegs. Natürlich weiß ich, dass wir auch die Augen zumachen können, aber das bringt nicht halb so viel Spaß. Man stolpert und trainiert dadurch auch den Gleichgewichtssinn. Aber ich vergaß, dass du mal während einer Nachtwanderung vor einer Hornisse weggelaufen und in einen Teich gefallen bist, Klößchen. Das war eine Aufregung, weil du noch nicht schwimmen konntest. Das war in der Nähe von Aachen, das weiß ich noch ganz genau. Von der Klassenfahrt hattest du mir nämlich Printen mitbringen sollen, aber du hast sie im Bus alle selbst gegessen. Also, hör zu. Wir haben uns natürlich vorher gestärkt und Bier getrunken. Dann …“

Isabell legte sich wieder hin und hörte ihrer Oma zu. Es war grundsätzlich so, dass sie sich nach Telefonaten mit ihrer Großmutter träge, behäbig und nichtsnutzig vorkam. Oma Edith war dieses Jahr 76 geworden und den ganzen Tag auf Achse. Soweit Isabell wusste, gab es kein Foto von ihr, auf dem sie nichts tat. Also ein Bild, auf dem sie einfach auf einem Stuhl saß und in die Kamera lächelte. Sie stand, sie rannte oder sie saß auf irgendeinem galoppierenden Pferd. Edith war ein Energiebündel sondergleichen. Schon immer gewesen. Sie wohnte – bis auf einen längeren Berlinaufenthalt – in Seestein, einem kleinen Dörfchen direkt an der Ostsee in der Nähe von Grömitz. Hier war auch Isabell geboren worden, aber ihre Eltern hatten es vorgezogen, nach Hamburg „auszuwandern“, wie Edith es nannte.

Sie blieb weiter in Seestein wohnen und bewirtschaftete mit Isabells Opa Robert den Hof mit seinen Hühnern, Ziegen, Schweinen, Kühen und Pferden. Vor vier Jahren erlitt Opa Robert beim Traktorfahren einen Herzinfarkt und verstarb daran, weil stundenlang keiner merkte, dass er tot war. Der Traktor fuhr immer weiter im Kreis, weil Opa in einer bestimmten Position auf das Lenkrad gesunken war und der Fuß am Gaspedal feststeckte. Und erst, als es dunkel wurde und Opa nicht zum Essen kam, stellte man fest, dass da was nicht mit rechten Dingen zugehen konnte.

Nach Opas Tod hatten alle Angst, dass Edith nun in ein „tiefes schwarzes Loch fallen“ könnte, aber das Gegenteil trat ein. Oma wurde noch lebenslustiger, als sie ohnehin schon war.

„Robert hätte nicht gewollt, dass ich herumhocke und lamentiere“, hatte sie gesagt. „Außerdem muss wer die Tiere füttern und ich war noch nie der Mensch, der andere um Hilfe gebeten hat.“ Also wurde Robert unter die Erde gebracht und das Leben ging weiter. So war es bis heute.

Immer, wenn Isabell nach Seestein fuhr, hatte sie Angst davor, dass Oma wieder mit ihr laufen oder in der See um die Wette schwimmen wollte. „Sport und Bewegung sind das A und O im Leben. Merk dir das, Klößchen“, sagte sie immer. „Wer rastet, der rostet.“ Und das sah man ihr auch an. Edith war klein, muskulös und drahtig und manchmal hatte Isabell Angst, sie zu berühren, weil sie keinen Stromschlag kriegen wollte. Omas haselnussbraune Augen schienen stets zu funkeln und zu blitzen und sie hatte immer gute Laune.

Isabell, die Sport hasste wie die Pest, musste mit ihrer Großmutter joggen gehen, wurde natürlich abgehängt, und Oma kraulte Richtung Dänemark durchs Meer, bevor Isabell überhaupt einen Zeh im Wasser hatte. Oma konnte schwimmen wie der Teufel.

„Los, lass uns um die Wette schwimmen! Wer zuerst an der grünen Tonne ist!“, rief Edith gern und hechtete ins Wasser.

Und Oma zeigte gern Fotos von früher, also von ganz früher, von *vor* Opa. Mit achtzehn war Edith nämlich als Model entdeckt worden. Das war 1958 gewesen. Zusammen mit ihrer besten Freundin Hanni hatte sie damals in Eckernförde einen Schreibmaschinen- und Stenografiekurs besucht und danach waren sie noch in einer Milchbar gewesen. Und in dieser Milchbar saß der Herr Baumjohann von der Modelagentur Johann Baum – er sagte, das höre sich besser an als Baumjohann – und fragte die junge Edith, ob sie in sein Atelier kommen wolle. Da würde er gern Fotos von ihr machen. Edith war natürlich Feuer und Flamme, Hanni eher nicht, die dachte, der Herr Baumjohann sei ein Serienmörder, man hörte doch so viel. Und wenn man an Fritz Haarmann dachte oder Jack the Ripper. Und vielleicht würde sich irgendwann Kaspar Baumjohann in die Reihe der Bösen einfügen, und Edith wäre eins seiner Opfer.

Aber Edith war nicht ängstlich und außerdem war die Agentur Baum seriös, wie sich herausstellte. Sie befand sich mitten in der Stadt, lag nicht in einem verwahrlosten Hinterhof, sondern im Erdgeschoss einer Geschäftsstraße, und es arbeiteten dort zwei nette junge Damen.

„Das waren herrliche Zeiten!“, seufzte Edith gern und freute sich über die Vergangenheit.

Trotzdem musste alles heimlich vonstattengehen, Ediths strenge Eltern durften nichts davon wissen. Ihr Vater hätte einen Schlaganfall bekommen.

Aber der große Knall kam trotzdem: Im Sommer 1958 war Oma Edith der Star in einer renommierten Frauenzeitschrift, über sechs Seiten war sie zu sehen, immer in anderen Badeanzügen, und sie sah sehr, sehr gut aus mit ihren hüftlangen schwarzen Haaren, den dunklen Augen und der tollen, durchtrainierten Figur. Obwohl sie für ein Fotomodell eigentlich zu klein war, wurde sie geliebt. Ediths Eltern kippten kurz um, standen dann wieder auf und gingen mit erhobenem Kopf durchs Dorf, weil man, wie der Vater sagte, jetzt sowieso nichts mehr ändern könne, denn gedruckt sei gedruckt. Die Dorfbewohner freuten sich natürlich nicht für Edith, sondern lästerten neidisch, und Edith bekam den Spitznahmen „die Seesteiner Venus", angelehnt an den Film „Die badende Venus" aus den 40er-Jahren mit Esther Williams.

Edith bekam weitere Aufträge, und obwohl es den Eltern überhaupt nicht recht war, was sie tat – man hoffte, dass sie den Sohn vom Kurti Briesinger, den Ewald, heiratete und mit ihm zusammen in Landwirtschaft machte wie alle hier –, konnten sie letztendlich nichts dagegen tun, denn seit 1950 war man mit 18 Jahren volljährig.

Und so zog Edith nach Berlin und arbeitete weiterhin als Bademoden-Model.

„Ich wäre auch gern Mannequin geworden und hätte auf Laufstegen posiert, aber dafür war ich leider zu klein", sagte sie immer seufzend, wenn sie von dieser Zeit erzählte. Mit ihren 1,69 wurde sie so schon von allen überragt und auf dem Laufsteg neben den ganzen Frauen, die über 1,85 groß waren, hätte Edith gewirkt wie eine Liliputanerin. Aber auch so brachte ihr die Model-Zeit viel Freude und gutes Geld, das sie nicht sparte, sondern nach Lust und Laune ausgab.

Sie wollte anders sein als ihre Eltern, die jeden Pfennig siebzig Mal umdrehten und die Tageszeitung als Klopapier benutzten. Edith genoss ihr neues Leben in vollen Zügen.

„Ich habe sogar mal wirklich in Champagner gebadet! In echtem! Ein reicher Produzent hatte in seiner Villa ein Riesenfest gegeben. Alles gab es im Überfluss, Champagner, Kaviar, Austern und Trüffel … und Männer!", lachte Oma immer und zwinkerte Isabell zu.

In Berlin pulsierte es, man war freizügig und hatte mal hier eine Liebschaft, mal dort, auch mal zwei oder drei gleichzeitig. Es war eine große Aufbruchsstimmung, in der Luft lag immer ein Knistern, ähnlich wie in den 1920er-Jahren. Der Krieg war vorbei, es ging aufwärts. Goldene Zeiten brachen an. Edith war mittendrin und immer da, wo gefeiert wurde. Sie rauchte wie ein Schlot, weil das alle so machten, sie trank auch mal Alkohol und manchmal auch ein bisschen viel, weil das alle so machten, nur auf ihre Ernährung musste sie sehr achten, zuzunehmen konnte sie sich nicht leisten. Dafür aßen die anderen für vier und die Wohlstandsbäuche vermehrten sich. Mayonnaise spielte eine große Rolle in den Rezepten dieser Jahre. Die Menschen waren froh, dass es wieder was zu essen gab. Fett war Luxus.

Drei Jahre später lernte sie an einem lauen Sommerabend in einem Gartenlokal an der Spree Robert kennen, einen großen, stattlichen Mann, einen bayerischen Landwirt, der aber nicht im Allgäu die Kühe seiner Eltern versorgen, sondern in Australien eine Schaffarm kaufen und Schafe züchten wollte. Die beiden verliebten sich ineinander und schmiedeten Zukunftspläne.

„Es hat einfach bumm gemacht“, sagte Edith, wenn sie von Robert erzählte. „Er war meine große Liebe. Ich hatte Schmetterlinge überall und nicht nur im Bauch. Er war ein Bild von einem Mann!“

Edith nahm Robert mit nach Seestein und stellte ihn ihren Eltern vor und natürlich wurde im Dorf über den imposanten, breitschultrigen Mann mit dem unsinnigen Kram im Kopf getratscht. Was das denn überhaupt von Edith sollte? Australien, was für ein Unsinn. Sie sollte heiraten, Kinder kriegen und den Hof übernehmen. Es war nämlich sonst keiner da. Ediths Bruder war im Krieg geboren worden und nach nur drei Tagen gestorben. Da könne die Edith ja wohl nicht auswandern, sondern soll mal schön hierbleiben und arbeiten, damit die Eltern sich aufs wohlverdiente Altenteil setzen konnten.

Ediths Eltern aber sagten, die Tochter solle gehen, und bestärkten sie sogar in ihrem Entschluss. Also wurde auf dem Hof von Roberts Eltern geheiratet – Robert hatte noch vier Brüder, die alle dort wohnten und arbeiteten – und dann begann das große Abenteuer: Australien für genau ein Jahr. Denn dann wurden Ediths Eltern, die mit ihren Fahrrädern auf der Seesteiner Landstraße unterwegs waren, von einem Lastwagen erfasst und waren sofort tot.

Und so kam Edith erst mal zurück nach Schleswig-Holstein, um alles zu regeln. Und Robert kam mit. Es war so viel zu tun und irgendwie brachte Edith es nicht übers Herz, den Hof mit all den Tieren zu verkaufen. Robert sah es ebenso. Außerdem wäre er seiner Edith überallhin gefolgt. Er war vernarrt in sie. Und Seestein war ein schönes Fleckchen Erde. Wenn man ganz ehrlich war: Australien war nicht so das Gelbe vom Ei. Die giftigen Schlangen und diese Hitze. Ständig musste man Angst haben, von irgendwas gebissen oder gestochen zu werden. Von den Haien mal ganz zu schweigen. Schon drei Leute mit großen Narben von Haibissen hatte Robert kennengelernt. Einem war sogar der Arm abgebissen worden. Dort gab es nämlich Bullenhaie und angeblich waren die noch gefährlicher als die Weißen Haie. Und wenn man einer Trichternetzspinne begegnete, konnte man gleich sein Testament machen.

Diese Gefahren gab es in Seestein nicht. Hier war die Luft klar, und das einzige Tier, das einem gefährlich werden konnte, war der Bulle Fritz, wenn er wild auf die Kühe war.

Robert und Edith hatten nun also den Hof mit den ganzen Tieren und ein bisschen Landwirtschaft, sie bekamen drei Kinder und freuten sich, dass der älteste Sohn nach Australien ging, weil sie jedem alles gönnten. Die beiden Töchter heirateten und bekamen Kinder und reisten durch die Welt, nur Isabell war in der Nähe und besuchte die Oma, sooft es ging.

„Ich will nach Oma Edith und Opa Robert“, war Isabells Standardsatz als kleines Kind gewesen.

Sie hatte eine herrliche Kindheit in Seestein verbracht. Ein paarmal war sie mit ihren Eltern auf Mallorca und einmal in Griechenland gewesen, aber das war alles mit Seestein nicht zu vergleichen. Sie wollte jedes Wochenende und alle Ferien dort verbringen, und so verreisten die Eltern alleine und Isabell war bei den Großeltern. Es waren herrliche Jahre. Oma Edith und Opa Robert hatten stets gute Laune und in der großen Wohnküche duftete es immer nach Hefeteig oder Braten. Der große reetgedeckte Resthof war urig eingerichtet, mehrere Generationen hatten hier schon gewohnt und von jedem war etwas übrig geblieben. Die Küche war mit Delfter Kacheln gefliest, im großen Büfett befand sich das Familienporzellan aus Meissen und das alte Silberbesteck, auf den Dielenböden lagen bunte Teppiche und in der Wohnstube befand sich ein offener Kamin, vor dem im Winter alle saßen. Zentralheizung gab es hier nicht, in jedem Raum waren Öfen. An den Butzenfenstern hingen karierte Vorhänge, in den Regalen standen alte Bücher und an den Wänden hingen Seekarten.

Einige von Isabells Vorfahren waren zur See gefahren und natürlich wurde von da auch viel mitgebracht. Die Krönung war ein Schrumpfkopf hinter Glas, vor dem Isabell als Kind entsetzliche Angst hatte. Ediths Opa hatte ihn von einer Reise nach Südamerika mitgebracht.

Die kleine Isabell war dabei, als Ferkel, Kälber und Fohlen auf die Welt kamen, sie half beim Füttern, sie lernte reiten, mit neun war sie zum ersten Mal betrunken, weil sie mit den anderen Arbeitern während der Heuernte Klaren trank.

Oma rannte den ganzen Tag wie ein Wiesel umher und hatte für alle ein offenes Ohr, es wurde geschnackt und gekocht und gebacken und gegessen und abends fiel Isabell wie ein nasser Sack in einen Alkoven, diese Betten, die sich in einer Nische in der Wand befanden und die man tagsüber mit Klappläden zumachen konnte. Die Bettwäsche duftete nach Blumen und im Zimmer war es kalt, weil es hier wie in allen anderen Schlafzimmern auch keine Heizung gab. Sie bekam eine Wärmflasche aus Kupfer ans Fußende gelegt und es war jedes Mal aufs Neue schön, wenn die Wärme von den Füßen her hochkroch. Nie wieder hatte Isabell so gut geschlafen wie bei ihren Großeltern auf dem Hof. Sie liebte Oma und Opa heiß und innig. Und sie war froh – so anstrengend Oma Edith manchmal auch sein konnte –, dass sie sie wenigstens noch hatte.

Apropos Oma. Isabell erwachte aus ihren Kindheitserinnerungen und wandte ihre Aufmerksamkeit wieder dem Telefon zu.

„Hör mal, Klößchen, willst du nicht mal wieder herkommen? Ist es in der Stadt nicht langweilig?"

„Nein, Oma, ist es nicht, aber natürlich komm ich gern mal wieder hoch."

„Das Wasser in der See ist schon warm, zwölf Grad, da können wir schwimmen."

Sofort fing Isabell an zu frieren. „Das ist keine so gute Idee. Ich war erkältet. Nicht dass das wieder losgeht." Sie war nicht erkältet gewesen. Trotzdem.

„Das härtet ab! Schau dir mal die Finnen an. Die laufen schreiend aus der Sauna und hüpfen ins Eiswasser. Und, schadet es ihnen?"

„Keine Ahnung, Oma. Wie geht's dir denn sonst?"

„Wie soll es mir gehen, Klößchen? Viel los wie immer. Morgen hab ich Henriettes Urenkel hier, wir basteln und malen fürs Schulfest, ich hab schon Kleber und buntes Papier besorgt."

„Wieso bastelt Henriette denn nicht selbst?"

„Henriette und Basteln! Sie hat im Schulunterricht aus Zeitungspapier mal einen Hund basteln sollen, herausgekommen ist eine Höllenmaschine, vor der wir alle Angst hatten. Wenn ich Henriette alleine basteln und malen lasse, sind die Kinder am Schulfest traumatisiert." Edith kicherte. „Und abends helfe ich Julchen im ‚Kronenstübchen'. Walter hat seinen Angelstammtisch bei den ‚Fischköppen'."

Die Fischköppe waren die Mitglieder des dörflichen Angelvereins. Es waren die muffigsten Männer aus dem Dorf, die fast nie sprachen, und wenn sie was sagten, war es was Negatives.

„Julchen hat doch eine Aushilfe aus dem Nachbardorf."

„Frau Möbius ist zu teuer, sagt Julchen. Die nimmt acht Euro fünfzig die Stunde und lässt sich die Anfahrt noch bezahlen, obwohl sie mit dem Fahrrad kommt."

„Oma, acht fünfzig ist Mindestlohn. Was nimmst du denn?“

„Ich nehme doch vom Julchen kein Geld.“ Edith klang regelrecht empört.

„Kriegst du wenigstens die Getränke und das Essen umsonst?“ Also wirklich. Oma musste aufpassen, dass sie sich nicht zu viel zumutete. Auch wenn sie schon immer so gewesen war, sollte sie in ihrem Alter doch langsam mal etwas kürzertreten.

„Wo kämen wir denn da hin?“, fragte Edith erzürnt. „Julchen und Walter haben nichts zu verschenken. Und so ein Schnitzel kostet auch Geld.“

Isabell schüttelte den Kopf. So war Oma eben. Sie hatte ihre eigene Meinung und ihre unerschütterlichen Einstellungen zu manchen Dingen. Man konnte dran verzweifeln oder es einfach hinnehmen.

Und dann diese Energie! Wenn Isabell einen Tag in Omas Leben mit einem ihrer Tage verglich, hatte sie sofort das Gefühl, nichts zu leisten. Omas Tag begann um fünf mit einer Tasse Kräutertee, dann wurden die Tiere versorgt, wobei das in der Tat nicht mehr so viele wie früher waren. Oma hatte den Bestand über die Jahre verkleinert und war mittlerweile zum Selbstversorger geworden. Sie hatte zwei Kühe, Hühner, Gänse, eine Ziege, zwei Schafe und einen Widder, Hasen und zwei Pferde, die ihr ganzer Stolz waren.

Oma und Opa hatten früher auch Pferde gezüchtet und Oma züchtete zwar nicht mehr, konnte aber ein Leben ohne Pferde einfach nicht führen, und deswegen standen die siebenjährige Fuchsstute Sissi und der fünf Jahre alte Braune Franzl auf der Koppel hinterm Haus und warteten darauf, dass Oma mit Sattel und Zaumzeug ankam. Solange Isabell denken konnte, hießen zwei der Pferde, die Oma und Opa hatten, Franzl und Sissi. Oma hatte Romy Schneider nämlich in Berlin mal kennengelernt. Sie hatten sich auf der Damentoilette eines Restaurants nebeneinander stehend die Nasen gepudert. Damals war Romy Schneider ja sehr bekannt wegen der Sissi-Filme und natürlich hatte Oma die Gelegenheit genutzt und sie um ein Autogramm gebeten. Romy hatte zwar keine Karten dabeigehabt, aber stattdessen dann ihren Namen mit Kajalstift auf Omas Stofftaschentuch geschrieben. Das Taschentuch gab es heute natürlich immer noch, es lag sicher eingepackt in Ediths Nachtschränkchen.

Oma ritt also oft aus und manchmal auch nur mit dem Zaumzeug. „Winnetou hat schließlich auch keinen Sattel benutzt, da hätten ihn die Indianer ja ausgelacht!" Dann raste Oma mit wehenden langen weißen Haaren am Strand entlang und ging auch schon mal mit den Pferden ins Meer, um mit ihnen zu schwimmen.

Manchmal machte Isabell den Fehler und fragte Oma bei abendlichen Telefonaten, was sie denn den ganzen Tag so gemacht habe. Wenn sie morgens also mit dem Kräuterteemachen und dem Füttern und Melken fertig war. „… dann bin ich erst mal zu Hanni in die Bäckerei geradelt und hab Brötchen geholt, es ist morgens doch noch empfindlich kalt, aber ich hab zum Glück die dicke Unterwäsche, Hanni hat ja eine neue Hüfte bekommen, da bin ich gleich mal geblieben und hab ein bisschen beim Verkauf geholfen, sie kann noch nicht so gut, aber der neue Bäcker ist gut, der macht sehr leckere Roggenrundstücke und die Franzbrötchen sind herrlich, vormittags hatte ich dann meine Strickgruppe, wir sind jetzt schon an den Schals und Mützen für Weihnachten, ich sag dir, Klößchen, die Zeit rast dahin, und mittags hatte ich Ingeborg und Fred zum Essen, denen ist ja der Herd kaputtgegangen, nach dreißig Jahren, kann man das glauben, ja, wo sollen sie denn warmes Essen herkriegen ohne Herd, eine Mikrowelle kommt denen nämlich nicht ins Haus, mir übrigens auch nicht, das sind böse Strahlen, das liest man immer wieder und das ist doch auch gruselig, wenn das Essen so schnell heiß wird, dann hab ich abgewaschen und dann hatten ich meinen Singkreis und dann hab ich die Kirche geputzt, wir putzen ja abwechselnd, auch den Gemeinderaum, aber Lotte hatte Zahnarzt, sie wäre heute dran gewesen, und Christa hatte Friseur, die konnte auch nicht, macht ja nichts, ich mach's ja gern, dann muss ich noch die Deckchen für den Seniorenbasar nähen und Kuchen für meine Landfrauen backen, die haben so viel zu tun, nachmittags hatte ich die Grundschulklasse aus Hannover da, die haben hier Klassenfahrt und wollten schauen, wie ein Kälbchen zur Welt kommt, das war vielleicht kompliziert diesmal, Doktor Frisch musste das Kälbchen im Mutterleib drehen, ich denk jedes Mal, wenn so was ist, der Arm kommt nicht mehr raus aus der Kuh oder dem Pferd, weißt du noch, damals mit Silberfee, als du dachtest, Doktor Frisch verschwindet fast in ihr, als er das Fohlen drehen musste, aber war er nicht süß, ein kleiner Hengst, wie haben wir ihn nur genannt, wie nur, und jedenfalls, die Kinder heute, denen ist ganz übel geworden, die sind das halt nicht gewöhnt, wie denn auch, danach war ich noch bei Elsbeth und hab ihr die Wäsche gemangelt, sie kann nicht mehr so gut mit ihrer Arthrose, und Erwin macht ja nichts im Haushalt, der trinkt nur Bier, und Annegrete hat gefragt, ob wir ihre goldene Hochzeit bei mir feiern können, ich hab ja auf dem Hof so viel Platz, und die Küche ist schön groß, Romeo haben wir das Fohlen genannt, jetzt fällt es mir wieder ein, Romeo, das war ein wilder Racker, er hat mal …“ Und so weiter und so fort.

Fragte Oma Edith nach Isabells Tag, erfand sie schnell aufregende Details, um nicht als totale Langweilerin dazustehen. Dennoch dachte Isabell immer häufiger, dass Oma zu viel für andere da war, aber nie für sich selbst, außer wenn sie mit einem der Pferde unterwegs war …

Im Gegensatz dazu passierte derzeit in Isabells Leben wirklich nicht allzu viel. Vor einem halben Jahr hatten sie und Martin beschlossen, dass es besser sei, sich voneinander zu verabschieden. Martin verbrachte seine komplette Freizeit in Fußballstadien und litt mit seinen Kumpels richtig mit; wenn sein Verein verlor, war er nicht ansprechbar. Ein paarmal war Isabell mitgegangen ins Stadion, hatte sich neunzig Minuten gelangweilt, dabei furchtbar gefroren und eine Blasenentzündung mit nach Hause genommen. Sie interessierte sich einfach nicht für Fußball. Und Martin interessierte sich nicht für Kino oder Kochen am Wochenende und Pärchenabende mochte er auch nicht. Zweimal hatten sie einen Abend zu sechst gemacht, bei Birte, Isabells Freundin. Birte und ihr Mann Olaf, Elli und Thorsten, Isabell und Martin. Es gab Raclette, danach wollte man etwas spielen. Es kam aber einfach kein gutes Gespräch auf, obwohl sowohl Olaf als auch Thorsten Fußballfans waren, aber eben andere Mannschaften gut fanden. Martin hatte richtig aggressiv reagiert und irgendwann hatte niemand mehr was gesagt, alle hatten den ungesunden Käse mit Kartoffeln in sich reingestopft und um zehn waren Isabell und Martin dann gegangen.

„Ganz ehrlich, Isa, den brauch ich nicht noch mal“, hatte Birte gesagt und Isabell konnte sie verstehen. Dann war es bis zur Trennung nur noch eine Frage der Zeit. Vor Martin war Isabell ein Jahr mit Christoph zusammen gewesen. Eigentlich eine schöne Zeit – aber Christoph war verheiratet, und als Isabell das herausfand, war es nicht mehr so schön. Und dann hatte es noch Jochen gegeben. Der wollte eigentlich nur Sex, was Isabell anfangs sehr gut gefiel, dann aber doch zu viel wurde. Als sie zu Jochen mal sagte, dass sie auch an Gesprächen und gemeinsamen Kinobesuchen interessiert sei, hatte er sie angeglotzt wie einen Alien und gesagt: „Wieso denn Kino? Wir können doch auch zu Hause einen Porno schauen.“

Danach war lange Zeit Ruhe im Karton, Isabell hatte keine Nerven. Bis Stephan kam. Ihre einzige wirklich große Liebe. Stephan hatte sie im Supermarkt kennengelernt. Sie machte sich manchmal einen Spaß draus, anhand des Einkaufswageninhalts zu raten, was für ein Mensch dahintersteckte. Mütter mit unterschiedlich alten Kindern hatten Breie und Cornflakes und Nutella im Wagen, frisch verliebte Paare Sekt und viel Gemüse und Salat, weil man noch gemeinsam kochte (das war wie mit dem Zum-Flughafen-Bringen – am Anfang macht man's noch, irgendwann heißt es: „Nimm dir doch ein Taxi. Fünf Uhr – das ist mir zu früh“). Es gab die Ökos, die normalerweise nur auf den Wochenmarkt gingen, um ganz frischen Feldsalat und ganz frischen Spargel aus der Region zu kaufen, die aber heute hier einkaufen mussten und dann nur ökologische Lebensmittel im Wagen liegen hatten. Und natürlich alles Fair Trade und möglichst ohne Plastikverpackung. Sie schauten auch immer betroffen, immer. Dann gab es zwei Sorten Singles: die einen, die total auf gesunde Ernährung achteten, da lagen dann zwei Tomaten, ein kleiner Kopfsalat und ein Hähnchenbrustfilet und ein Joghurt und ein halber Liter fettreduzierte Milch im Körbchen (die brauchten keinen Wagen), und die anderen, die stapelweise Tiefkühlpizza und -lasagne und Burger in sich reinstopften, dazu Cola, Chips und Erdnüsse. Am schlimmsten aber waren Veganer. Sie gingen missmutig durch die Gänge und sahen immer blass und hungrig aus. Ihre Einkäufe bestanden aus Fenchelknollen, Soja-Zeugs, Kartoffeln, Möhren, Äpfeln, Birnen, Soja-Zeugs, Reis, Soja-Zeugs und Soja-Zeugs. Und sie kauften vegane Wurst, die natürlich gar keine Wurst war, sondern nur so aussah. Das hatte Isabell nie verstanden: Wenn ein Veganer alles verachtete, was „mit Tieren und von Tieren" war, warum wollte er dann veganes Zwiebelmett, vegane Mortadella oder vegane Salami?

Stephan war ihr aufgefallen, denn sein Wageninhalt passte in kein Raster. Bier, Äpfel, Möhren, Ravioli, Rinderfilet, Steinpilze, Babybrei, Babygläschen, Rotwein, Tofubratlinge, After Eight, Ritter Sport Vollnuss-Schokolade, Babyschaumbad, ein Damenshampoo, vier Köpfe Blumenkohl, zehn Becher Ziegenjoghurt, Sardellenpaste, ein Liter Sahne, kalorienreduzierter abgepackter Aufschnitt und drei Zeitschriften. Eine mit veganen Rezepten, eine mit einem Rinderbraten vorne drauf und die Gala und die Brigitte. Und sechs Fürstenromane in extra großer Schrift, Labello und Kalbsfond.

Sie versuchte, ihn einzuordnen, scheiterte aber kläglich. Stumm stand sie an der Nachbarkasse und glotzte ratlos in den Wagen. Und da hatte er aufgeschaut und sie breit angelächelt. Und was für ein Lächeln das war! Sie hatte zurückgelächelt und, weil sie weniger im Wagen hatte, extra langsam aus- und eingepackt. Dann war sie noch viel langsamer aus dem Supermarkt geschlendert und hatte scheinbar sehr interessiert die Auslage bei Tchibo betrachtet. Und natürlich darauf geachtet, wann er rauskam.

Stephan war kein Mann der großen Worte. Er verließ den Supermarkt, ging auf Isabell zu und fragte: „Haben Sie Lust, mit mir essen zu gehen? Jetzt?" Sie hatte genickt.

„Gut. Wir müssen nur bei mir zu Hause vorbeigehen. Meine Nachbarn haben beschlossen, alle gemeinsam die Grippe zu kriegen, und tun mir so leid, dass ich einkaufen gegangen bin. Ja, ich bin ein Gutmensch, ich weiß."

Isabell fand das toll!

So hatte es angefangen. An der Elbe hatte Stephan ihr erzählt, er sei Privatdetektiv, das fand Isabell sehr aufregend. Stephan führte ein unstetes Leben und war oft wochenlang untergetaucht, weil er dann für ein großes Unternehmen arbeiten und irgendeinen Veruntreuer observieren musste.

Seine Wohnung war spartanisch eingerichtet, weil Stephan so oft weg war und keine Zeit für Gemütlichkeit und Zimmerpflanzenpflege hatte.

Er kam aus München, seine Eltern waren früh gestorben. Isabell verliebte sich unglaublich in ihn und er sich auch in sie. Wann immer Stephan Zeit hatte, waren sie zusammen. Stephan hatte auch einen Schlüssel zu ihrer Wohnung und sie zu seiner, das war ein gutes Zeichen, fand sie. Der erste Schritt zum Zusammenziehen war das. Sie schmiedeten Pläne und hatten großartigen Sex.

Es war perfekt bis zu dem Tag, an dem Isabell Stephan mit einer großen blonden Frau und zwei kleinen Kindern an der Alster traf. Die Situation war eindeutig. Er hatte den Arm um die Frau gelegt, sie küssten sich und eins der

Kinder rief: „Papa!“

Isabell hatte Stephan im Vorbeigehen angeschaut, schockgefrostet. Dann passierte das Merkwürdige. Er war stehen geblieben und hatte Isabell der Frau vorgestellt. Sie hatte gelächelt und gesagt: „Ach, ist das eine von deinen Hamburger Freundinnen?“ und dann: „Wir führen eine offene Beziehung. Ich wohne mit den Kindern in München und bin nur selten hier. Wir haben uns aber darauf geeinigt, dass jeder machen kann, was er will.“

Isabell hatte gar nichts mehr gesagt, sondern war weitergegangen. Und Stephan hatte auch erst am nächsten Tag angerufen, was sie mit am schlimmsten fand.

„Herrje, so ist es nun mal“, wiederholte er dauernd.

„Aber du hattest doch nie vor, mit mir zusammenzuziehen“, sagte sie.

„Hatte ich auch nicht. Aber so war es doch auch okay.“

„War es nicht. Du hast gelogen.“

„Aber wir hatten doch eine schöne Zeit. Lass uns doch so weitermachen.“ Für ihn schien das ganz einfach zu sein.

„Das kann ich nicht. Ich will eine feste Beziehung. Mit Zukunft.“ Fast kam Isabell sich spießig vor.

„Das kann ich dir nicht bieten. Ich bin verheiratet und werde mich nie scheiden lassen. Ich liebe Yvonne.“

„Du hast gesagt, du liebst mich.“ Isabell war fassungslos.

„Hab ich in dem Moment auch. Also, was ist jetzt?“ Er klang genervt und man merkte, dass er das Thema beenden wollte.

„Das kann ich so nicht“, hatte Isabell gesagt und das war es dann gewesen. Er hatte noch ein paarmal versucht, bei ihr zu landen („Guter Sex ist doch auch wichtig“), aber sie war standhaft geblieben. Sie wollte keine Dauergeliebte sein. Also hatten sie sich gegenseitig ihre Sachen und Schlüssel geschickt und dann war es gut gewesen.

Isabell hatte lange daran geknabbert. Sie hatte bei Stephan zum ersten Mal das Gefühl gehabt, sie sei angekommen. Das sei was für die Ewigkeit.

Falsch gedacht.

Ja, so war das gewesen.

Momentan hatte Isabell einfach keine Lust auf einen Mann.

Um ehrlich zu sein: Es war momentan ziemlich langweilig in ihrem Leben, wenn man davon absah, dass sie abends oft gemütlich mit Kalle zusammensaß. Insofern hatte sie ja doch einen Mann, wenn auch nicht direkt.

Langeweile also. Es sei denn, man fand es aufregend, halb Hamburg nach einer bestimmten Schokoladensorte abzugrasen, weil irgendeine abgehalfterte Z-Schauspielerin ohne diese Schokolade *einfach nicht arbeiten* konnte, wobei von richtiger Arbeit gar keine Rede war: Semira Simmons spielte eine Kindergärtnerin, die nur im Hintergrund zu sehen war, und ihre einzigen Sätze waren „Nein, nicht dem Henri auf den Kopf schlagen!“, „Passt doch auf!“ und „Der Bauklotz-Turm fällt gleich um!“. In diesem Kindergarten wurde ermittelt, weil Kopfläuse grassierten und man den Verdacht hegte, die Nachbarn könnten das extra gemacht haben mit den Läusen, weil die die Kita weghaben wollten. Also ermittelte das Team von „Lasst uns mal ran“. Komischerweise hatte diese Nachmittagssendung erstaunlich gute Quoten, eine Tatsache, die Isabell noch nie verstanden hatte. Aber ganz offenbar hingen tagsüber doch mehr Menschen vor der Glotze, als man annahm.

Manchmal traf sich Isabell abends mit Kollegen, aber die

meisten wollten früh nach Hause, weil sie Familie oder zumindest eine feste Partnerschaft hatten. Auf Isabell traf das nicht zu und so war sie meistens schon um neun Uhr daheim.

Ihre Freundinnen Birte und Elli hatten, seitdem jede von ihnen kurz hintereinander zwei Kinder bekommen hatte, auch so gut wie nie Zeit, weil sie entweder zum Pekip, zur musikalischen Früherziehung oder zum Kinderarzt mussten und nur im Stress waren. Besuchte Isabell Birte oder Elli zu Hause und die Kinder waren da, war ein normales Gespräch nicht möglich:

„Willst du einen Kaffee, Isa?"

„Ja, gern."

„Mit Milch wie immer oder ... Marlene, hör auf, Matilda die Legostückchen in die Nase zu drücken, willst du, dass deine kleine Schwester erstickt ... also mit Milch?"

„Gern, muss aber nicht ..."

„Mar-le-ne! Ich zähle bis drei. Eins, zwei ..."

„Ich kann mir den Kaffee auch selbst machen."

„Quatsch, Isa, bleib du nur sitzen. Wir haben so viel zu erzählen. Hab ich dir eigentlich von Monas neuem Freund erzählt, ich hab sie zufällig ... was ist denn, Matilda, meine Zaubermaus, ooooch, bist du gegen den Tisch gelaufen, jaaaaa, das tut weh am Köpfchen, Mami pustet gleich mal ..."

„Krieg ich ein Keeeeeeks?" Matilda heulte laut.

„Ich mach mir jetzt selbst einen Kaffee." Isabell stand auf.

„Nein, musst du nicht, warte mal. Also, Matilda: Keks gibt es nicht zwischen den Mahlzeiten, Schätzchen, aber eine Mandarine kann Mami dir schälen, da sind viiiiiiiele Vitamine drin, da wirst du gaaaaanz grooooß!"

Schrilles Kreischen. „Tut so weh, will Keks!"

„Ach Matildchen … ich puste noch mal … tut es noch weh?“

Schrilleres Kreischen. „Ganz schlimm doll, will Keeeeeeeeeeeeeeeeks!“

„Aber …“

So schrill, dass es kaum zum Aushalten war: „KEEEE-EEKS! JETZT KEEEEEEEKS! HUUUUHUUUU-UUU!“

„Na gut, ausnahmsweise Keks … hier bitte, Schätzchen, und jetzt machen wir der Tante Isa einen Kaffee … Isa? Wo bist du denn? Isa? Ach, da ist sie einfach gegangen. Das ist aber unhöflich von der Tante Isa!“

„Klößchen, Klößchen, bist du noch dran? Du hast so lange nichts gesagt. Ich wollte dir doch noch von Hulle erzählen, stell dir vor, der hat letzte Woche …“

Langsam fielen Isabell die Augen zu.

3. Kapitel

4 Uhr, immer noch am Telefon

„... also, Klößchen, lass dich wieder mal blicken hier, ich mach auch Sauerbraten."

Plötzlich war Isabell wieder putzmunter, denn ihr lief das Wasser im Mund zusammen. Himmel. Sauerbraten mit ... natürlich Klößen war eins ihrer Leibgerichte, und niemand konnte es so gut zubereiten wie Oma. Und niemand machte so unglaublich leckeren Krautsalat dazu.

„Also, kommst du? Am Wochenende?", fragte Edith freudig.

„Am Wochenende. Ich freu mich. Ich komme Samstag hoch."

„Warum denn nicht schon am Freitag? Dann kannst du abends mit zum Seniorentanz der Trachtengruppe kommen."

Das fehlte noch, dass sie die alte Tracht ihrer Mutter anzog und im Gemeindesaal mit greisen Frauen herumhüpfte!

„Abends bin ich mit einem Freund verabredet", erzählte Isabell und das war noch nicht mal gelogen. Sie musste ja mit Kalle in die Bar, um Látigo zu treffen. „Kann ich jetzt weiterschlafen, Oma?"

„Du und dein Schlaf. Ich stell mich jetzt unter die kalte Brause."

„Mach das, Oma."

„Was hast du denn heute vor?"

„Arbeiten. Wir stecken gerade mitten in den Dreharbeiten."

„Macht ihr diese Sendung, wo sie freche Kinder in den afrikanischen Busch schicken, damit die mal sehen, was es wirklich heißt, hungrig zu sein?"

„Nein, etwas anderes."

„Seien wir doch mal ehrlich, das ist doch eins wie das andere."

Da hatte sie nicht ganz unrecht.

„Und was machst du noch außer arbeiten?"

„Nichts", hätte Isabell fast gesagt, aber dann fiel ihr der Fensterputzer ein. „Herr Rodelmann kommt heute."

„Wer ist das?"

„Er putzt meine Fenster."

Mist. Sie hatte einen Fehler gemacht.

„Du lässt jemanden zum *Fensterputzen* kommen?", fragte Edith fast böse. „Warum das denn? Man könnte meinen, du seist jung genug, um dich selber auf die Leiter zu stellen."

„Ich bin nicht schwindelfrei und die Decken sind hier so hoch", rechtfertigte Isabell sich.

„Das kann ich doch machen, ich komme vorbei, das geht fix."

„Nein, Oma, du kletterst hier nicht rum. Herr Rodelmann ist wirklich gut und auch nicht so teuer."

„Geld ausgeben für einen Fensterputzer. Wo gibt's denn so was. Anstatt mal was zu sparen. Was ist, wenn es wieder Krieg gibt?"

„Ach, Oma …" Wofür arbeitete man denn, wenn man sich noch nicht mal ein bisschen Luxus leisten konnte?

„Ist doch wahr. Als ich geboren wurde, das war 1940, da steckten wir noch mittendrin. Mein Vater, dein Urgroßvater, der hat gedient, das war kein Zuckerschlecken, das kann ich dir sagen, und …“

Irgendwann gegen fünf hatten sie das Gespräch beendet und Isabell verschlief am nächsten Morgen, weil sie den Wecker nicht hörte, und kam zu spät ans Set, woraufhin Big H natürlich ausrastete und sie den ganzen Tag lang drangsalierte.

Ich muss unbedingt wieder nach Jobs suchen, eines Tages bring ich ihn sonst um, dachte sie dauernd, während Big H herumstapfte, Essensreste aus den Zähnen pulte, die Nase hochzog und schwitzte, während er seine Mitarbeiter anschnauzte, weil ihm nichts gut genug war.

Sie machte dreißig Kreuze, als sie endlich fertig war und nach Hause gehen konnte.

Es war Freitag. Endlich. Endlich.

Nur noch in die Wanne und dann vor den Fernseher. Vielleicht würde sie sich heute Abend eine Pizza machen. Aus Dinkelmehl, das war nicht so schlimm wie Weizen. Dann frische Tomaten drauf, Salami, Schinken, Zwiebeln und den leckeren Streukäse. Oh, würde das lecker und der Abend gemütlich werden. Und dazu ein gutes Glas Merlot. Oder auch zwei. Dabei eine aufgenommene Folge „Downton Abbey“. Und noch „Grey’s Anatomy“. Hinterher „Jenseits von Afrika“. Dann wäre es zwar schon wieder Morgen, aber egal. Sie brauchte heute mal einen Abend ganz für sich.

Jetzt fing es auch an zu nieseln. Herrlich.

Kalle kam ihr in seiner Laufkleidung im Hausflur entgegen. „Hi. Ich hab ihn reingelassen.“

„Wen?“

„Na, Herrn Rodelmann. Bei mir war er schon.“ Seitdem Kalle sich mal im Winter auf dem Balkon ausgesperrt hatte, besaß sie einen Nachschlüssel für seine Wohnung und er für ihre. Ein traumatisches Erlebnis: Die Balkontür hatte so einen Riegel, der locker war und immer runterfiel, und schwups, war die Tür zu. Leider hatte Kalle zu diesem Zeitpunkt eine schwere Erkältung mit enormer Heiserkeit gehabt und konnte deswegen nicht laut rufen. Erst als Isabell gegen 23 Uhr von einem Dreh nach Hause kam, hörte sie sein Klopfen.

„Ich gebe dir einen Schlüssel zu meiner Wohnung, das will ich nicht noch mal erleben“, hatte Kalle bibbernd gesagt.

„Aber du warst doch auf dem Balkon und nicht vor der Wohnungstür.“

„Egal. So was soll nicht noch mal passieren.“

„Gut, dann gebe ich dir meinen auch.“

Kalle war dann richtig krank geworden und Isabell hatte ihn mit Hühnersuppe und Pfefferminztee gepflegt und ihm Kontaktanzeigen aus seinem Gay-Magazin vorgelesen. Und so waren aus Nachbarn langsam die besten Freunde geworden.

Aber jetzt: Herr Rodelmann! Sie hatte den Termin völlig vergessen.

Nein, nein, nein. Sie wollte doch in die Wanne.

Kalle sprang auf und ab, um sich aufzuwärmen. „Um halb acht hol ich dich ab. Zieh dir was Anständiges an.“

Das auch noch. Sie wurde wohl langsam dement. Pizza und Gemütlichkeit adieu!

„Also, bis gleich.“ Kalle sprang davon und Isabell kletterte in den ersten Stock. Während sie hochging, wurde der Regen stärker und klatschte laut aufs Dach. Da war so ein Fensterputzer überhaupt nicht überflüssig.

„Hallo, Herr Rodelmann.“

Manni Rodelmann war schon immer muffig gewesen, aber heute hatte er einen besonders schlechten Tag. Er stand am offenen Fenster, antwortete noch nicht mal, sondern zog nur quietschend den Abzieher über die Scheibe. Es wurde immer windiger draußen und die Regentropfen prasselten unbarmherzig gegen die Fenster.

„Wie geht es Ihnen?“, fragte Isabell freundlich, während sie ihre Jacke auszog und besorgt wahrnahm, dass der kleine Kronleuchter anfing zu schwanken.

„Wie es mir geht, fragen Sie? Das fragen Sie also wirklich?“, fragte Herr Rodelmann und lachte kehlig auf. „Wie soll es mir schon gehen. Dauernd rufen Leute an und wollen, dass ich ihre Fenster putze. Glauben Sie, mich ruft mal irgendjemand einfach so an? Nein. Alle wollen, dass ich komme und die Fenster putze. Alle. Herr Rodelmann, sagen sie, wann kann ich denn einen Termin bekommen.“

„Aber das ist doch gut, dann verdienen Sie auch Geld“, sagte Isabell.

Nun johlte Herr Rodelmann aggressiv Richtung Decke. „Geld, Geld. Ich kann das Geld gar nicht ausgeben, weil ich immer nur am Fensterputzen bin. Von morgens bis abends, sieben Tage die Woche. Außerdem bekomme ich ständig Strafzettel, ständig. Da kann ich es doch auch gleich sein lassen. Ich brauche auch mal Zeit für mich. Einfach mal Zeit. Ich schaffe es ja noch nicht mal, was zu trinken.“

Leider hatte er das Fenster aufgelassen und mittlerweile regnete es in die Wohnung. Isabell traute sich jedoch nicht, etwas zu sagen, um ihn nicht unnötig zu reizen.

„Aber es kommt noch schlimmer. Letztens bin ich bei einer Kundin und strecke mich hoch, weil ich an den oberen Scheibenrand kommen will, was sonst immer tadellos funktioniert, ich kenne doch die Fenster. Ich kenne die Scheiben. Ich kenne sie alle. Und wissen Sie was? Plötzlich komme ich nicht mehr dran. Es geht nicht."

„Hatten Sie was mit dem Rücken?" Eine Windbö schoss herein und einige lose Papiere auf Isabells Schreibtisch flatterten in alle Richtungen davon.

„Schön wäre das. Nein, ich bin geschrumpft. Ich hab zur Kundin gesagt, holen Sie doch bitte mal einen Zollstock und messen Sie mich, da stellt sich raus, ich bin nur noch 1,82. Zwei Zentimeter kleiner bin ich geworden. Wenn das so weitergeht, kann ich umschulen auf Heizkörperreiniger." Mittlerweile hatte sich eine große Wasserlache auf dem Dielenboden gebildet.

„Ich hole mal ein Handtuch." Während Isabell es holte, dachte sie nach. Der arme Herr Rodelmann. Zwei Zentimeter schrumpfen war nicht schön. Vielleicht lag das am Trinken. Er hatte ja gesagt, dass er noch nicht mal dazu kam, was zu trinken. Das wäre doch eine Möglichkeit. Wahrscheinlich dehydrierte Herr Rodelmann beim Fensterputzen, und das unaufhaltsam, und seine Organe und die Haut zogen sich zusammen, weil sie nach und nach immer mehr austrockneten. Und irgendwann war Herr Rodelmann vielleicht einfach nicht mehr da. *Der arme Mann!* Sie ging schnell in die Küche, holte ein Handtuch und füllte ein großes Glas mit Wasser, um dann rasch zu dem Fensterputzer zurückzugehen.

„Hier, bitte, trinken Sie mal was." Sie reichte ihm das Glas.

„Was soll denn das bringen?", fragte Herr Rodelmann und knallte das Fenster zu. „Ich hör auf. Das hat doch keinen Zweck bei dem Wetter."

Isabell sah das auch so. Es regnete immer stärker und Wasser war für das Holz nicht gerade gut. Sie stellte das Glas auf die Fensterbank und begann, den Boden trocken zu wischen.

„Das stimmt, da haben Sie recht. Aber Sie können doch trotzdem Wasser trinken."

„Bezahlen müssen Sie mich natürlich so oder so", erklärte Herr Rodelmann, das Wasserglas ignorierend. „Sie hatten mich ja gebucht. Die Zeit quasi gekauft."

„Aber Sie hätten doch so gern mal Zeit für sich. Sie könnten ja jetzt in ein Café gehen und die Zeitung lesen, einfach so was für sich tun."

„Ich werde klatschnass, wenn ich jetzt rausgehe. Nein." Herr Rodelmann schüttelte den Kopf. „Sie haben doch einen Fernseher. Da kann ich doch die Nachrichten schauen. Holen Sie mir ein Bier? Ich brauche jetzt wirklich mal was zu trinken, sonst trockne ich noch aus."

Isabell und Kalle standen vor dem vereinbarten Treffpunkt, einer Bar auf dem Kiez.

„Also ist das klar jetzt?", fragte Kalle zum zehnten Mal.

Isabell nickte. „Ich gehe da jetzt rein, setze mich an einen freien Tisch recht weit hinten und warte, bis du reinkommst", leierte sie herunter. „In der Zwischenzeit schaue ich mich schon mal um. Vielleicht ist Látigo38 schon da und ich beobachte ihn, falls ich meine, ihn erkannt zu haben. Er ist eins achtundachtzig groß, hat braune Haare, ist muskulös, hat blaue Augen, trägt Jeans und Lederjacke. Das kann ja nicht so schwer sein."

„Aber braune Haare haben viele."

„Aber blaue Augen und braune Haare sind eher selten. Natürlich wäre es einfacher, wenn der Mann zwei Köpfe hätte", stellte Isabell fest. „Aber es besteht durchaus die Möglichkeit, dass einer, der so aussieht, alleine dasitzt. Das werde ich herausfinden, nachdem ich reingegangen bin." Isabell war selbst schon ganz gespannt.

„Oh mein Gott, bin ich aufgeregt. Stell dir vor, er ist es! Stell dir vor, wir sitzen da, jeder einen Cocktail vor sich, und merken, jawohl, ich bin angekommen. Das merkt man unter anderem daran, dass es nicht schlimm ist, wenn Gesprächspausen entstehen. Das ist oft so bei Paaren, die sich schon sehr lange kennen."

„Aber du kennst ihn doch *noch gar nicht*."

„Ja, ganz richtig, *noch* nicht. Aber das wird sich ja jetzt ändern", sagte Kalle. „Ich spüre jedenfalls, dass es gut werden könnte. Und nun geh rein. Ich komme gleich nach."

Da saß er. Am Nebentisch. Er musste es sein. Himmel, wenn das wirklich Látigo38 war, hatte er sich den passenden Namen gegeben. Er sah umwerfend aus und Isabell hoffte wirklich, dass es sich bei ihm um Kalles Date handelte. Sie schaute sich schnell um. Die Bar war nicht besonders voll und so, wie sie es erkennen konnte, war kein Mann da, auf den Látigos Beschreibung passte, wenn man von einem knutschenden Pärchen in der Ecke absah.

Er saß da und rührte in seinem Kaffee, drehte sich immer wieder zur Tür um, sah auf die Uhr und wirkte ungeduldig. Er war es, er musste es sein. Nun kam Kalle rein und schaute sie an und sie nickte zu dem Mann rüber, der in diesem Moment auch schon hochsah, breit lächelte und aufstand.

Isabell holte sich eine Zeitschrift, bestellte ein Glas Wein und belauschte das Gespräch, während sie immer mal wieder unauffällig zu den beiden hinüberguckte. Sie passten super zusammen, also rein äußerlich.

Ach, was würde sie sich für Kalle freuen! Er hatte sie auch schon mal gefragt, ob sie seine Trauzeugin werden wolle – sofern es noch in diesem Leben dazu kommen sollte, dass er seinen Traummann fand. Dann wollte er ein riesiges Fest feiern, drei Tage lang, selbst wenn er sich dafür bis in alle Ewigkeit verschuldete. Isabell hatte angeboten, dass sie dann die Hochzeitstorte backen werde, und Kalle hatte vor Rührung geweint.

Isabells Wein wurde gebracht und nun tat sie so, als würde sie gespannt einen Artikel über Arthrose im Alter lesen, in Wirklichkeit spitzte sie die Ohren und schaute noch mal rüber. Wie süß die beiden zusammen aussahen. Ein Bilderbuchpaar.

„Ich möchte bitte ein Glas Weißwein", Kalle lächelte den Kellner an. „Einen Grauburgunder."

„Nein", keifte Látigo und Isabell erschrak richtig.

„Wie bitte?", fragte Kalle verwirrt.

„Zahlen", sagte Látigo und der Kellner verschwand, um sein Portemonnaie zu holen.

„Ich verstehe nicht …", fing Kalle an.

„Du verstehst sehr wohl." Látigos Stimme war nun

schneidend. „Wir haben alles besprochen. Wir fahren zu mir nach Hause, und du wirst für deine Widerworte bestraft, die du mir im Chat gegeben hast. Fünfzig Schläge mit der Gerte und du wirst dich für jeden einzelnen bedanken. Und du wirst sagen: ‚Danke, Herr, mehr bitte.‘ Den Rest des Abends wirst du auf den Knien neben mir sitzen, und wenn du dich nicht benimmst, gibt es noch mal fünfzig mit dem Rohrstock."

Um Himmels willen, dachte Isabell. Auf was hatte sich Kalle denn da eingelassen?

„Moment mal." Kalle begriff gar nichts.

„Das sind noch mal zehn." Látigo grinste diabolisch.

„Das ist ein großes Missverständnis", erklärte Kalle. „Ich stehe nicht auf … *so was*. Ich bin auf der Suche nach einem Partner fürs Leben, der es wie ich liebt zu kochen, fernzusehen und an lauen Sommerabenden gemütlich auf dem Balkon oder im Winter auf dem Sofa zu sitzen, eingekuschelt in eine warme Decke, mit einem guten Glas Wein und anregenden Gesprächen. Ich mag es romantisch und behaglich, ich möchte morgens neben meinem Freund aufwachen, die Vöglein zwitschern, einer kocht Kaffee, den wir dann im Bett trinken, und wir haben uns einfach nur lieb."

Látigos Augen hatten sich zu Schlitzen verengt. „Das gibt noch mal hundert Schläge extra."

„Meine Güte. Oh, meine Güte, oh, oh, oh." Isabell und Kalle saßen in seinem Wohnzimmer und er konnte sich gar nicht mehr beruhigen.

„Ich verstehe nicht, dass du das nicht gemerkt haben willst", sagte Isabell zum wiederholten Mal. „Ihr habt doch gechattet. Worüber habt ihr denn da geredet?"

„Über alles Mögliche." Kalle war fix und fertig. Er hatte auf dem Heimweg schon geweint. „Gut möglich, dass er mal geschrieben hat, dass er scharfe Sachen mit mir vorhat oder mich hart rannehmen will, aber, herrje, Isabell, bitte! Das heißt doch nicht automatisch gleich, dass er mich auspeitschen will und ich mich dafür auch noch bedanken soll. Oh Himmel, hilf, ich bin auf einen Sadomasochisten hereingefallen, ohne es zu merken." Er heulte schon wieder. „Warum immer ich? Wieso passiert das immer mir? Buuuhuuuu!"

„So schlimm ist das jetzt auch nicht. Du hast es zum Glück rechtzeitig gemerkt. Stell dir vor, du wärst mit zu ihm gegangen und er hätte dich gefesselt und sonst was mit dir angestellt."

„Ach je, ach je. Dann hätte ich aber endlich mal wieder Sex gehabt." Kalle zog die Nase hoch.

„Jetzt hör auf, solchen Unfug zu reden."

„Bin ich froh, dass du an den Tisch gekommen bist. Danke."

„Gern geschehen. Irgendwer musste dich ja erlösen." Isabell war einfach rübergegangen und hatte „Komm, Schatz", gesagt, und Kalle war aufgestanden und mitgetrottet, während Látigo ihnen weiter Zahlen hinterherbrüllte.

Nun waren sie also wieder zu Hause. Es goss wie aus Eimern und kein leeres Taxi war zu finden gewesen. Sie hatten sich abgetrocknet und saßen in ihren Hausanzügen da, die sie sich mal zusammen gekauft hatten. Es waren Fleece-Ganzkörperanzüge, wahnsinnig bequem. Isabell hatte ein Flugsaurier-Kostüm und Kalle einen Mammutanzug. Wenn man die Kapuzen aufzog, hatte man noch einen Schnabel und Stoßzähne, mit denen man überall aneckte.

„Wie konnte ich nur so blöd sein", sagte Kalle. „Ich bin ehrlich, ich hatte mich auch in seinen Nickname verliebt, das hatte so was von Latino, und er sah auch so aus."

„Sag mal, was bedeutet Látigo eigentlich?", wollte Isabell wissen.

„Keine Ahnung. Vielleicht Latin-Lover oder so." Kalle nahm sein Smartphone und googelte. „Oh Mann", seufzte er dann. „Das ist das spanische Wort für Peitsche."

Isabell schüttelte den Kopf. *Kalle, Kalle, was soll das bloß mit dir werden?*

4. Kapitel

„So wird das nichts!“ Big H, Isabells cholerischer Chef, war schon wieder auf 180. „Evelyn, du siehst aus wie eine Geisteskranke, wenn du die Augen so aufreißt.“

„Aber ich …“

„Scheiße, entweder du machst es so, wie ich es sage, oder du kannst die Titten-OP vergessen.“

Big H plante ein neues Format für einen Privatsender: Großbrüstige, attraktive Frauen sollten als Treuetesterin fungieren. Ehegattinnen und Freundinnen von Männern konnten sich also bewerben, wenn sie wissen wollten, ob der Partner fremdging. Dann wurden die Lockvögel, sechs Frauen, die dem Beuteschema des jeweiligen Mannes entsprachen, losgeschickt. Natürlich war so ein Treuetest nun nicht das Neueste vom Neuen, aber es gab eben noch keine Serie, nur einzelne Beiträge, und das wollte Big H ändern. Er hatte das Format entwickelt und tatsächlich hatten sich die Sender drum gerissen.

So unsympathisch Big H war, er hatte einen Riecher, das musste man einfach zugeben. Er verdiente mit Sicherheit mit diesen halbseidenen Formaten einen Haufen Kohle, bezahlte seine Mitarbeiter allerdings, wie man sich unschwer vorstellen konnte, miserabel. Schon dreimal hatte Isabell wegen einer Gehaltserhöhung gefragt, unter anderem weil sie für die Überstunden von den Wochenenddrehs so gut wie nie freinehmen konnte. Aber Big H hatte nur mit den

Schultern gezuckt und gesagt: „Dann kündige doch, Barding, es gibt genügend Weiber, die an meiner Tür kratzen." Und leider stimmte das.

Isabell fand dieses neue Format furchtbar. Und sie fand es auch schrecklich, dass so viele es gut fanden. Evelyn zum Beispiel wollte unbedingt mitmachen und war bereit, alles dafür zu tun, um „endlich entdeckt zu werden".

„Haaaaai", eine Frau stand vor Isabell und die schaute auf. Vor ihr befand sich eine ungefähr 20-jährige Blondine mit großen blauen Augen und langen Locken.

„Ja, bitte?" Wahrscheinlich eine Kandidatin fürs Casting, das gerade stattfand.

Die Blondine kaute Kaugummi. „Ich hab 'nen Termin bei *Bick Äääääitsch*", ließ sie Isabell gelangweilt wissen.

„Der ist gerade mitten im Casting. Worum geht's denn?"

„Ej, ich hab 'nen Termin um elf, hat er gesagt, und es is elf."

Isabell schüttelte den Kopf. „Genau genommen ist es halb zwölf. Und wie gesagt, er kann jetzt nicht, weil …"

„Ach, Sandy, da bist du ja." Big H stand da und grinste die Blondine an, die wieder „Haaaaaaaaaaai" sagte.

„Barding, hol der Sandy mal 'nen Kaffee", befahl Big H.

„Mit kein Zucker", leierte Sandy runter. „Is wohl klar." Sie schaute Isabell abfällig an. Die schluckte, ging aber los und kam mit Kaffee zurück.

„So", sagte Big H und drückte Isabell einen Umschlag in die Hand. „Das ist deine Kündigung. Ich brauch junge Weiber in meinem Team, junge, dünne Weiber. Jetzt schau mich nicht so an, Barding. Du findest doch bestimmt was Neues.

In einer Metzgerei vielleicht. Und von heute auf morgen musste ja nicht weg. Sind ja drei Monate Kündigungsfrist und Sandy muss noch eingearbeitet werden."

Isabell stand fassungslos da und glotzte auf den Umschlag, während Big H mit Sandy davonschlenderte.

„Ich bin nicht der Typ Frau, der Ohrfeigen verteilt", rechtfertigte Isabell ihr Nichthandeln. „Klar hätte er Schläge verdient und er verdient sie noch. Aber was würde es nützen? Die Kündigung ist trotzdem wirksam, und wenn ich ihm eine gescheuert hätte, hätte ich vielleicht jetzt noch eine Anzeige am Hals. Das ist mir die Sache nicht wert."

„Trotzdem." Kalle schlug mit der Hand auf den Tisch. „So geht man nicht mit Menschen um."

„Soll ich uns was zu essen machen? Tortellini alla panna oder Spaghetti bolognese?", fragte Isabell. „Ich brauche jetzt Nervennahrung."

„Hier wird nicht gegen den Frust angegessen", wurde sie von Kalle gestoppt. „Bei einem Salat lassen sich auch Lösungen finden."

Isabell hasste Salat. Kalle stand auf. „Ich hab alles da. Auch Radieschen."

Na toll.

„Ach, ich hab die Post noch gar nicht aufgemacht." Im Vorbeigehen nahm Kalle einige Umschläge mit in Richtung Küche.

„Nein!", hörte Isabell eine Sekunde später und sprang auf und da stand Kalle schon vor ihr und wedelte mit einem Schreiben.

„Scheiße, so eine Scheiße!"

„Was ist denn?"

„Da hab ich so ein Heidengeld in die Renovierung vom Studio gesteckt, so viel!“

„Ja, und?“ Ja, es stimmte, Kalle hatte vor einem Jahr, als er das Studio in dem schönen Altbau übernommen hatte, alles schön herrichten lassen. Der Stuck wurde herausgearbeitet, die Böden abgeschliffen und das Holz geölt, eine Teeküche eingebaut, dann hatte er noch einen Elektriker kommen lassen, der eine indirekte Beleuchtung eingebaut hatte. Das war auch nicht billig. Extra Wasserleitungen mussten auch gelegt werden. Insgesamt war alles recht teuer gewesen.

„Ja, und?“

„Jetzt kündigt mir der Vermieter wegen Eigenbedarf, verdammt noch mal. Und schau hier, die Nebenkostenabrechnung hat er dazugelegt. Ich soll viertausend Euro nachzahlen, es wurde wohl alles zu knapp berechnet. Wie soll das denn alles gehen?“ Verzweifelt stand er da. „Und dazu habe ich ja noch den Kredit bei der Bank aufgenommen und überhaupt! Ich drehe durch!“

„Oh, Kalle …“ Isabell stand auf und nahm ihn in den Arm.

„Hör mal. Wir kriegen das hin. Zusammen kriegen wir das hin. Wir lassen uns jetzt nicht runterziehen.“

„Buhuuu“, schniefte Kalle. „Du hast gut reden. Wie soll ich mich denn bitte nicht runterziehen lassen? Deinen Optimismus möchte ich haben. Das ist doch alles zum Heulen.“

„Ich bin nicht optimistisch, ich versuche nur, praktisch zu sein“, erklärte ihm Isabell. „Es nützt nichts, wenn wir beide hier jammern. Davon werden keine Nebenkosten bezahlt und das gibt mir keinen neuen Job. Wir werden uns die nächsten Tage in Ruhe hinsetzen und überlegen. Und du fängst jetzt nicht wieder an zu flennen. Es wird schon eine Lösung …“

Isabells Handy klingelte. Sie schaute auf die Uhr. Nach zehn. Wer rief denn noch so spät an? „Hallo?“

„Klößchen? Hier ist Oma.“ Sie wusste nie, ob es Oma war, denn Oma hatte noch ein altes Wählscheibentelefon und deshalb wurde auf Isabells Display keine Nummer angezeigt.

„Hallo, Oma.“ Isabell fragte nicht, ob was passiert sei – es war noch nie was passiert. Oma schaute nur einfach nicht auf die Uhr.

„Klößchen, stell dir vor, ich bin heute Nachmittag umgekippt, als ich beim Huber sauber gemacht habe.“

„Was?“ Isabell stockte der Atem und ihr fiel fast das Telefon aus der Hand. „Oma! Was sagst du da! Umgekippt! Ja, wie ist denn das passiert? Nun REDE doch!“

„Dann lass mich doch auch reden. Ja, bumm, einfach so. Und dann haben sie mich wieder hochgezogen und auf einen Stuhl gesetzt. Und mir war ganz schwindelig. Und dann hatte ich so Herzrasen und so Beklemmungen, ich hab richtig Angst bekommen, als ich beim Huber den Boden gewischt habe, weil danach noch Chorprobe war, und ich war sowieso schon spät dran und die Ulla ist doch auf ihrem Klassentreffen und deswegen musste ich auch noch bei ihr die Hühner machen.“

„Was willst du denn noch alles machen? Himmel, Oma, warst du beim Arzt?“

„Ja, beim Schörner. Und der hat mich untersucht. Ich bin ja kerngesund, Klößchen, aber der Schörner hat gesagt, Edith, hat er gesagt, du musst mal kürzertreten und auch an dich denken. Du bist immer für alle da und zu wenig für dich.

Dass du Herzrasen bekommst, ist nicht gut. Das sei eine Panikattacke gewesen, hat der Schörner gesagt. Kannst du dir das vorstellen? Dann hat der Schörner gesagt, am liebsten würde er mich mal für ein paar Wochen in eine Klinik schicken. Weil ich ... wie heißt das Wort, warte mal, ich habe es aufgeschrieben ... ah, da ist es, in eine Klinik will er mich stecken, weil ich nämlich Burn-out habe. Das ist so ein neumodisches Wort für sich hängen lassen, wenn man mich fragt. Aber ich lasse mich doch nicht hängen. Noch nie! In der Klinik soll ich mich den ganzen Tag nur um mich kümmern, hat er gesagt. Also mich hängen lassen. Da gäbe es Maltherapien und man kann Einhörner oder das, was einen belastet, oder das, was einem sehr auf den Wecker geht, aus Speckstein herausarbeiten, das sei gut für die Seele, und man kann Yoga machen. Ich und *Yoga*! Dieser neumodische Kram. Gut für den Bewegungsapparat, hat der Schörner gesagt. Ich hab genug Bewegung, wenn ich ausmiste. Und nun hör mal, Klößchen, ich will, dass du den Schörner anrufst und ihm sagst, dass das mit der Klinik gar nicht nötig ist."

„Aber Oma, warum soll das denn nicht nötig sein?", fragte Isabell besorgt. „Wenn der Schörner dich doch untersucht hat, dann ..."

„Papperlapapp. Der war schon immer so. Malt den Teufel gleich an die Wand. Wenn man Bauchweh hatte, war es gleich ein Blinddarmdurchbruch. Denk mal an Opa."

„Oma, er hatte ja auch einen."

„Papperlapapp, es war höchstens etwas stärkeres Bauchweh." Oma hatte ihre eigene Logik. „Jedenfalls möchte ich, dass du bei Doktor Schörner anrufst. Ich geh nicht weg vom Hof. Erst wenn ich tot bin. Kürzertreten? So ein Quatsch. Wer soll sich denn um die Tiere kümmern?"

Isabell wusste, dass Oma Edith ein Sturkopf sein konnte. Und wenn sie in keine Klinik wollte, ging sie auch nicht hin. Da müsste man ihr schon eine Zwangsjacke anziehen.

Isabell überlegte, während Kalle, der sich mittlerweile gesetzt hatte, unglücklich ins Leere schaute. Seine ganze Existenz war ihm vor die Füße gekracht, bei ihr selbst sah es auch nicht besser aus. Und jetzt noch Oma. Der Schörner sagte das ja nicht einfach so.

„In einer Klinik gehe ich zugrunde", lamentierte Edith weiter. „Da werde ich erst richtig krank! Ich und Speckstein. Ich mache mich doch lächerlich."

„Aber Oma …"

„Nichts ‚aber Oma'. Glaubst du, ich hätte da eine ruhige Minute, glaubst du das? Sissi und Franzl brauchen spezielles Futter, die Mischung kann nur ich, sonst kriegen die Koliken, das ist ganz, ganz schlimm!"

„Ich kenne die Mischung."

„Ja, du. Aber du bist schließlich in Hamburg. Und deine Eltern machen drei Monate lang diese Reise, was ich übrigens auch nicht verstehe. Wie kann man denn drei Monate Urlaub machen?" Isabell konnte das schon verstehen. Es gab Schlimmeres, als auf den Bahamas oder in Hawaii zu sein. Ihre Eltern hatten das schon lange vorgehabt und vor zwei Wochen endlich in die Tat umgesetzt. Sie würden noch einige Zeit unterwegs sein. Und sie würde sie ganz sicher nicht anrufen und aufregen. Ihre Mutter würde sich ins nächste Flugzeug setzen und zurückkommen. Ob das Oma helfen würde, war die nächste Frage. Mama und Oma zusammen, das war wie Feuer und Wasser. Jede wollte das letzte Wort, beide recht behalten. Sie waren sich zu ähnlich, um sich wirklich gut zu verstehen. Es war immer äußerst anstrengend und Oma Edith hatte mal gesagt: „Ich liebe meine Tochter, wenn ich den Telefonhörer aufgelegt habe." Es wäre viel zu anstrengend für Oma, wenn Mama jetzt noch ankäme. Momentan gab es auch gar keinen Grund, Mama zu verständigen.

Isabell dachte nach.

Und dann, ganz plötzlich, wusste sie, was zu tun war.

„Jetzt entspann dich doch mal." Isabell fuhr auf die A7 Richtung Flensburg. „Ein paar Tage oder Wochen in Seestein werden dir guttun." Sie selbst hatte für sich eine spontane Entscheidung getroffen und sich krankschreiben lassen. Big H konnte mal sehen, wo er bliebe. Und ganz sicher würde sie „Haaaaaiiii" nicht einarbeiten. Nein, die würden sie da alle nie wiedersehen. Der Arzt hatte auch sofort zugestimmt. Er hatte großes Verständnis. So ein Chef, so ein Verhalten, das ging ja gar nicht! Big H hatte natürlich getobt, aber das war Isabell egal. Der konnte noch schön weiter Gehalt zahlen.

Dann hatte sie Oma angerufen und gesagt, dass sie mit Kalle käme. Oma hatte sich riesig gefreut, aber gleich angemerkt, dass sie doch arbeiten müsse. Isabell hatte ihr erzählt, dass Kalle und sie Urlaub machen würden.

Kalle schnaubte. „Das mach ich nur für dich. Wer soll sich denn um alles kümmern? Meine Termine! Alles hab ich abgesagt."

„Sooo viele waren es jetzt auch nicht. Lass die Kirche mal im Dorf."

„Ja, ja, sag es nur. Ich bin ein Versager. Mein Laden läuft nicht. Ich hätte die Umschulung nicht machen und Maurer bleiben sollen. Auf zugigen Baustellen schuften, immer mit der Angst, eine Lungen- oder Nierenbeckenentzündung zu bekommen oder von herabfallenden Dachpfannen erschlagen zu werden. Meine Hände, einst wurden sie von meinem Vater, Gott hab ihn selig, Musikerhände genannt oder Chirurgenhände, sie wären mittlerweile voller Risse und Schwielen. Ich hätte schon eine Staublunge und Asthma und müsste ständig mit so einem Spray herumlaufen … Aber egal, alles wäre besser gewesen als die Umschulung zum Kosmetiker. Und die Fortbildung für medizinische Fußpflege hätte ich mir auch sparen können. Es macht ja keiner bei mir Termine."

„Du bist auch manchmal ein bisschen ruppig zu den Leuten", versuchte Isabell den beruflichen Halberfolg von Kalle schonend zu erklären. „Das erzähle ich dir auch nicht zum ersten Mal. Du kannst zu einer Kundin nicht sagen, dass sie nicht aussieht wie vierzig, sondern wie fünfzig."

„Wenn sie mich doch fragt." Kalle verschränkte giftig die Arme.

„Kalle! Das ist doch ganz egal. So kommst du nie auf einen grünen Zweig." Isabell verdrehte die Augen.

„Ich mag aber nicht lügen. Außerdem ist es doch jetzt sowieso egal. Ich muss da ausziehen, und dann noch die Betriebskostennachzahlung. Schönen Dank auch. Die Renovierungskosten erstattet mir auch keiner, weil ich keinen Nachmieter finden muss. Der blöde Besitzer will die Wohnung für seinen Sohn haben und ich hab leider damals unterschrieben, dass ich selbst renoviere. Ich krieg noch nicht mal Abstand. Wenigstens muss ich beim Auszug nicht streichen. Aber ausräumen muss ich auch noch alles. Wie soll ich das nur schaffen? Die Bank will doch jeden Monat ihr Geld sehen." Verzweifelt fuhr er sich durch die

Haare. Isabell klopfte ihm auf die Schulter. „Nun beruhig dich mal. Dafür sparst du dann erst mal die Miete. Und mit der Bank wirst du auch noch sprechen. Jetzt fahren wir erst mal zu Oma. Ich helfe ihr und du spannst ein bisschen aus." Isabell nickte. So würden sie es machen und so war es richtig.

Kalle rümpfte die Nase. „In diesem Kaff ist es bestimmt langweilig."

„Ich sag mal so: beschaulich." Isabell grinste. „Sagen wir mal so: Einen Herzinfarkt wirst du kaum bekommen."

„Meine Güte." Kalle schüttelte den Kopf. „Da werden doch mit Sicherheit um vier Uhr nachmittags die Bürgersteige hochgeklappt."

„Nein", erwiderte Isabell. „Um drei schon. Das wird dir guttun. Und heute Abend lade ich dich ins ‚Kronenstübchen' ein. Da gibt es die leckersten Jägerschnitzel überhaupt. Die Leute kommen von weit her, um diese Schnitzel zu essen. Und dann die Bratkartoffeln! Das kann Walter wirklich gut. Also, Walter ist der Mann vom Julchen, den beiden gehört das Wirtshaus. Die Champignonrahmsoße ist ein Gedicht." Ihr knurrte schon wieder der Magen. Wenn man es genau nahm, konnte sie ständig essen.

Kalle klagte schon weiter: „Und bestimmt gibt es Eimersalat mit fettem Dressing. Dann rolle ich nach einer Woche herum."

„Du bist so dünn, du kannst das vertragen. Du nimmst nie zu." Isabell sagte das nicht ohne Neid. Kalles Stoffwechsel wünschte sich jede Frau.

„Ich bin so fertig", jammerte Kalle. „Ich bin ein gebrochener Mann. Bald wohnsitzlos. Ich werde nichts mehr haben. Und dann soll ich mich auch noch aus Frust jeden Tag in deinem einsamen Ostseekaff mit Eimersalat vollstopfen, bis ich fett werde? Was verlangt der Herrgott da von mir? Was verlangst *du* da von mir? Ich brauche emotionalen Beistand, das brauche ich, niemanden, der mir …"

Isabell verdrehte die Augen, schaltete auf Durchzug und drückte das Gaspedal durch.

Es war immer schön, von der Landstraße abzubiegen und nach ungefähr einem Kilometer in Seestein anzukommen. Heute war es aber besonders schön: Die Sonne schien, rechts und links grasten die Kühe und Schafe auf den Weiden und das Ortsschild wies darauf hin, dass Seestein eine schleswig-holsteinische Blumenstadt sei. Zu Recht. Hier gab es wunderschöne Blumen und eigentlich war jeder Quadratzentimeter, der nicht anders genutzt wurde, mit irgendetwas bepflanzt. Die Häuser sowieso. Im Sommer rankten sich Rosen, Klematis und Efeu bis in die Reetdächer hinauf, an Gartenzäunen wuchsen bunte Blumen vor sich hin und sogar die Fahrradständer waren begrünt. Seestein war eine einzige bunte Blume. Jetzt im Mai auch schon. Von Tag zu Tag würde es noch schöner werden.

„Oh, die Bäckerei sieht aber alt aus." Kalle deutete auf Hannis Konditorei und Bäckerei.

„Die ist auch alt. Sie gehört Omas bester Freundin und wird von der Familie seit vierhundert Jahren geführt."

Kalle staunte ehrfürchtig. „Vierhundert! Das war ja, das war ja …"

„Sechzehnhundertnochwas", erklärte Isabell. „Das Brot und die Brötchen und überhaupt alles wird noch in den alten Öfen gebacken. Die funktionieren tadellos. Morgen holen wir hier die Brötchen. Du wirst dich hinknien. Hannis

Laugenbrezeln sind unschlagbar. Das sind noch richtige Brezeln."

„Was sind denn falsche Brezeln?"

„Mit richtig meine ich richtig selbst gebacken, ohne diese Treibmittel. So was würde Hanni nie ins Haus kommen. Sie backt zwar nicht selbst, das macht ein angestellter Bäcker, aber sie steht mit Mitte siebzig noch jeden Tag im Laden."

„Ach." Kalle überlegte. „Sind die denn früher auch gefoltert worden, die Bäcker?"

„Wie kommst du denn darauf?" Isabell verstand gar nichts mehr. Sie konnte Kalles Hirnwindungen manchmal einfach nicht nachvollziehen.

„Ich hab das mal im Fernsehen gesehen. Wenn Bäcker früher Brot verkauft haben und das Brot weniger Gewicht hatte als vom Bäcker angegeben, hat man sie gefoltert."

„Was du alles weißt."

„Stimmt wirklich. Das war im Mittelalter und hieß Bäckertaufe oder das Bäckerschupfen. Man hat die Bäcker in einem Käfig in Wasser oder Gülle getunkt, wenn die das Brot zu leicht oder in schlechter Qualität hergestellt haben, oder die wurden an den Pranger gestellt und haben so eine Schandmaske aufgesetzt bekommen. Dann haben die Leute den Bäcker mit Steinen beworfen. Zur Strafe. Die Bäcker haben bestimmt geschrien."

„Echt, zur Strafe? Ich dachte jetzt, die Bäcker hätten das lustig gefunden."

„Du immer." Kalle war gekränkt. „Ich hätte vielleicht Geschichte studieren sollen. Das wäre es gewesen. Dann wäre ich jetzt Archäologe oder Lehrer und müsste mir keine Gedanken machen. Um nichts. Die armen Bäcker.

Was müssen die gelitten haben." Schon wieder kamen ihm die Tränen. Seine Laune heute war echt unerträglich.

„Kalle, bitte reiß dich mal zusammen. Du kannst doch jetzt nicht wegen Bäckern im 17. Jahrhundert heulen."

„Doch. Du müsstest mal die Zeichnungen sehen, Fotoapparate gab es ja damals noch nicht. Die wurden in die Holzkäfige gesteckt und dann einfach ins Wasser gelassen. Da sind auch bestimmt welche ertrunken. Buhuuu. Die armen Familien."

„Sie hätten einfach ordentliches Brot backen können." Was war das nur für ein Gespräch!

„Aber so was macht man doch nicht. Das gehört sich doch nicht. Die hatten da auch keine Trockner. Dann haben die Bäcker sich bestimmt erkältet in den nassen Sachen. Man kann doch über alles reden. Die Bäcker wären bestimmt verständnisvoll gewesen und hätten Besserung gelobt. Stattdessen hat man sie einfach abgemurkst! Buuuhuuuuu. Sie tun mir so leid."

„Zu dieser Zeit redete man offenbar nicht so viel und hat die Dinge auch nicht so reflektiert gesehen", erklärte Isabell. „Sonst hätte Heinrich der Achte einige seiner Frauen nicht köpfen lassen."

Das brachte das Fass zum Überlaufen und Isabell bereute ihren letzten Satz.

„Die arme Anne Boleyn, ach, ach, ach, buuuhuuu, der Heinrich war so fies zu ihr, buuuuuhuuuuuuu, einfach so in den Tower gesperrt, buuuhuuuu …"

„KALLE! Hör jetzt auf! Sofort! Denk an was Schönes! Schau, das da ist die Schlachterei von Grethel und Paul. Die schlachten noch selbst." Sie deutete auf ein Fachwerkgebäude.

„Wie furchtbar. Die armen Tiere! Oh mein Gott!“

„Wieso arm?“, fragte Isabell genervt.

„Na, weil sie umgebracht werden.“

Isabell würde gleich durchdrehen.

Betont ruhig wandte sie sich an Kalle „Du isst doch Fleisch.“

„Ja, sicher. Was hat denn das damit zu tun?“

„Langsam gehst du mir auf den Keks. Alle Tiere, die man isst, werden vorher getötet.“

„Das weiß ich auch, ich bin ja nicht blöd.“ Er zog ein Taschentuch aus seiner Jacke und schnäuzte hinein.

„Paul und Grethel schlachten selbst, das heißt, die Tiere sterben nicht mit vielen anderen zusammen in einem riesigen Schlachthof, das hier ist viel humaner.“

„Die werden bestimmt auch geköpft so wie die Frauen vom Heinrich. Ich wäre übrigens wahrscheinlich jetzt auch schon tot, wenn ich mit dem Peitschenmann nach Hause gegangen wäre. Der hätte mir bestimmt auch den Kopf abgeschlagen und ich hätte mich dafür noch bedanken müssen. Oh … die armen Bäcker, die armen Tiere, die arme Anne Boleyn …“

Isabell beschloss, nun lieber ruhig zu sein. Kalle war sonst auch theatralisch und anstrengend, heute aber ganz besonders. Vielleicht wäre es gar nicht mal so schlecht gewesen, wenn dieser Látigo ihn mitgenommen hätte. Dann hätte Kalle wirklich mal was zu jammern gehabt …

Nach ein paar weiteren Kilometern, auf denen Isabell schwieg und Kalle vor sich hin schniefte, waren sie endlich am Ziel angelangt.

Isabell fuhr auf Omas Hof und stellte das Auto ab. Sie wunderte sich, dass Edith nicht schon längst vors Haus gelaufen war. Normalerweise ließ sie alles stehen und liegen, sobald sie vor ihrem Fenster Motorengeräusche hörte.

„Oma?“ Isabell rief nun zum dritten Mal nach ihrer Großmutter, aber niemand antwortete. Die Haustür hatte offen gestanden wie eigentlich immer, außer vielleicht im tiefsten Winter.

„Das ist aber schön hier“, freute sich Kalle. „Sehr idyllisch. Und sogar Kopfsteinpflaster. Und diese Klappläden mit den Blumenkästen. Und die Bank vorm Haus. Oh, da laufen sogar Hühner!“

„Schau du doch mal hinten im Garten nach“, bat Isabell Kalle. „Vielleicht ist sie beim Gemüse, sie kontrolliert ständig, ob alles wächst und schön wird. Oma!“

Kalle nickte und verschwand um die Hausecke. Kurze Zeit später hörte Isabell ihn schreien. „Isabell, Isabell!“ Er stand keuchend vor ihr.

„Was ist?“ Isabells Herz begann zu rasen.

Kalle war kalkweiß im Gesicht. „Deine Oma ist tot. Sie hat sich aufgehängt.“

„Oma, was machst du denn?“ Isabell stand vor dem Kirschbaum, von dem ihre Oma baumelte.

„Angeblich ist es gut, wenn man Kopfstand macht. Das hab ich in diesem Yoga-Buch gelesen, das der Doktor Schörner mir gegeben hat. Und Burn-out heißt doch, dass man sich hängen lässt.“ Oma zwinkerte Isabell verschwörerisch von unten zu.

„Du machst doch aber gar keinen Kopfstand. Du hängst kopfüber vom Baum runter."

Oma Edith grinste sie mit rotem Kopf an. „Ja, Himmel, Klößchen, weil ich dauernd umgefallen bin, als ich versucht hab, auf dem Kopf zu stehen. Und so geht es jetzt. Ich dachte, mich sieht hier ja keiner. Und ich hab eine Latzhose an, da ist nichts zu sehen von meinem Schlüpfer und so." Sie schaukelte hin und her. „Angeblich erhält die Halsschlagader beim Kopfstand wesentlich mehr Blut. Angeblich werden das Gehirn, die Wirbelsäule und der Sympathikus mit Blut versorgt, was auch immer der Sympathikus sein mag. Aber er klingt nett. Nervenkrankheiten und so was gehen angeblich weg und das ist gut gegen Krampfadern und bei Nierenkoliken. Und wenn man Asthma hat, soll man das auch machen. Gut, oder?"

„Oma", Isabell war außer sich. „Du hast keine Krampfadern, keine Nierenkoliken und kein Asthma."

„Aber ich bin nervenkrank, sagt der Schörner."

„Du hast Burn-out. Du bist erschöpft." Das war doch was ganz anderes.

„Papperlapapp. Ich muss was gegen meine Nervenkrankheit tun, oder willst du, dass ich irgendwann anfange zu zucken und wirres Zeug zu reden? Außerdem kann ich nichts dafür, dass der Schörner mir das Buch gegeben hat."

Isabell würde dem Arzt bei Gelegenheit mal die Meinung sagen.

„Deine Oma nennt dich Klößchen?", grinste Kalle. „Also, das passt, wie ich finde. Und deine Oma hat recht. Das mit den Krankheiten hab ich auch schon mal irgendwo in einer Doku gesehen. Die Lunge wird gereinigt und der Kopfstand verbessert auch die Durchblutung der Kopfhaut, da fallen einem die Haare nicht so schnell aus und werden nicht so rasch grau."

„Dann hat meine Oma ein bisschen spät damit angefangen", sagte Isabell und deutete auf Omas schneeweiße Haare. Dann wurde sie wieder wütend. „Du hast sie wohl nicht alle. Mir so einen Schrecken einzujagen, von wegen, meine Oma habe sich erhängt. Findest du das witzig oder was?"

Oma sagte: „Regt euch nicht auf. Wusstet ihr, dass Kopfstand gut für den Gleichgewichtssinn, die muskuläre Koordination, fürs Selbstvertrauen und für die Konzentration ist? Mut wird auch gefördert." Sie schien das Yoga-Buch auswendig gelernt zu haben. Typisch Oma Edith, sie verbiss sich wirklich in jedem Thema.

„Ja, was hättest du denn an meiner Stelle gedacht, wenn da jemand im Baum hängt?", regte Kalle sich auf. „Da denkt man doch, dass derjenige sich erhängt hat. Dass das Genick gebrochen ist."

„Kopfüber, ja? Wie kann man sich denn bitte *kopfüber* das Genick brechen?"

„Ich bin kein Arzt." Nun wurde Kalle sauer. „Sei doch froh, dass deine Großmutter nur Yoga macht und ihr Genick heil ist."

„Sie macht kein Yoga, sie hängt im Baum."

„Klößchen", keuchte Oma Edith. „Langsam wird mir das zu viel Blut im Kopf. Hilf mir mal runter, halt mich mal, damit ich die Beine vom Ast lösen kann."

„Das kannst du doch jetzt bestimmt selbst", sagte Isabell sauer.

„Es ist aber ziemlich hoch", Oma keuchte nun lauter.

„Du hast doch jetzt gelernt, mutig zu sein."

„Klößchen!“ Oma wackelte hin und her.

„Du willst ja wohl deine Oma nicht im Baum hängen lassen.“ Kalle griff Edith unter die Arme und hob sie etwas hoch, sodass sie die Beine vom Ast lösen konnte. Dann stand sie vor ihnen, krebsrot im Gesicht.

„Ich fühle mich schon um Jahre jünger.“ Sie hielt Kalle die Hand hin und er nahm und schüttelte sie. „Sie sind also der schwule Freund meiner Enkelin.“

„Äh, ja“, gab Kalle zu.

„In meiner Berliner Zeit hatte ich viele schwule Freunde“, erklärte Oma Edith fröhlich. „Wir nannten sie unsere Schwuletten. Was hatten wir für einen Spaß. Ein Fotograf, er hieß Edward, aber wir haben ihn Edda genannt, kam aus Amerika. Er war der Einzige, der uns Mädels nackt sehen durfte, wenn wir uns umgezogen haben. Er hat immer gesagt, wie schade es sei, dass er schwul sei, weil wir so hübsch seien, hat er gesagt. So ein Netter. Er sagte auch immer, für ihn sei immer Weihnachten, wenn er in die Umkleidekabine käme, überall wären stets Glocken. Edda hat uns auch immer Schokolade gebracht. Er trug manchmal unsere Kleider, das hat ihm gefallen. Ach, Edda war so ein Netter. In den Fünfzigern musste man ja als Schwuler aufpassen. Das war strafbar und sittenwidrig. Ich hab immer gesagt, dass es doch egal ist, wer mit wem ins Bett steigt, was geht das andere an? Aber die prüde Gesellschaft hat das anders gesehen. Dabei waren die angeblichen selbsternannten gutbürgerlichen Leute diejenigen, die den meisten Dreck am Stecken hatten. Ach, ist das schön, dass ihr da seid, Klößchen. Jetzt bin ich nur gar nicht dazu gekommen, Sauerbraten zu machen, weil ich …“

„Oma, du machst jetzt gar nichts“, unterbrach Isabell sie. „Ich kümmere mich jetzt mal um alles und Kalle hilft mir.“

„Ich hab aber Hunger“, ließ Kalle sie wissen.

„Jetzt packen wir erst mal aus und heute Abend gehen wir ins ‚Kronenstübchen‘ und essen da Jägerschnitzel, das hatte ich schon gesagt.“

„Also, mir behagt das ja nicht, Geld für auswärts essen auszugeben, ich mache immer alles selbst“, sagte Oma.

„Genau das ist das Problem, Oma. Du machst *immer alles selbst* – und das nicht nur für dich, sondern für ganz Seestein. Damit ist ab sofort Schluss. Und jetzt trinken wir Kaffee.“ Isabell nickte.

„Darf es denn wenigstens ein Stück Apfelkuchen sein?“, fragte Oma verschnupft. „Entschuldige bitte, dass ich ihn selbst gebacken habe, ab morgen gibt’s nur noch Nahrung aus dem Tiefkühler. Fertigkost mit Zusatzstoffen, damit ich mich bloß nicht überanstrenge.“

„Oma, nun sei nicht beleidigt.“

„Ich bin doch nicht beleidigt. Lasst uns in die Küche gehen. Entschuldige bitte, dass ich noch ohne Hilfe laufen kann, ich kaufe morgen vorsorglich einen Stock.“ Mit erhobenem Kopf schritt Oma an Isabell vorbei. „Kommen Sie, Schwuppi, Sie sehen so aus, als könnten Sie ein paar Stücke Kuchen mit Sahne vertragen. Entschuldige, Klößchen, dass ich die Sahne selbst geschlagen habe. Morgen kaufe ich Sprühsahne aus der Dose, damit ich nicht beim Sahneschlagen vor Anstrengung einen Herzinfarkt bekomme …“

Und so ging es immer weiter. Es würde nicht einfach werden. Isabell seufzte.

Kalle aber schien sich wohlzufühlen. In der schönen großen Wohnküche waren die Fenster geöffnet, man sah in den Garten, wo die Vögel zwitscherten. Oma holte die alten blauweißen Henkeltassen und Kuchenteller aus dem Schrank und brühte Kaffee auf („Entschuldigung, dass ich Pulverkaffee nehme und selbst brühe, ich könnte ja dabei einen Schlaganfall kriegen, morgen besorge ich Nescafé"), und dann stopfte Kalle ein Stück Kuchen nach dem anderen in sich hinein und löffelte haufenweise Sahne auf seinen Teller. Isabell hielt sich zurück und schob den Kuchen auf ihrem Teller hin und her, so wie Models und andere dünne Frauen das immer taten. Die taten doch nur so, als ob sie essen würden. Die Sahne ignorierte sie ebenfalls tapfer.

Gott, sah das lecker aus!

Oma hatte Mandeln in den Mürbeteig getan, das roch sie. Aber sie war nicht wegen des Kuchens hier.

Morgen würde sie zum Schörner gehen und fragen, was wirklich mit Oma los war. Sie hatte ihn telefonisch nicht erreicht, der Arzt war ständig auf Hausbesuch gewesen.

Während sie dasaß und den Kuchen hin und her schob, klingelte in einer Tour das Telefon oder Leute standen an der Tür. Alle wollten irgendwas von Oma. Enkelkinder von irgendjemandem kamen in die Küche gerannt und wollten Kuchen, Ilse Braband vom Nachbarhof brauchte einen Einkochtopf und Gelierzucker, sie hatte es nicht geschafft, einkaufen zu gehen, ach, und Eier könne Oma ihr auch mitgeben, der Pfarrer kam und fragte, ob Oma dran gedacht habe, Kerzen zu bestellen und Oblaten, und Ingmar Fritzken klagte am Telefon darüber, dass seine Frau auf Kur sei und er gar nicht wisse, wie der Herd funktioniere. Und ob Oma Kartoffeln schälen könne.

Isabell saß da und schüttelte den Kopf. Das war ja *un-er-träg-lich*!

In einer ruhigen Sekunde nahm sie die Großmutter zur Seite. „Das geht so nicht, Oma. Die sind total rücksichtslos, die Leute. Die wissen doch, dass es dir nicht gut geht."

„Ach was, Klößchen, ich bin doch nur umgekippt", sagte Edith. „Ich will doch nicht, dass sich deshalb jemand Sorgen macht. Ich will den Leuten nicht zur Last fallen. Und hör mal, Klößchen, komm bloß nicht auf die Idee, deine Mutter anzurufen. Lass die mal schön ihre Reise machen. Ich sag dir, wenn sie herkommt, *das* wird mich umbringen. Sie würde mich zu einer bettlägerigen Alten machen und dauernd müsste ich Brühe trinken. Und sie würde mich bestimmt zum Blutabnehmen zwingen oder mich in ein Krankenhaus stecken. Zur Beobachtung. Das halte ich nicht aus. Versprich es mir, versprich es mir, Klößchen!"

Isabell versprach es widerwillig.

Oma lamentierte weiter, dass sie alleine klarkäme und was das denn alles solle, und das wäre ja noch schöner, wenn sie die Leute bäte, ihr bei was denn überhaupt zu helfen.

Genau das war das Problem. Oma wollte niemandem zur Last fallen, aber alle luden ihre Last bei und auf Oma ab.

Das würde sich jetzt ändern.

Das ‚Kronenstübchen' war an den Wochenenden immer brechend voll und da hätten sie garantiert keinen Platz bekommen. Heute ging es.

Die Leute fuhren teilweise fünfzig Kilometer, um Walters Schnitzel und seine Bratkartoffeln, die Kroketten und die Pommes zu verschlingen. Walter schaffte es, aus einem Jägerschnitzel eine Gourmet-Mahlzeit zu zaubern, und keiner wusste, wie es ihm gelang, dass die Schnitzel so perfekt goldbraun und die Bratkartoffeln so auf den Punkt gebraten waren. Und die Soße! Die Jägersoße zu den Schnitzeln!!! Isabell hatte sie schon pur gegessen. Literweise! Sie war ein Gedicht!

Julchen war an den Tisch gekommen und hatte sich gefreut, Isabell wiederzusehen. „Finde ich gut, dass du Edith ein bisschen unterstützt. Sie hat doch so viel zu tun", sagte sie. „Und dann kann sie mir auch wieder mehr helfen. Die Möbius lässt dauernd Gläser fallen."

Isabell schwoll der Kamm. „Das sehen wir noch. Oma muss jetzt mal kürzertreten. Ich nehme einen Weißburgunder."

„Ist das gemütlich hier", freute sich Kalle und bestellte Bier und das berühmte Jägerschnitzel. „Da fühlt man sich gleich wie zu Hause." Er schaute sich weiter um. „Hübsch, mit dem Holz überall. Eine ganz entzückende Einrichtung, auch schön, dass alte Gerätschaften ausgestellt werden. Ah, da an der Wand hängt ein Pflug, das erkenne ich. Und da ein Waschbrett. Hallo", er nickte einer Männergruppe zu, die an einem runden Tisch saß. Sechs Augenpaare starrten ihn regungslos an.

„Wer ist das?", fragte er Isabell dann leise. „Die sehen ja entsetzlich böse aus."

„Sind sie auch", flüsterte Isabell. „Die waren alle im Gefängnis. Gemeinschaftlicher Mord an zwei Männern", flüsterte sie verschwörerisch. „Jetzt sind zwanzig Jahre rum und sie wurden wegen guter Führung vorzeitig entlassen."

„Was?", krächzte Kalle. „Das ist ja entsetzlich."

„Ja, aber was soll man machen. Irgendwo müssen sie doch hin. Und sie wohnen nun mal hier. Da kann man nichts machen. Da sind einem die Hände gebunden. Und es wird nicht darüber gesprochen. Niemals."

„Ich habe Angst", sagte Kalle. „Das hättest du mir vorher sagen müssen. Der sieht auch so aus, als hätte er was gegen Schwule."

„Hinnerk hat gegen jeden was. Selbst wenn ihm jemand ein Organ oder Knochenmark spenden würde, hätte Hinnerk was gegen ihn." Isabell musste kichern, weil Kalle ihr die Mord-Geschichte geglaubt hatte. Er war so herrlich hinters Licht zu führen. Mord! Als ob hier in Seestein irgendjemand was mit Mord zu tun hatte.

„Was tuschelt ihr denn?", fragte Oma. „Habt ihr Geheimnisse? Na, Hinnerk." Einer der Stammtisch-Männer war aufgestanden und zum Tisch gekommen. Kalle zitterte.

„Moin, Edith."

„Tach." Edith nickte ihm zu. Hinnerk glotzte erst Isabell an, dann Kalle.

„Wer's das?", fragte er mit einer Stimme, die gut von einem Bösewicht in einem Horrorfilm stammen könnte. Hinnerk schien so breit wie lang, ungefähr 1,70 groß. Er hatte viele Muskeln von der Arbeit auf dem Hof, dichtes, buschiges schwarzes Haar und seine dunklen Augen blitzten hinterlistig, so kam es Kalle zumindest vor.

Oma war guter Laune. „Das ist ein Freund von Klößchen. Ein Schwuler. Ich nenne ihn Schwuppi."

Kalle schloss entsetzt die Augen. Das war's. Er würde sterben. Hoffentlich würde es schnell gehen. Wenigstens das, hoffte Kalle.

„Schwuppi?" Hinnerk runzelte die Stirn.

„Ja, weil er schwul ist. Er tut aber nichts. Oder?“, fragte Oma Richtung Kalle. Er vermutete, dass er weiß wie eine Wand war, und sagte lieber gar nichts.

„Schwul, sachst du, Edith. Schwul.“ Hinnerk kratzte sich am Kinn. „Weiß nich, ob meine Männer das gut finden tun. Das is ja Seestein hier.“

„Ja, das is Seestein hier, Hinnerk. Das hast du schön gesagt. Und nun weißt du Bescheid, dass meine Enkelin mit Schwuppi hier in Seestein ist und erst mal bleibt. Das kannst du deinen Fischköppen sagen, und wenn jemand ein Problem damit hat, kann er sich gern an mich wenden.“ Edith lächelte Hinnerk freundlich an, vielleicht ein bisschen zu freundlich.

„Aber meine Männer …“ Hinnerk gab nicht auf.

„… können sich mal gehackt legen. Sonst erzähl ich mal was rum über dich, ham wir uns da verstanden?“ Jetzt lächelte Edith viel zu freundlich.

Hinnerk wurde rot.

„Also, min Jung. Schön die Kirche im Dorf lassen.“

Hinnerk drehte sich um und schlurfte davon.

„War das wirklich nötig, Oma?“, zischte Isabell. „Musstest du Hinnerk gleich auf die Nase binden, dass Kalle schwul ist?“

„Ja. Ich bin für klare Worte. Dieses Gerede hier geht mir zu sehr auf die Nerven. Du weißt doch, wie sie sind, Klößchen. Und Hinnerk kann sich warm anziehen, wenn er stänkert.“

„Was hat er denn gemacht?“, fragte Isabell neugierig.

Oma winkte ab. „Das willst du gar nicht wissen.“

„Doch.“ Isabell war natürlich jetzt neugierig. „Und ob ich das will. Also sag schon, Oma.“

„Nein." Oma knallte ihr Glas auf den Tisch. „Darüber wird nicht gesprochen. Ende. Aus. Und nun ist Schluss. Ah, da kommt ja unser Essen. Sieht lecker aus, Julchen, da ist ja viel los heute, das wird ja immer mehr, soll ich dir gleich beim Zapfen helfen?"

„Wär gut, wär gut." Julchen wirkte zufrieden.

Ach, Oma.

„Sie müssen keine Rücksicht auf mich nehmen, Frau Edith", sagte Kalle, als Julchen wieder weg war. „Isabell hat es mir schon erzählt. Dass dieser Hinnerk ein Mörder ist, es …"

„Wie bitte?" Oma war verwirrt.

„Na ja, Sie haben doch gerade selbst gesagt, dass er sich quasi in Acht nehmen muss." Kalle kippte sein Bier fast auf ex runter.

„Ich habe doch gesagt, darüber wird nie gesprochen", zischte Isabell leise, aber Kalle war von Sensationsgier geleitet.

„Klößchen, woher weißt du das denn?" Oma war entsetzt und nun war Isabell leicht verwirrt. „Darüber sprechen wir nicht. Das hat bestimmt Hanni ausgeplaudert, als sie einen in der Krone hatte."

„Also, eigentlich ist es so, dass ich Kalle …", fing Isabell an, wurde aber von Oma unterbrochen. Himmel, dachte Isabell. *Was ist denn hier los gewesen?*

„Es ist genug geredet und gemutmaßt worden, Klößchen. Die Sache ist erledigt. Niemand spricht mehr darüber."

So leicht ließ Kalle sich nicht abwimmeln. „Hinnerk ist also ein Mörder?", fragte er neugierig.

„Ich sagte, ich rede nicht darüber." Oma war bockig.

„Aber dann setzen wir vielleicht falsche Wahrheiten in die Welt“, sagte Kalle listig. Oma überlegte kurz und kniff die Augen zusammen. „Hm. Na ja, was heißt *Mörder*.“ Sie probierte seelenruhig die Bratkartoffeln. „Die Zwiebeln kann ich besser … Also, verurteilt worden ist Hinnerk nie. Aber wer weiß, ob er's damals nicht doch war. Und die anderen gleich mit, die Fischköppe. Deswegen haben die sich so zusammengerottet und sagen nie was. Die wollen sich nicht aus Versehen verplappern. Aber das ist lange her. Jetzt wisst ihr's. Und es wird darüber nicht mehr gesprochen. Punktum. Ich werde nix mehr dazu sagen. Habt ihr das beide verstanden?“

„Aber wenn …“, begann Kalle. Oma hob die Hand mit dem Messer. „Schluss. Kein Wort mehr darüber.“

Isabell wurde blass.

Sie hatte doch Kalle gegenüber nur einen Scherz machen wollen.

5. Kapitel

„Ich habe das natürlich nicht zum Spaß gesagt, Isabell. Deine Oma ist umgekippt und war käseweiß im Gesicht. Dann der Blutdruck, viel zu hoch. Sie steht permanent unter Stress, außerdem hat Hanni mir erzählt, dass sie schlecht schläft und es dauernd in ihrem Kopf rotiert. Sie ist nur damit beschäftigt, herumzurennen und es allen recht zu machen."

Doktor Schörner saß an seinem wuchtigen Schreibtisch und sah Isabell ernst an. „Ich beobachte schon seit Jahren, wie sie sich aufreibt. Natürlich kann man darüber lachen und sagen: ‚So ist sie halt', aber irgendwann ist es nicht mehr lustig."

Er beugte sich vor. „Wenn man sein Leben lang rund um die Uhr auf Achse ist und es immer mehr und immer mehr wird, dazu kommt dann noch die Trauer um den Mann, da sagt der Körper irgendwann ‚Stopp'."

Isabell nickte. Sie hatte noch nie darüber nachgedacht, dass Oma wegen Opa so litt. Opa war seit vier Jahren tot und es schien sogar, als wäre Oma seitdem aufgeblüht. Aber der Schörner konnte natürlich recht haben.

Das war alles ein bisschen viel für Isabell. Erst Omas Zusammenbruch und jetzt auch noch die Sache mit dem Mord …

„Burn-out, das passt irgendwie gar nicht zu Oma. Burn-out ist eine Managerkrankheit, das hab ich zumindest immer gedacht", sagte Isabell besorgt.

„Nun ja“, erwiderte Doktor Schörner und sah sie über den Rand seiner Lesebrille an. „Deine Oma ist ja auch die Managerin von Seestein. Es gibt doch nichts, was sie nicht macht. Jeder muss nur mit dem Finger schnippen. Sie muss sich ausruhen, es ist gut, dass du da bist. Und nun bin ich mal gespannt, was die Nachbarn und Freunde sagen. Letzteres finde ich am interessantesten. Seine Freunde lernt man nämlich erst richtig kennen, wenn man sie braucht. Wie lange kannst du bleiben?“

„Solange es nötig ist“, sagte Isabell. „Ein paar Wochen in jedem Fall.“ Big H musste ihr noch Gehalt zahlen. Und dann könnte sie vielleicht mit der Krankenkasse sprechen. Es gab ja immerhin so was wie Betreuungsgeld. Wie lange Kalle blieb, würde man sehen. Ihm schien es hier zu gefallen, er hatte sich heute Morgen freiwillig zum Ausmisten gemeldet und war hin und weg von der Tatsache, dass man *einfach so* die Eier einsammeln konnte. „Das sind mal Eier.“ Ehrfürchtig hatte er eins hochgehalten. Es war riesengroß.

„Die kriegt man nicht überall“, hatte Oma stolz genickt. „Meine Mädchen kriegen auch nur bestes Futter und können frei herumlaufen, so viel sie wollen.“

Dann hatte sie Kalle die Küken gezeigt und er war vor Rührung beinahe zusammengebrochen, weil er noch nie so kleine, warme, kuschelige Lebewesen in der Hand gehalten hatte. Oma zeigte ihm auch die beiden Kühe, Rosa und Alma, und erzählte stolz, dass schon in ein paar Tagen ein kleines Kälbchen auf die Welt kommen sollte. Es könne nun nicht mehr lange dauern, Alma sei schon ganz unruhig.

„Ein kleines Kälbchen, wie unsagbar schön“, hatte Kalle

geflüstert, während Alma muhte, was er vermutlich als Sympathiebekundung sah.

„Wenn Sie mögen, können Sie sich den Namen für das Kälbchen ausdenken, Schwuppi“, hatte Oma gesagt. Das war zu viel für Kalle und er hatte begonnen, zu schluchzen. Isabell, die in dem Moment dazugekommen war, hatte nur die Augen verdreht.

Während Kalle weinend den Schweinestall ausgemistet hatte, war sie dann zum Schörner gegangen.

Und nun saß sie hier. Die Gedanken wirbelten in ihrem Kopf durcheinander. Sie war natürlich neugierig, was diese Geschichte mit Hinnerk und den Fischköppen betraf. Aber sie kannte die Seesteiner. Wenn die nichts sagen wollten, dann sagten sie nichts. Da konnte man sich die Zähne dran ausbeißen. Gut. Es stand ja auch kein geplanter Mord an, sondern es ging um einen längst vergangenen und man wusste noch nicht mal, ob Hinnerk und die anderen es waren. Vielleicht würde sie was in einem Zeitungsarchiv finden. Aber das Wichtigste war, dass Oma wieder fit wurde. Isabell würde sich alles andere nie verzeihen. Oma hatte ihr jahrzehntelang ein schönes Leben bereitet, das sollte sie jetzt zurückkriegen.

„Du kannst mich jederzeit anrufen“, meinte der Schörner. „Tag und Nacht, daran hat sich nichts geändert.“

„Ich hoffe, ich kriege das alles hin“, sagte Isabell. „Wir bekommen auch bald ein Kälbchen.“

„Ach, die alte Alma hat doch Erfahrung.“ Der Schörner lachte. „Die hat doch schon jede Menge Kälbchen auf die Welt gebracht.“

„Ja, und einmal ist Doktor Scholz fast nicht mehr aus ihr rausgekommen mit seinem Arm." Isabell erinnerte sich mit Entsetzen an diesen Tag.

„Das passiert doch nicht bei jeder Geburt." Er nickte beruhigend. „Das wird schon. Also, ich halte es für richtig, wenn Edith eine Therapie macht", sagte er dann. „Das ist wichtig, sie soll uns doch nicht umkippen. Ich weiß, sie gehört zu einer anderen Generation, da ist Therapie gleichgestellt mit Irrenhaus, aber ich denke, wenn sie jemand dazu bringt, dann du, Isa. Also, rede mit ihr!"

Isabell nickte. Der Schörner stand auf und gab ihr die Hand. „Es wird schon werden!"

„Bestimmt. Wenn nicht, ruf ich an. Wir kriegen es schon hin und das Kälbchen auch auf die Welt. Außerdem habe ich einen Freund dabei, der hilft auch mit, und Omas Nachbarn sind ja auch noch da."

Hoffentlich, dachte sie.

„Der alte Scholz geht ja bald in den Ruhestand, aber da ist schon ein Nachfolger gefunden", sagte der Schörner. „Die Nummer müsste Edith haben." Er seufzte. „Etwas muss jedenfalls geschehen mit ihr. Eine Therapie ist heutzutage gang und gäbe." Isabell nickte. „Ich versuche sie zu überreden. In eine Klinik will sie nicht, aber wenigstens zu Hause soll sie sich ausruhen."

Er nickte und brachte sie zur Tür. Plötzlich schien ihm noch etwas einzufallen. „Warte mal", sagte er, ging zum Schreibtisch zurück und schrieb eine Telefonnummer auf einen Zettel, den er ihr dann reichte. „Hier, das ist ein guter Mann. Stephan Hellberg. Er ist erst vor Kurzem aus Berlin hierhergezogen, er wohnt im Nachbardorf. Den rufst du dann an."

„Aus Berlin? Wieso kommt man freiwillig aus Berlin hierher?“

„Seinen Eltern geht’s nicht so gut. Deswegen hat er jetzt eine Praxis in Flensburg und pendelt.“

Stephan. Musste dieser Mann so heißen? Sie wollte an keinen Stephan erinnert werden und merkte gerade, wie tief das alles noch saß. Was er wohl gerade machte? Ob er schon die fünfte Neue in Hamburg hatte, während seine Frau in München hockte und die offene Beziehung so cool fand?

Nicht daran denken.

Nicht. Daran. Denken.

„Danke.“ Sie nahm den Zettel, glaubte aber nicht, dass Oma sich auf einen Therapeuten einlassen würde. In ihrer Generation wurden Beinbrüche behandelt, aber keine Seelen. Da hatte der Schörner schon recht.

„Sagen Sie mal, Herr Doktor“, sagte Isabell zum Abschluss. „Wissen Sie was über Hinnerk und die Fischköppe, über das nicht gesprochen wird?“ Sie wollte es einfach mal austesten. Sofort wirkte der Schörner verschlossen. „Nö.“

„Gar nichts?“

„Ich weiß nicht, was du meinst, Isachen. Und nun muss ich weitermachen.“ Er drehte sich um und sagte nichts mehr.

Isabell verließ die Praxis und ging den Weg am kleinen Flüsschen entlang, der Bachpfädchen genannt wurde. Die Sonne schien, es war ein herrlicher Tag. Sie kam zum Marktplatz und stellte mal wieder fest, dass Seestein eines der schönsten Dörfer war, die sie kannte. Es war so sauber, so idyllisch, so liebevoll. Die hübschen Häuschen mit den Klappläden, die weiten Wiesen, die Koppeln, die direkte

Nähe zum Meer. Der schöne Strand, an dem nie was los war, weil es hier in Seestein keine Hotels gab – lediglich ein paar Fremdenzimmer, die Julchen und Walter über der Wirtschaft wieder hergerichtet hatten, weil immer wieder Gäste des „Kronenstübchens" nach einer Übernachtungsmöglichkeit fragten, die keine Lust hatten, etliche Kilometer zurückzufahren, und natürlich auch am Wochenende gern mal Alkohol tankten.

Das „Kronenstübchen" war in der Tat früher auch eine Herberge gewesen, aber das war lange her. Es war zu der Zeit gewesen, als die Menschheit noch ausschließlich auf Pferden unterwegs war. Vor dem Gasthaus gab es heute immer noch eine Tränke und drüber Gästezimmer. Sie waren noch so eingerichtet wie im 17. Jahrhundert, nichts hatte sich verändert. Das fanden die Leute toll. Die wenigen Menschen aus der Stadt, die in Seestein Urlaub machten, fanden es auch prima, dass es keine Duschen gab, sondern einen Waschraum für alle und ein Klo auf dem Gang. Das waren die Leute, die zugige Burgen besichtigten und es romantisch fanden, dass es damals noch keine Heizung, dafür aber die Pest und die Guillotine gegeben hatte, ihre Köpfe durch Original-Pranger steckten oder sich auf eine Streckbank aus dem 16. Jahrhundert legten, um sich dann fotografieren zu lassen.

Schon seltsam, was Großstädter für erholsam hielten. Grinsend ging Isabell weiter in Richtung Bäckerei. Erster Punkt, um Oma zu entlasten: mit Hanni sprechen.

„Burn-out, wa?" Hanni und die Kundinnen der Bäckerei starrten Isabell an. „Was is das denn bitte?", fragte die alte Metzel.

„Ein Erschöpfungssyndrom. Man ist ausgebrannt“, erklärte Isabell.

„Wa?“ Das war Frau Kerschenbacher, die mit ihrem Mann eine Gärtnerei betrieb, in der Oma natürlich auch manchmal aushalf.

„Oma ist fertig. Sie kann nicht mehr. Deswegen ist ihr schwindelig geworden. Sie macht zu viel. Leider nicht für sich, sondern für andere. Für euch.“ Isabell sah die anwesenden Frauen ernst an.

„Das hör ich zum ersten Mal, sach mal“, sagte die Bäckerin Hanni. „Sie sacht, das macht sie gern. Und jetzt soll sie's nich mehr machen?“ Sie klang fast ein bisschen ängstlich.

„Genau.“ Isabell nickte mit Nachdruck. „Das wird sich jetzt ändern. Sie soll uns nicht noch mal umkippen, dafür werde ich sorgen.“ Isabell starrte auf die leckeren Dinge, die vor ihr in der Vitrine lagen. Nussecken. Mandelhörnchen. Rumkugeln. Puddingteilchen, Himbeerschnitten. Stachelbeertorte mit Baiserhaube. Schokoladen-Buttercreme-Torte mit Trüffeln. Sachertorte. Schwarzwälder Kirsch. Die Frauen murmelten vor sich hin. *Burn-out. Komisch.*

Warum war Hanni eigentlich so dünn? Wie war das möglich? Würde Isabell hier arbeiten, würde sie den ganzen Tag lang in die Vitrine greifen.

„Oma muss kürzertreten. Und ich werde ihr dabei helfen.“

„Wie jetzt? Was heißt das denn genau?“ Nun waren sie neugierig.

„Der Schörner wollte sie eigentlich in eine Klinik schicken, aber das will sie nicht. Deswegen hab ich beschlossen, herzukommen und aufzupassen!“ Isabell nickte mit Nachdruck.

„Ja, das is wohl gut“, sagte Hanni und nickte. Sie grübelte, Isabell sah richtig, wie ihre Gedanken rotierten. „Aber warte mal, Isachen, sie hilft mir doch aber noch hier, oder?“

„Nein“, sagte Isabell. „Erst mal nicht. Sie soll sich um sich kümmern. Und ich werde sie dabei unterstützen.“

„Und wer hilft mir innen Laden?“, fragte Hanni verdattert.

„Da musst du dir vielleicht jemanden suchen, den du bezahlst. So läuft das nämlich normalerweise.“

Hanni war völlig irritiert. Das war sie nicht gewohnt. Frau Kerschenbacher und die anderen tuschelten. Die Kerschenbacher murmelte noch, dass Oma Edith ihr versprochen hatte, Setzlinge zu sortieren und einzutopfen.

Isabell verließ freundlich lächelnd den Laden und fand sich geradezu heroisch, weil sie Hanni nicht um eine Nussecke gebeten hatte.

Zu Hause angekommen, fand sie Oma im Flur vor. Sie telefonierte und klang sehr aufgebracht. „Nein, ich will mit Ihnen darüber gar nicht reden. Da brauchen Sie gar nicht noch mal anzurufen, das ist mein letztes Wort. Ich geh hier nich fort … nein, nein, nein … da können Sie mir sonst was versprechen und das Geld interessiert mich nich. Damit das klar ist.“ Sie knallte den Hörer auf, drehte sich um, sah Isabell und schrie auf. „Klößchen, willst du mich töööten?“ Sie griff sich mit beiden Händen an den Kopf. „Mich trifft noch der Schlag.“

„Das tut mir leid, Oma. Wer war das denn?“

„Ach, niemand. Ich muss nach dem Kuchen schauen. Dein Freund Kalle isst doch so gern Süßes. Ich hab ihm einen Marmorkuchen versprochen.“ Sie verdrehte die Augen. „Ja, ja, morgen kaufe ich eine Backmischung.“

„Du hast aber ganz aufgeregt geklungen.“ Isabell folgte der Oma in die Küche.

„Ach, das war nur so ein Hanswurst.“ Sie öffnete den Ofen und schnupperte. „Muss noch.“

„Sag jetzt.“

„Ach, weißt du, Klößchen, da schleicht seit ein paar Wochen so ein Mann hier durch die Gegend. Ein Ulf Winkelbach. Furchtbarer Mensch.“

Isabell runzelte die Stirn. „Er schleicht hier herum? Was will er?“

„Er will uns Seestein wegnehmen“, sagte Oma Edith.

„Wie bitte? Euch Seestein wegnehmen?“

Oma schnaubte wütend. „Er will uns vertreiben. Er macht in Immobilien. Und er hat ganz viele Leute an der Hand, die bereit sind, hier ganz viel zu *investieren*. Seestein soll ein historisches Dorf mit so Ferienwohnungen und Entspannungskram werden.“

„Was?“

„Ja.“ Edith nickte. „Dauernd ruft er an und will, dass ich ausziehe. Er sagt, er will ein paar Höfe zu Museen umbauen und ansonsten alles ummodeln zu Ferienhäusern und -wohnungen. Historisch soll es sein, so wie es früher war. Weil sich hier ja nicht viel verändert hat. Sieht alles noch genauso aus wie vor hunderten Jahren. Nicht nur auf meinem Hof, Klößchen, weißt du ja, überall. Im ganzen Dorf. Und da wittert er das große Geld, dieser Taugenichts. Ein unangenehmer Mensch. Er hat keine Manieren. Und er stinkt.“

„Ach, er war schon bei dir?“

Edith nickte böse. „Ja, nicht nur bei mir. Er war auch schon bei Hanni und Julchen und Grethel und wo nicht überall. Dann fängt er an, mit Bargeld herumzuwedeln, und schwafelt davon, dass es noch mehr gibt, aber das wollen wir nicht. Wir haben sogar schon Hulle angerufen!“

„Und was hat der gesagt?“, wollte Isabell wissen.

„Er sagt ja nie viel. Er hat gesagt, es sei keinem verboten, herumzulaufen und Immobilien kaufen zu wollen. Da könnte man nix machen, hat Hulle gesagt.“

Hulle war der Dorfpolizist und hatte, wenn man es ganz genau nahm, überhaupt gar nichts zu tun. Er wohnte mit seinem halb blinden Hund Bosko noch bei seinen Eltern in der Wohnung über der Wache und machte den ganzen Tag bei Ratespielen im Radio und Preisausschreiben im Fernsehen oder in Zeitschriften mit. Sein Vater war auch Dorfpolizist gewesen und deswegen musste Hulle das auch werden. Hulle sagte immer, wie gern er Rechtsmediziner geworden wäre, aber sein Vater, der Ernst, erwiderte dann jedes Mal, Schuster sollten bei ihren Leisten bleiben.

Hulle fand auch keine Frau, weil seiner Mutter, der Alida, keine recht war. Sie waren zu dick, zu dünn, hatten zu lange oder zu kurze Haare, konnten nicht kochen oder besser kochen als sie, hatten eine eigene Meinung und so weiter. Einmal hatte Hulle sich bei „Schwiegertochter gesucht“ beworben, aber er war nicht genommen worden. Wahrscheinlich hatte Vera Int-Veen mit seiner Mutter telefoniert und dann panisch einen Rückzieher gemacht.

Edith setzte sich. „Ich würde hier nie fortgehen. Einen alten Baum verpflanzt man nicht.“

„Das musst du auch gar nicht. Soll ich dir einen Tee machen?“

„Ja.“ Oma überlegte. „Nein. Gib mir mal einen Obstbrand. Jeden Tag einen Obstbrand und man wird hundertfünfzig Jahre alt.“

„Aber Oma, es ist Mittag.“

„Na und? Hol die Flasche aus dem Küchenbüfett und zwei Gläser. Du brauchst auch mal was Gutes, Klößchen.“

Isabell tat, was sie sagte. Wenn Oma einen Klaren wollte, wollte sie einen Klaren. Sie holte also die Flasche und zwei kleine Gläser, goss ihnen ein und Oma prostete ihr zu. „Auf die Gesundheit.“

„Du, Oma. Ich war beim Schörner.“

Oma nickte. „Weiß ich. Glaub mal nicht, dass ich das nicht sofort weiß.“

„Das ist mir klar. Oma, der Schörner hat gesagt, dass du kürzertreten musst.“

„Hat er das gesagt, ja? Der soll selbst mal kürzertreten, sonst läuft ihm bald die Frau weg. Die Friederike beschwert sich schon seit Jahren drüber, dass er nie zu Hause ist. Tag und Nacht im Einsatz. Sie hatte ja mal eine Affäre mit dem Uwe, das war was, sag ich dir. Jeder wusste es, nur er selbst nicht.“

Isabell versuchte, zu folgen. „Der Uwe wusste nicht, dass er eine Affäre mit Friederike hatte?“

„Nein, der Schörner natürlich. Jedenfalls geht’s mir doch schon wieder besser. Du bleibst noch ein bisschen mit deinem Schwuppi und dann geht alles wieder seinen gewohnten Gang.“

„Oma. Der Schörner hat mir die Nummer von einem Mann gegeben, der sich mit Burn-out auskennt.“ Isabell vermied das Wort Therapeut. „Anhören kannst du dir doch mal, was er zu sagen hat."

„Bestimmt ein Therapeut. Burn-out. Ich finde diesen Ausdruck entsetzlich. Wir sind doch hier nicht in Hollywood. Ich brauche keinen Therapeuten. Da kommt dann einer und steckt mich in so eine weiße Jacke und sperrt mich in ein Haus im Wald und ich komm da nie wieder raus, egal wie laut ich schreie. Und dann binden die mich fest oder stecken mich in eine Gummizelle. Und wer füttert dann meine Hühner? Nee, Klößchen, nicht mit mir!"

„Wie kommst du denn auf so was?" Hatte Oma zu viele Filme gesehen?

„Bevor dieser Hanswurst angerufen hat, hat Hanni mich angerufen. Du warst bei ihr in der Bäckerei."

Hanni hatte mit Sicherheit eine Sekunde, nachdem Isabell den Laden verlassen hatte, zum Telefon gegriffen. „Ja, und?"

„Sie hat gesagt, Edith, hat sie gesagt, pass auf, was dein Klößchen da macht. Mit diesem ganzen neumodischen Kram da. Burn-out. Das passt nicht nach Seestein, hat Hanni gesagt."

So kam Isabell nicht weiter. Da fiel ihr was ein.

„Oma", sagte sie. „Wenn du nicht wenigstens mit dem Therapeuten sprichst, rufe ich Mama an und mache alles viel schlimmer, als es ist. Und du weißt, was dann passiert."

„Das machst du nicht, Klößchen", Oma war empört.

„Und ob ich das mache. So wahr ich Klößchen heiße!"

Oma antwortete nichts mehr. In ihrem Kopf rotierte es.

„Na gut", kam es dann zögerlich. „Ich spreche mit diesem Mann. Aber ich *spreche* nur mit ihm. Ich lasse mich auf nichts ein."

Isabell lächelte. „Danke, Oma.“ Dann holte sie den Zettel mit der Nummer des Therapeuten aus ihrer Handtasche und ging zum Telefon. Der Doktor sei nicht da, sagte die Dame am Telefon. Der sei auf Hausbesuch. Ja ja, so sei er, immer auf Achse, immer für die Patienten da. *Der Herr Hellberg ist ein ganz besonderer Mann.* Ja, sie würde es ihm ausrichten, er sei wirklich ein sehr guter Arzt und er meldet sich auch immer von unterwegs und fragt, ob was Wichtiges sei, und natürlich würde sie, die Frau Trippenburger, ihm das sagen. Sie würde halbtags bei ihm arbeiten, die Kinder seien jetzt aus dem Haus, da wolle sie nicht herumsitzen und stricken und so sei es besser, und ihr Mann, der solle mal nicht meckern, abends würde trotzdem das Essen pünktlich auf dem Tisch stehen, mal sei sie vormittags da, mal nachmittags, heute nachmittags. Und wenn sie die Nummer und die Adresse bekommen würde von Isabell, dann würde der Doktor sich so bald wie möglich melden, er sei so was von zuverlässig. *Manchmal bringt er mittags sogar Kuchen mit. So ein netter Mann!*

Isabell war nach dem Telefonat völlig zermürbt. Hoffentlich würde der Arzt sich bald melden. Unter gar keinen Umständen würde sie noch mal ein solches Gespräch aushalten.

„Er meldet sich“, sagte sie zu Edith, nachdem sie wieder in der Küche war. Die antwortete nicht, sondern fummelte mit einem Messer am Marmorkuchen herum. Dann ließ sie das Messer sinken und ging zu einem Stuhl. Oma war weiß im Gesicht und atmete schwer. „Ach je“, sagte sie. „Ich glaub, ich brauch mal ’ne Pause.“

Das hatte sie noch nie gesagt.

„So, Oma, und jetzt legst du dich hin, ich mach dir Kaffee.“

„Nein, noch einen Klaren."
„Auf keinen Fall." Isabell blieb hart.
„Na gut." Das hatte sie auch noch nie gesagt. Isabell kochte Kaffee und hoffte, dass dieser Therapeut sich bald melden würde.
Kalle kam in die Küche. „Oh, Kuchen."
„Ja, Schwuppi, Marmorkuchen. Sie haben gesagt, dass Sie den so mögen", sagte Oma matt. „Ich hab's doch versprochen."
„Das stimmt." Kalle nahm ein Messer und schnitt ein großes Stück ab. „Lecker. Ich glaube, bei Alma geht es bald los. Sie ist ganz unruhig." Seine Unterlippe zitterte. „Sicher leidet sie. Die arme Kuh."
„Wird schon werden", meinte Edith. „Alma ist erfahren."
„Ich kümmere mich um sie, keine Sorge. Das Kälbchen wird das Licht der Erde gesund erblicken", sagte Kalle theatralisch.
„Bist du jetzt Geburtshelfer?", fragte Isabell. „Vielleicht solltest du umschulen."
„Wenn ihr sonst keiner hilft. Eine Kuh ist auch ein Lebewesen und braucht Zuwendung. Frauen lässt man nicht alleine im Stall." Kalle war ganz euphorisch.
„Das ist auch schon vorgekommen. Und Alma braucht keine Hilfe", sagte Oma. „Alma kann das."
„Ich bin dann mal wieder bei ihr", erklärte Kalle wichtig. „Ich werde sie mit Stroh abreiben. Das soll gut sein, das habe ich mal in einer Dokumentation gesehen."
„Mach das." Isabell machte sich Sorgen. Hoffentlich würde dieser Therapeut sich bald melden. Sie hoffte, dass er Oma ins Gewissen reden würde. Und sie würde sich die Nachbarschaft vorknöpfen. Oma brauchte Ruhe.

„Ich leg mich mal ein bisschen hin", sagte sie jetzt wirklich und Isabell brachte sie nach oben, wo sie sich in ihr knarzendes Holzbett legte und sich von Isabell zudecken ließ. Die schloss die Klappläden und verließ auf Zehenspitzen den Raum.

In der Küche goss sie sich selbst jetzt noch einen Klaren ein und kippte ihn in einem Zug hinunter. Im Stall muhte Alma und sie hörte das beruhigende Murmeln von Kalle. Sie goss sich noch einen Klaren ein. Sie war müde. Das war ganz schön anstrengend hier.

Dabei war sie noch gar nicht lange da. Genau genommen erst sehr kurz. Isabell ging rüber zum großen Sofa, das schon, seit sie denken konnte, in der Küche stand. Opa Robert hatte hier immer seinen Mittagsschlaf gehalten.

Isabell ließ sich darauf sinken und war eine Sekunde später eingeschlafen.

Im Traum wanderte sie durch ein Schlaraffenland, an Schokoladenbäumen hingen Nussecken und Torten, aber wenn man näher kam, verwandelten sie sich in Salat und Brokkoli. Rechts und links grasten Kühe und gebaren dabei Kälber und dauernd kamen ihr Leute entgegen, die Schnaps tranken und sagten, sie hätten Burn-out. Und dann war da plötzlich ein Mann, der vor ihr stand. Isabell wurde im Traum ganz warm ums Herz. Es war Stephan. Und er sagte: „Nun bin ich endlich da …"

„… Haben Sie mich verstanden? Hallo?"

Isabell schoss vom Sofa hoch. Ihr Kopf brummte. „Ja?" Vor ihr stand ein Mann.

„Meine Sekretärin hat gesagt, dass Sie angerufen haben", sagte er. „Ich bin Stephan."

Waaaas?

„… Stephan Hellberg."

Der Therapeut! Langsam kam Isabell wieder zu sich.

„Oh, ja … wie toll … ich … ich bin eingeschlafen." Sie fuhr sich durch die Haare. „Ich … oh. Ich habe geträumt. Von Ihnen."

„Von mir?" Er runzelte die Stirn.

„Natürlich nicht. Ich habe von meinem Freund geträumt. Meinem Exfreund, genauer gesagt. Wir haben uns getrennt, weil er eine offene Beziehung führt, also, ähm … er ist verheiratet."

Was rede ich da bloß, fragte sich Isabell verwirrt. Das ging diesen Mann überhaupt nichts an.

„Und Sie wollten eine feste Partnerschaft?", fragte der jetzt freundlich. Sie nickte. „Ja. Er wollte sich nicht trennen. Aber ich …" Und plötzlich brach alles raus. „Ich hatte doch von einer gemeinsamen Wohnung geträumt und von einem Hund irgendwann und vielleicht einem Kind. Jedenfalls sollte es normal sein, wissen Sie, normal. Ich hatte nur so komische Beziehungen, der eine wollte nur Pornos schauen, das kann es doch auch nicht sein, und der andere war aggressiv, wenn es um Fußball ging, und außerdem hat er seine Fußnägel vor mir geknipst, das macht man doch nicht …" Sie schauderte, als sie daran zurückdachte. „… ich bin … manchmal so alleine. Und dann noch mein Chef, also auch mein Ex-Chef, er hat mich gefeuert wegen so einer Tussi mit dicken Dingern, und überhaupt, die sollte ich noch einarbeiten, ja, bin ich denn blöd? Oh, oh, oh, das Einzige, was ich noch habe, ist mein schwuler Freund, ich hatte schon so lange keinen Sex mehr …"

Isabell redete sich alles von der Seele. Es tat gut. Und Oma schlief gerade. Da konnte er doch vorher mal ihr zuhören.

„Dabei braucht doch jeder Mensch Sex, außer Nonnen, wobei die bestimmt auch eigentlich welchen brauchen, oder? Das ist ja sonst ungesund, ach was weiß denn ich, jedenfalls geht's halt auch der Oma nicht gut, und Kalle ist im Stall und jetzt kommt auch noch ein Kälbchen … Entschuldigung …" Sie konnte plötzlich nicht aufhören zu heulen. „Es tut mir leid, wirklich, das mache ich sonst nie. Es ist, weil Sie auch Stephan heißen, glaube ich."

„Kein Problem." Er zog ein Taschentuch aus seiner Jacke und reichte es ihr.

„Oh. Aus Stoff. Und mit Monogramm." Isabell schaute es ehrfürchtig an und putzte sich dann vorsichtig die Nase.

„Geht es wieder?" Er hatte sich ihr gegenüber auf einen Stuhl gesetzt.

„Danke schön. Ja, es geht." Sie wischte die Tränen ab. „Danke fürs Zuhören."

„Das ist überhaupt kein Problem. Und ich verstehe, dass Sie traurig über Ihren Exfreund sind."

„Danke." Wieder kamen die Tränen. „Ich werde … nie mehr Sex haben", schluchzte sie nun. „Nie. Ich werde hier in Seestein enden. Als alte Jungfer in einer Kittelschürze …"

„Na ja, Jungfer nicht, Sie hatten immerhin schon mal …", fing er an, aber sie winkte ab. „Sie wissen genau, was ich meine. Oma geht es nicht gut und ich bin hier, um ihr zu helfen. Sie hat Burn-out, sie braucht einen Therapeuten, ich kann sie nicht alleine lassen, wer soll sich denn kümmern? Ich werde hier in Seestein hocken und Hühner füttern und im ‚Kronenstübchen' hin und wieder ein Jägerschnitzel essen. Ich werde mir die Achseln nicht mehr rasieren und meine Hornhaut ist mir bestimmt auch egal. Und ich werde fetter und fetter, weil ich Nussecken fresse, bis ich platze, und das ist auch ganz egal. Dabei will ich doch nur einen Mann, der mich liebt, ich will glühühühühücklich sein …“

Nun setzte er sich neben sie und strich ihr übers Haar. „Pscht, alles wird gut, alles, alles, alles …“

„Danke, Herr Doktor. Sie sind so lieb. Ich weiß ja, dass Sie gar nicht wegen …“

Da stand Kalle in der Tür. „Ich glaube, es geht nun wirklich los.“ Er war ganz verschwitzt. „Wer ist das?“

„Das ist Stephan Hellberg“, sagte Isabell, die sich langsam sammelte.

Stephan Hellberg stand auf. „Ich würde dann jetzt mal nach der Patientin schauen“, sagte er zu Isabell. „Ist das in Ordnung?“

„Sie schläft gerade“, Isabell lächelte ihn an. „Aber ich kann sie wecken.“

„Schläft?“ Kalle war außer sich. „Sie schläft doch nicht. Alma steht im Stall und brüllt, hörst du das denn nicht? Nun kommen Sie doch endlich, Herr Doktor.“

„Kalle, da verwechselst du was.“ Müde schüttelte Isabell den Kopf. „Ich hab dir noch gar nicht erzählt, dass ich einen Therapeuten für Oma besorgt habe. Er hatte eine so nette Sekretärin, die hat ihn gleich hergeschickt.“

„Stephan Hellberg?“, fragte Kalle und Hellberg nickte. „Ja, sicher.“ Er sah Isabell an. „Ich bin der Tierarzt. Meine Hilfe sagte, Sie hätten ganz aufgeregt angerufen. Ich bin davon ausgegangen, dass Sie die Kuh meinten. Bei mir hatte vorher schon jemand angerufen.“

„Das war ich“, wurde er von Kalle informiert. „Die Nummer hängt im Stall.“

„Dann wollen wir mal.“ Hellberg grinste.

6. Kapitel

„Moment mal. Der Tierarzt? DER TIERARZT?“, schrie Isabell. „Das ist jetzt nicht wahr!“ Im Stall brüllte Alma immer lauter. Isabell hatte beinahe Angst, dass man sie mit der Kuh verwechseln könnte.

Stephan Hellberg war verwirrt. „Ja, sicher doch. Ich wurde angerufen. Von einer Isabell Barding. Ich soll mich melden. Ich war sowieso in der Nähe. Die Sau vom Ingmar Bockstädter hat Ferkel geworfen und …“

„Ich habe Ihre Nummer von Doktor Schörner bekommen“, keifte Isabell. „Ich bin davon ausgegangen, dass Sie ein Psychotherapeut sind. Für meine Oma. Ich bin nicht davon ausgegangen, dass meine Großmutter von einem Veterinär behandelt werden soll.“ Himmel, sie hatte dem Schörner ja von Alma und dem Kalb erzählt. Deswegen hatte er ihr die Nummer gegeben. Und sie hatte gedacht, für Oma!

Stephan Hellberg zuckte mit den Schultern. „Ist das manchmal nicht ein und dasselbe?“

Das wurde ja immer besser. „Ich habe also einem Tierarzt erzählt, dass ich keinen Sex mehr habe“, regte Isabell sich auf. „Und was habe ich sonst noch alles erzählt, ich will mich gar nicht mehr dran erinnern.“

„Ich weiß es noch“, lächelte Doktor Hellberg. „Aber es gibt schließlich das Arztgeheimnis. Und nun auch Wichtigeres. Alma zum Beispiel. Gehen wir?“, fragte er Kalle und der nickte eifrig.

Isabell setzte sich.

Na prima. Bestens. Alles lief wie am Schnürchen.

Hektisch stand sie wieder auf. Okay. Okay. Wenn sie schon hier war, konnte sie sich auch nützlich machen. Oma schlief und die beiden brauchten vielleicht Hilfe im Stall. Sie würde diesem Tierarzt schon beweisen, dass sie keine Heulsuse war. Sie würde mit anpacken, jetzt sofort, und ihm damit beweisen, dass Sex nicht alles war im Leben, sondern auch Geburtshilfe ihren Stellenwert hatte. Dieser Doktor Hellberg sollte sehen, dass sie kein Weibchen war, das verheult auf dem Sofa lag und jammerte, sondern zupacken konnte, wenn Not am Mann war.

22 Uhr

Sie saßen am Küchentisch. Kalle schluchzte leise vor sich hin und Stephan Hellberg klopfte ihm auf die Schulter. „So eine Geburt ist nicht jedermanns Sache“, sagte er tröstend.

„Ich habe versagt“, knödelte Kalle mit gepresster Stimme. „Ich dachte, ich sei ein guter Landwirt, ich dachte, auch wenn ich erst kurz hier bin, dass ich meine Bestimmung gefunden hätte, aber schon der Anblick dieses vollkommen natürlichen Vorgangs lässt mich kollabieren.“

„Gemistet haben Sie aber gut, Schwuppi.“ Oma war mittlerweile wieder aufgestanden und hatte heiße Schokolade zubereitet. Es gab bei Oma nie Kakao, sondern stets heiße Schokolade. Oma nahm noch echtes Kakaopulver und rührte das mit Milch und Zucker an. Isabell hatte Omas Kakao schon immer geliebt. Und sie war stolz auf sich. Kalle, der bereits kreideweiß im Futtertrog gelegen hatte, war zusammengeklappt, als das Kälbchen von Doktor Hellberg herausgezogen wurde. Er, der erst heroisch geprahlt hatte, dass er absolut bereit für die Geburt wäre, war nun ganz kleinlaut. „Das ist eben was anderes als Wimpern färben", versuchte er sich zu erklären.

„Machen Sie sich doch nicht verrückt", Hellberg war ganz verständnisvoll und wandte sich wieder Oma Ediths Leckereien zu. „Sehr lecker, das Griebenschmalz." Er biss in sein Brot. „Ich hab vielleicht einen Hunger. Das haben Sie wirklich gut gemacht", sagte er dann zu Isabell und lächelte. Sie lächelte zurück.

Stephan Hellberg war wirklich sympathisch. Sehr sogar. „Ich helfe gern", erklärte Isabell nun. „Wenn irgendwo wieder ein Tier niederkommt, kann ich vorbeikommen." Was war denn das für ein bescheuerter Satz?

Aber er schien ihn gar nicht blöd zu finden: „Gern, ich melde mich dann. Hilfe ist immer gut."

„Ich falle da wohl aus", sagte Kalle klagend. „Es *ist* aber auch was anderes als ein eingewachsener Fußnagel." Und so ging das weiter bis Mitternacht.

„Apropos Therapeut", sagte Doktor Hellberg schließlich zu Isabell. „Ich könnte meinen Cousin anrufen. Er praktiziert in Timmendorfer Strand. Und kennt sich mit Burn-out bestens aus."

„Das wäre ganz großartig", freute sich Isabell, und wieder lächelte Stephan sie freundlich an, während er Kalle weiter auf die Schulter klopfte.

„Ich melde mich morgen – oder komme noch mal vorbei." Isabells Herz klopfte plötzlich etwas schneller. „Wie schön."

Nun stand er auf. „Ich schau noch mal nach Alma, dann fahre ich nach Hause. Bis morgen, Frau Bar… ach, wollen wir nicht Du sagen? Wir sind doch ein Alter?“ Er schaute Isabell und Kalle an.

„Klar, ich bin Kalle“, nickte Kalle froh.

„Und das ist das Klößchen“, erklärte Oma Edith fröhlich. Stephan runzelte kurz die Stirn, sagte aber nichts.

Am nächsten Morgen saßen sie beim Frühstück, als es klingelte. Noch bevor Oma zu ihrem altmodischen Telefon hechten konnte, hatte Isabell schon den Hörer in der Hand. Es war Julchen vom „Kronenstübchen“. „Sag mal, was redet die Hanni da, was hat Edith? Burn-out? So ’ne Großstadtkrankheit, sagt sie. Seitdem du da bist, Isabell, sagt sie. Also, ich hab schon gesagt, dass ich es gut finde, dass du deiner Oma ein bisschen hilfst hier, aber wie lange soll das denn gehen? Du hast gesagt, Edith braucht Ruhe, und wir fragen uns alle, was du damit meinst.“

Isabell erklärte zum hundertsten Mal, was Sache war, und Julchen reagierte wie die anderen mit Unverständnis. Das passte ihr nicht in den Kram. Frau Möbius kostete schließlich Geld und ließ dauernd Gläser fallen. Oma arbeitete kostenlos und konnte gut Gläser polieren. Ihr fiel nie eins runter.

Aber Isabell blieb hart. „Hör mal, Julchen“, sagte sie. „Du kannst mir jetzt erzählen, was du willst, und das tust du ja auch, aber ich hab noch kein einziges Mal gehört, dass du gefragt hast, wie es meiner Oma geht und ob du ihr vielleicht mal zur Abwechslung was helfen solltest. Findest du das richtig?“

„Aber ich hab doch niemanden, wo ich …“, lamentierte Julchen weiter.

„Schluss jetzt, ich muss auflegen.“ Isabell war sauer. Also so was. Sie ging zurück in die Küche.

„Wer war das?“, fragte Oma neugierig.

„Eine schwerhörige Dame, die sich verwählt hatte“, sagte Isabell, die keine Lust hatte, dass Oma Mitleid bekam. Sie könne doch helfen und das arme Julchen und überhaupt!

Kalle ging es mittlerweile wieder besser und er wuselte wieder im Stall rum. Jetzt im Nachhinein war auch die Geburt gar nicht mehr schlimm. Kalle hätte halt keinen guten Tag gehabt, behauptete er lässig. Und das Kälbchen – er durfte ja den Namen aussuchen – wurde von ihm auf den Namen Horst getauft, das sei etwas Bodenständiges, argumentierte er.

Isabell kümmerte sich um den Haushalt und kochte nach Omas Anweisung eine Suppe, und Oma durfte nichts machen außer auf dem Sofa sitzen und stricken.

Die Sonne schien durchs offene Fenster, manchmal kamen Sissi und Franzl vorbei und holten sich einen Apfel oder eine Möhre ab, aus dem kleinen alten Radio dudelte ein alter Schlager. Es war ruhig und schön.

„Salve“, sagte da jemand und Isabell und die Oma zuckten zusammen. In der Tür stand ein kleiner, fetter Kerl, der ein viel zu enges Hemd trug. Sein überdimensionaler Bauch hing über der tief sitzenden Bundfaltenhose und Isabell war sicher, dass dieser Mann seine Füße nicht sehen konnte. Dafür sah sie die großen Schweißflecken unter seinen Armen. Sie schienen sekündlich größer zu werden. Es wirkte, als würde er mit den Achseln zwei Ohrenquallen festhalten. Er hatte einen viel zu kleinen Kopf für seinen voluminösen Körper und ockerfarbenes Resthaar, das er über seine Platte gekämmt trug und das an der Kopfhaut festzukleben schien. Seine Augen erinnerten Isabell an die von Ratten. Listig und unberechenbar. Sie wusste sofort, dass es sich um diesen Ulf Winkelbach handeln musste. Jetzt fletschte er seine bräunlichen Zähne zu einem Grinsen. „Bevor Sie fragen, die Tür stand offen", sagte er. Sogar seine Stimme klang ekelhaft. Schleimig freundlich und durch und durch falsch.

„Was kann ich für Sie tun?", fragte Isabell und rührte in der Suppe herum.

„Ach, da haben Sie sich wohl Verstärkung geholt, haha", sagte Winkelbach zu Oma, die stocksteif dasaß und ihre Stricknadeln wie Waffen vor sich hielt. „Sie können gleich wieder gehen", keifte sie. „Ich verkaufe nicht."

„Ach, ach", nun keckerte der Makler dümmlich. „Das werden wir ja sehen. Ich krieg euch schon noch alle. Am Ende des Tages hab ich euch! Versprochen, haha."

„Sie haben meine Großmutter gehört", stellte Isabell klar. „Und jetzt gehen Sie."

„Ihr seid alle dumm, wenn ihr nicht zuschlagt. Ist doch eh langsam mal Zeit, sich nach 'nem Alterswohnsitz für die liebe Omi umzuschauen", tönte er weiter. „Was will man denn da mit so 'nem großen Hof, hm? Verfällt doch alles bald. Ich sag immer, man soll gehen, wenn es am schönsten ist. In Flensburg oder Schleswig oder Eckernförde gibt's doch bestimmt gute Pflegeheime."

„Genau, und dahin ziehe ich dann mit den Kühen und Pferden", erwiderte Oma Edith wutschnaubend. „Niemals! Und das ist mein letztes Wort. Selbst wenn ich irgendwann mal verkaufen sollte, dann bestimmt nicht an so einen Schmierlappen, wie Sie es sind."

Winkelbach ging gar nicht darauf ein.

„Hier steht doch so viel leer. Was wollen Sie denn mit den ganzen Gebäuden?", ging es weiter. Es stimmte. Es stand einiges leer, früher hatten hier noch Mägde und Knechte gewohnt und es waren mehr Tiere gewesen, allein der Heuschuppen war riesig und vom Opa sogar schon mal ausgebaut worden, als er überlegt hatte, Feriengäste aufzunehmen. Als er dann aber merkte, dass das mit Heizung und Wasserleitung und Isolation doch ganz schön teuer werden würde, hatte er es gelassen. Auch auf den anderen Höfen war viel Leerstand. Man hatte halt heute nicht mehr so viele Angestellte und die meisten waren alt und hatten kaum noch Tiere. Sie wohnten und verbrachten ihren Lebensabend hier. Die jungen Leute, hatte Oma Edith mal gesagt, würden ja lieber in der Stadt bleiben. Da hatte sie nicht unrecht. Seestein war idyllisch, keine Frage, aber außer dem „Kronenstübchen" gab es nichts. Früher war hier mal eine Disco gewesen, das „Magic Fever", aber die hatte schon lange, lange zu.

„Viele Menschen würden doch hier gerne Ferien machen, so in direkter Ostseenähe", schleimte Winkelbach nun. „Einige Häuser haben einen direkten Meerzugang, das ist doch wunderbar. Ich werde ein Schmuckstück aus Seestein machen und am Ende des Tages sind alle glücklich."

„Seestein ist bereits ein Schmuckstück", sagte Isabell. „Wir wollen nichts mit Ihren Plänen zu tun haben. Und da spreche ich für alle im Dorf."

„Oooch, da hab ich aber schon anderes gehört. Ein paar

Nachbarn sind gar nicht mal so dagegen.“ Winkelbach grinste selbstgefällig und kratzte sich im Schritt.

„Wer?“, fragte Oma böse, aber er fletschte nur wieder die Zähne. „Ach, das tut nichts zur Sache. Ich sag nur, wenn einige verkaufen, da gibt's hier ganz schön Baulärm, nicht zu knapp, und dann werde ich auch dafür sorgen, dass hier kein Stein mehr auf dem anderen steht, kapische? Da wollen wir doch mal schauen, wie lange die Alten das dann aushalten.“

„Raus jetzt!“, rief Isabell und er ging tatsächlich. Isabell folgte ihm und knallte die Haustür zu.

„Was für ein ekelhafter Typ“, sagte sie dann zu Oma.

„So geht das dauernd, auch am Telefon. Was will man machen, auf einmal steht er da und redet und redet.“ Oma war ganz durcheinander.

„Ich kann es sogar verstehen, Seestein ist ja auch wundervoll, aber der Kerl kann doch hier nicht die Bewohner vertreiben. Wie viele Einwohner hat Seestein eigentlich?“, wollte Isabell wissen und vergewisserte sich, dass die Tür auch richtig zu war.

„Zweihundertsechsunddreißig“, kam es wie aus der Pistole geschossen. „Dieser Winkelbach hat schon recht, hier steht viel leer, das könnte man natürlich gut nutzen. Aber wir wollen hier keine reichen Leute, die mit ihren dicken Autos angefahren kommen und denken, ihnen gehört das Dorf, bloß weil sie eine gefüllte Brieftasche haben. So geht's ja nicht.“

„Wir werden mit dem schon fertig“, sagte Isabell. „Strick jetzt weiter, du brauchst Entspannung.“

Oma legte das Strickzeug weg. „Ich kann nicht den ganzen Tag stricken, Klößchen. Ich werde ausreiten.“

„Auch gut, Oma."

Oma ging nach oben und kam fünf Minuten später in Reithosen zurück und zog nun ihre Lederstiefel an. Niemand, der sie in diesem Outfit sah, würde denken, dass sie Mitte siebzig war.

„Bis nachher", sagte Edith und stapfte davon. Kurze Zeit später trabte sie auf Franzl am Küchenfenster vorbei.

Isabell ging in den Garten, um frische Kräuter zu holen. Sie blieb einen Moment stehen und schaute sich um. Wie schön es hier war. Der beginnende Sommer zeigte sich von seiner besten Seite. Und die Luft war so gut. Isabell liebte den salzigen Geruch der Ostsee. Vielleicht würde sie später mit Kalle ein bisschen am Strand spazieren gehen. Vielleicht kam aber auch Stephan Hellberg vorbei, er hatte es ja gesagt, und dann könnte …

„Hallo, Isabell." Sie drehte sich um. „Ach, Hulle, na."

Hulle stand einfach nur da und glotzte sie verwundert an.

„Was gibt's denn?" Isabell lächelte freundlich.

„Nix. Ich … wollte nur mal hallo sagen." Hulle wirkte irgendwie ertappt.

„Ja, haben wir jetzt. Hallo, Hulle."

„Hallo, Isabell." Hulle nickte.

„Kann ich was für dich tun?" Isabell kam näher.

„Nein." Hulle sah sich um. „Ist Edith nicht da?"

„Die ist ausgeritten. Das Wetter ist ja so schön."

„Ach, das ja doof." Hulle wand sich.

„Kann ich was für dich tun?", wiederholte Isabell.

„Nein."

Isabell stand mit der Schere und den Kräutern da und wusste nicht so recht, was sie tun sollte. „Na dann …"

„Ich bring eben was auf den Boden“, flüsterte Hulle.

„Wie bitte? Auf Omas Dachboden?“ Isabell kapierte nicht ganz. „Was denn?“

Er nickte. „Mach ich immer.“

„Was bringst du denn hoch?“

Hulle wurde rot. „Bridget Big Boob.“

„Was bitte?“

Er nuschelte irgendwas und wurde noch röter.

„Was ist denn das und warum muss das auf Omas Boden?“, wollte Isabell wissen.

„Weil halt.“ Hulle wirkte sehr unglücklich. Er war groß und dünn und seine Arme schlenkerten viel zu lang um seinen Körper. Seine Uniform war ihm viel zu groß, genau wie seine überdimensionale Nase. Hulle trug eine dicke Brille. Er war so kurzsichtig, dass man seine Augen kaum sehen konnte, weil die Brillengläser so dick waren. Er hatte rotblonde, wirr abstehende Haare und sah eigentlich immer so aus, als würde er gern davonlaufen, einfach so. Isabell konnte das sogar verstehen, wenn sie an seine Mutter dachte. Alida war ein Drachen. Hulle war mittlerweile über vierzig, aber sie behandelte ihn immer noch wie einen Zwölfjährigen.

„Ich bring’s jetzt hoch“, sagte Hulle und drehte sich um.

„Warte mal. Bridget? Das ist doch ein Name.“

„Mhm.“ Hulle wollte gehen.

„Ist das eine Frau?“ Isabell wollte es nun wissen.

„Mhm.“ Hulle nickte.

„Du willst eine Frau auf Omas Dachboden bringen?“

„Mhm.“ Hulle war nun knallrot.

„Willst du sie mir nicht vorstellen?“

„Mhm.“ Er schüttelte den Kopf.

„Hulle? Bist du gestört? Warum willst du eine Frau auf den Dachboden bringen?“ Nun wurde es Isabell zu bunt.

„Mhm.“ Hulle fiel nichts anderes ein.

Nun wollte Isabell es wissen. Sie ging an Hulle vorbei ins Haus und da lag ein Karton auf dem kleinen Tisch im Flur. Sie nahm ihn und wollte gerade draufschauen, als die Verpackung aufging und etwas herausploppte. Kalle, der gerade eben aus dem Stall hereinkam, schrie laut auf, genauso wie Isabell und Hulle, der ihr hinterhergekommen war.

„Was ist das denn alles?“ Sie standen auf dem Dachboden und Kalle und Isabell trauten ihren Augen nicht. Hulle stand mit Bridget Big Boob da und zuckte mit den Schultern.

Das, was da vor ein paar Minuten aus der Verpackung gesprungen war, war eine sich selbst aufblasende Gummipuppe gewesen. Hulle hatte sie in einem seiner Preisausschreiben gewonnen – wie schon vieles andere zuvor.

Mittlerweile hatte er Isabell und Kalle eingeweiht: Seine Mutter durfte von dem ganzen Kram nichts erfahren, weil sie ihm verboten hatte, an Gewinnspielen teilzunehmen, deswegen ließ er alles an eine Packstation liefern und holte es heimlich ab, um es dann bei Edith auf dem Boden zu lagern.

Hier sah es mittlerweile aus wie in einem Theaterfundus. Gesellschaftsspiele, Faschingskostüme, Playmobil-Packungen, Perücken, Schuhe, Sexspielzeuge, Topfsets, Besteck, Bettwäsche und Porzellan für geschätzte hundert Personen, haufenweise Gläser und so weiter und so fort.

„Das hast du alles gewonnen?“, fragte Isabell fassungslos. Hulle nickte stolz. „Ich hab ein glückliches Händchen bei so was. Aber Mutti darf das wirklich nicht wissen. Edith ist lieb zu mir. Ich kann herkommen, sooft ich will, und mir die Sachen anschauen."

„Was willst du denn damit?"

„Nichts", sagte Hulle. „Aber bei Gewinnspielen mitmachen ist doch besser, als zu Hause bei Mutti zu sitzen und mit ihr reden zu müssen." Isabell hatte plötzlich großes Mitleid.

Und das war mal wieder typisch Oma. Sie sagte nie Nein.

Nun stand Bridget Big Boob neben einem Schnellkochtopf und glotzte Isabell tumb an. Ihre überdimensionalen Brüste waren ungleichmäßig angebracht. Eine ragte nach oben, eine hing runter. Es sah grotesk aus.

Sie überließen die missgestaltete Gummipuppe ihrem Schicksal und gingen wieder runter in die Küche. „Ich koche uns mal einen Kaffee", sagte Isabell und Hulle freute sich, dass er noch nicht gleich weggeschickt wurde. Er setzte sich mit Kalle an den Küchentisch. Draußen wummerte es in regelmäßigen Abständen. „Was ist das für ein Geräusch?", fragte Isabell verwundert.

„Ach, das ist nur Bosko. Mein Hund, du kennst ihn doch", sagte Hulle. „Er ist leider mittlerweile fast blind und läuft überall dagegen." Kalle ging in den Flur und fand Bosko, einen Berner Sennenhund, der mit stoischer Gelassenheit immer wieder gegen eine Truhe lief. Kalle packte ihn am Halsband und zog ihn mit in die Küche. Hier lief Bosko nun gegen das Sofa, was aber weniger Geräusche machte.

„Julchen hat erzählt, Edith geht's nicht gut. Irgendwas sei im Kopf nicht in Ordnung." Hulle trank seinen Kaffee in großen Schlucken. Bosko jaulte kurz auf. Er hatte die Richtung gewechselt und war gegen den Ständer mit dem Kaminbesteck gelaufen und nun war ihm was auf die Pfote geknallt.

Also wirklich. Typisch Seesteiner! Nur weil er noch nie etwas von Burn-out gehört hatte, dachte er nun, Oma wäre nicht richtig im Kopf?

„Oma hat Burn-out“, erklärte Isabell zum gefühlt dreißigtausendsten Mal. „Das ist …“

„Ich weiß, was das ist, ich hab darüber gelesen.“ Hulle nickte.

Huch.

„Ach“, Isabell war verwundert. „Du liest?“ Das passte so gar nicht zu Hulle.

Er nickte wieder. „Ja. Ich lese viel. Ich hab nun mal keine Frau und manchmal gewinne ich nichts. Jedenfalls Burn-out, damit ist nicht zu spaßen. Ich dachte auch mal, bei mir ist es so weit.“

Ach. Isabell sagte dazu jetzt mal nichts. Sie konnte sich nur schwer vorstellen, dass bei Hulle die Worte „Erschöpfung“ oder „Ausgebranntsein“ eine tragende Rolle spielen könnten.

„Ich hatte mal an einem Tag eine Knoblauchpresse und dann noch eine Zehnerpackung Mausefallen gewonnen. Das hat mich ganz schön aufgeregt.“ Er schaute auf die Uhr. „Oha, oha, ich muss, ich muss. Mutti fragt sich bestimmt schon, wo ich bleibe.“ Er stand hektisch auf. „Komm, Bosko.“ Bosko lief suchend im Kreis herum und bellte glücklich, als er endlich gegen Hulles Bein stieß.

„Übrigens, was Burn-out betrifft. Da gibt es heute Abend eine Dokumentation im Fernsehen. Um neun oder so. Könnt ihr ja gucken, vielleicht gibt's da Tipps für Edith. Wie sie sich ausruhen kann oder so."

„Danke, Hulle, das ist nett von dir", sagte Isabell. „Du, sag mal, was ganz anderes. Weißt du eigentlich was von Hinnerk, über das nicht gesprochen wird im Dorf?" Hulle schüttelte den Kopf. „Nee. Also ja. Also nee." Er wand sich.

„Was denn nun?"

Hulle seufzte. „Irgendwas war da mal, ist aber schon lange her. Ich war noch klein. Hinnerk soll wohl ein paar schlimme Dinge gemacht haben. War länger weg von hier. Aber was da war, weiß ich nicht. Ich hab mal was im ‚Stübchen' gehört, als sie besoffen waren, aber dann haben sie mich weggejagt. Und ich hab Mutti gefragt und die hat gesagt, ich soll mich mal lieber um Falschparker kümmern, als dass ich mich um Sachen kümmere, die mich nichts angehen. Das hat sie gesagt. Wieso, was ist denn?"

„Nichts, ich hab auch nur so was gehört." Isabell brachte ihn raus und ging dann zurück zu Kalle.

„Was ist das denn für ein Kerl?", fragte der.

„Hulle eben, da gibt's nix zu erklären. Den muss man nehmen, wie er ist." Isabell setzte sich wieder.

Kalle starrte vor sich hin. „Was ist denn?", fragte Isabell.

„Ach, ich hab mit der Bank telefoniert."

„Und?" Musste er sich jedes Wort wie einen Wurm aus der Nase ziehen lassen?

„Es gibt da ein kleines Problem. Ist ja auch egal." Kalle war nun maulfaul.

„Oh Mann, das kann ich nicht leiden, wenn du erst anfängst, was zu erzählen, und dann einen Rückzieher machst. Also, was ist?" Isabell war ungeduldig.

„Ich hatte dir das nicht gesagt." Er seufzte. „Also, es ist so, dass ich schon seit Ewigkeiten meine Kreditraten nicht zahlen kann."

„Was? Und nun?"

„Jetzt hat der Sachbearbeiter gesagt, es sei Schluss. Ich bekomme den Kredit gekündigt."

Isabell war entsetzt. „Was heißt das?"

„Das heißt, dass ich alles bezahlen muss. Und das kann ich nicht. Dann kommt bestimmt ein Gerichtsvollzieher oder so und ich kriege alles weggenommen." Wieder schossen Kalle die Tränen in die Augen. „Ich hab das doch nicht extra gemacht, aber der Laden lief halt nicht und die Miete und die Einrichtung und überhaupt, buhuuu. Und der Sachbearbeiter ist ein Sadist. Der hat sich richtig gefreut, als er mir mit einer Anzeige gedroht hat."

„Eine Anzeige? Warum denn?" Isabell versuchte, zu folgen.

„Na, weil ich ihm das Passende gesagt habe. Dass er ein Schwachkopf ist und keine Eier in der Hose hat, das hab ich gesagt. Der Sachbearbeiter meinte, das sei eine Beleidigung, und ich hab dauernd weitergemacht, weil ich dachte, es ist egal, es gibt ja keine Zeugen, aber buhuuu, dann hat der Sachbearbeiter gesagt, das Gespräch würde aufgezeichnet, das ist jetzt natürlich nicht so gut. Jedenfalls ist jetzt alles, alles scheiße."

Isabell tätschelte seinen Arm und dachte über eine Lösung nach, aber ihr fiel keine ein. Sie mussten sowieso mal überlegen, wie es weitergehen sollte. Schließlich brauchte sie selbst auch bald einen neuen Job. Ewig konnte sie hier nicht bleiben. Und bei Kalle sah es ja noch düsterer aus. Klar, Oma war wichtig, aber sie musste längerfristig denken. Sie musste Bewerbungen schreiben. Dazu musste sie aber erst mal die Stellenausschreibungen lesen, und dazu hatte sie absolut gar keine Lust. Am liebsten würde sie in Seestein bei Oma bleiben und die Decke über den Kopf ziehen. Hier war es so idyllisch und es gab nichts Böses.

Nun gut, von den vermeintlichen Morden und Ulf Winkelbach mal abgesehen.

„Wir werden eine Lösung finden“, sagte sie zu Kalle.

„Welche denn?“, fragte der weinerlich. „Wir können natürlich zu diesem Hinnerk gehen und ihn bitten, meinen Sachbearbeiter zu meucheln, aber dann kommen wir vom Regen in die Traufe. Das wäre ein Auftragsmord.“

„Du hättest einfach freundlich zu dem Sachbearbeiter sein sollen, dann würde er dir jetzt nicht mit einer Anzeige drohen“, sagte Isabell. „Du darfst nicht immer gleich so giftig sein.“

„Bin ich doch gar nicht“, erwiderte Kalle giftig. „Bin ich giftig zu den Küken, war ich giftig, als Alma kalbte? Nein, das hat mich so mitgenommen, dass ich emotional strauchelte und mein Organismus vorsichtshalber heruntergefahren ist, damit mein Herz nicht versagt. Deswegen die Ohnmacht. Und wer durfte dem neuen kleinen Erdenbürger den Namen geben, wer?“

„Du“, Isabell wurde langsam müde.

„Genau. Deine Oma ist eine weise Frau. Sie würde keinem Hanswurst sagen, er soll sich einen Namen ausdenken. Und der Name, der hat was. *Horst.* Lass ihn dir auf der Zunge zergehen. Hoooooorst.“

„Ja, ist gut“, Isabell gähnte.

„Ach je, ach je, Horst hin oder her, was soll ich denn jetzt nur machen?“ Kalle war schon wieder verzweifelt.

„Es wird alles gut werden“, leierte Isabell wenig überzeugend herunter. Glücklicherweise bekam sie noch Gehalt von Big H, ein bisschen Zeit hatte die Jobsuche also noch …

Plötzlich klingelte ihr Handy, und als Isabell den Namen auf dem Display sah, wurde ihr schwindelig.

7. Kapitel

„Das ist ja Unsinn, das kann er nicht machen." Kalle regte sich fürchterlich auf. „Das ist gesetzeswidrig."

„Kalle." Isabell konnte es nicht mehr hören. „Was er *darf* und was er *tut*, sind zwei Paar Schuhe. Und er weiß leider, dass ich keine Rechtsschutzversicherung habe. Und mir höchstwahrscheinlich keinen Anwalt leisten kann. Aus dem einfachen Grund, weil er auch weiß, wie viel Gehalt ich bekomme."

„Es gibt Pflichtverteidiger", moserte Kalle.

„Kalle, bitte!" Nun reichte es. „Ich brauche keinen Pflichtverteidiger. Ich habe niemanden umgebracht."

„*Noch* haben wir niemanden umgebracht. Das kann sich bei meiner momentanen seelischen Verfassung ganz schnell ändern."

„Wer soll denn umgebracht werden?" Sie drehten sich um. Oma stand in der Tür. Sie sah fröhlich und aufgeräumt aus, wahrscheinlich weil sie zwei Stunden auf dem Pferd gesessen hatte.

„Isabells ehemaliger Chef", wurde sie von Kalle informiert.

„Wieso ehemalig?", fragte Oma und setzte sich, um ihre Reitstiefel auszuziehen.

„Na, Isabell wurde doch gekündigt", erklärte Kalle.

„Kalle!", drohte Isabell.

„Wie bitte?", fragte Edith verwirrt. „Gekündigt? Ich denke, du hast Urlaub, Klößchen?"

„Hab ich ja quasi auch. Weil mir gekündigt wurde."

„Aha. Das ist also dasselbe. Aber meinst du nicht, dass du dir eine neue Arbeit suchen solltest?" Edith dachte praktisch.

„Erst mal muss ich mich um dich kümmern. Dann sehe ich weiter. Kein Problem." Isabell wollte jetzt nicht mit Oma diskutieren.

„Gut", Edith lachte fröhlich. „Ich stelle dich als Gesellschafterin ein, was hältst du davon? Eine Gesellschafterin haben viele alte Damen. Die häkeln dann zusammen oder sie lassen sich vorlesen und begleiten die Seniorinnen zu Vorsorgeuntersuchungen und zur medizinischen Fußpflege. Wäre das nichts für dich, Klößchen? Und ich würde immer leckeren Braten für dich kochen. Mit Klößchen, hihi."

„Genau, Oma. Und in drei Monaten sehe ich aus wie eine Dampfwalze oder ein geplatzter Windbeutel. Außerdem würde ich hier eingehen."

Nun war Edith beleidigt. „Du warst doch immer gern hier."

„Bin ich auch immer noch. Manchmal. Aber ich brauch auch das Stadtleben. Das hat aber mit dir nichts zu tun."

„Ach, das Stadtleben." Edith winkte ab. „Das wird völlig überschätzt. Allein das Klima hier! Weißt du noch, als du diese Pickel hattest? Kaum warst du drei Tage bei mir und Opa, schon war deine Haut glatt. Das macht die gute Seeluft!"

„Jeder hat mit vierzehn Pickel."

„Dann eben nicht." Oma war beleidigt. „Übrigens, ich habe Grethel getroffen."

„Die Frau, die ihre Tiere ermordet und …", fing Kalle an.

„… leckeren Schinken daraus macht, genau, Schwuppi. Grethel, also, das muss man sich mal vorstellen, Grethel und Paul haben sich doch tatsächlich von diesem Mann, ich hab den Namen verdrängt, der hier alles in ein Feriendorf umbauen will, die haben sich von ihm ein Angebot machen lassen."

„Und?", wollten Isabell und Kalle synchron wissen.

„Grethel sagt, sie seien ja nun auch beide über siebzig und ewig könne sie nicht mehr hinter der Theke stehen. Und im Schlachthaus ist es auch kalt und sie haben das große Haus und den Riesenstall hintendran, dieser Mann hat gesagt, das wäre ein toller Tagungsraum. Er hat ihnen, das hat Grethel gesagt, sehr, sehr viel Geld geboten. Grethel sagt, Paul habe gesagt, dann können sie nach Teneriffa auswandern und nach ihnen die Sintflut, hat er gesagt."

„Ich fände es furchtbar, wenn hier so eine Anlage hinkäme", ärgerte sich Isabell. „Andererseits hat Grethel natürlich recht. Aber das würde den ganzen Charme von Seestein zerstören." Schaudernd stellte Isabell sich vor, wie Touristenmassen durch die Straßen marodierten, ein Andenkenladen neben dem anderen eröffnete und sich am Strand alle wie die Ölsardinen auf Mallorca aneinanderquetschten. Und den Bewohnern, die bleiben würden, denen wäre es zu laut: In Seestein war man Ruhe gewohnt!

„Grethel und Paul sind hier verwurzelt. Seit Hunderten von Jahren lebt die Familie hier", klagte Oma.

„Na ja, die Kinder nicht, die sind weggezogen", stellte Isabell richtig.

„Trotzdem wäre es Verrat", regte Oma sich auf. „Also, ich werde hierbleiben, bis ich endgültig einen Stock tiefer ziehe. Da kann kommen, was will. Und wehe dem, der sich von diesem Schmiersack bestechen lässt." Sie seufzte. „Schade, dass du nicht herziehen willst. Wobei – dann müsste ich wahrscheinlich den ganzen Tag auf dem Sofa sitzen, weil ich ja Burn-out habe. Burn-out. Grethel hat mich auch drauf angesprochen. Das ganze Dorf lacht wahrscheinlich über mich. Ich mache mich ja lächerlich. Seit eh und je putze ich die Kirche und jetzt soll ich keine Marmelade mehr einkochen und den Nachbarn nicht mehr helfen? Ich werde ja ganz nervös, wenn ich nur daran denke, hier herumzuhocken und Däumchen zu drehen. Vielleicht gehst du doch besser wieder zurück in die Stadt, Klößchen."

„Ich finde es jedenfalls sehr schön hier", Kalle schien glücklich zu sein. „Weil ich ja jetzt auch quasi ein Patenkind habe. Horst."

„Dann bleiben Sie eben, Schwuppi. Oder müssen Sie wieder nach Hamburg zurück, haben Sie auch nur Urlaub wie das Klößchen?"

„Äh, ja, so ungefähr."

„Aha", sagte Oma. „Na ja, ich mach mir mal einen Tee und einen Klaren dazu. Will noch wer?"

„Nein", sagte Isabell. „Zu viel Alkohol …"

„… ist gesund. Und wir sind hier auf dem Land, die Luft zehrt", erklärte Kalle, der, so musste Isabell feststellen, sich wirklich hier wohlzufühlen schien.

Nach dem dritten Klaren fand Isabell auch alles nicht mehr so schlimm. Sie würde eben einfach noch ein bisschen bleiben. Für ein paar Monate Miete hatte sie Geld auf dem Sparbuch, von hier aus würde sie sich einfach in Ruhe umschauen. Oma hatte zwar kein WLAN, dann würde sie sich halt das Hamburger Abendblatt kaufen und die Stellenanzeigen lesen. In der Bäckerei bei Hanni gab es Zeitungen. Man musste nur erfinderisch sein.

Oma und Kalle waren mittlerweile eingenickt und Isabell hing ihren Gedanken nach, und dann rief der Cousin von Stephan Hellberg an. „Ich bin Matthias Hellberg. Mein Cousin sagt, Ihre Großmutter hat Burn-out?“, fragte er freundlich.

„Ja.“ Isabell musste sich nach den ganzen Klaren gut konzentrieren und hatte Angst, dass sie lallen könnte.

„Ich mache leider keine Hausbesuche, aber bei Ihrer Oma würde ich tatsächlich eine Ausnahme machen, und von Timmendorf ist es ja nicht weit. Mein Cousin sagte, Sie kennenzulernen wäre schon Grund genug, mal nach Seestein zu kommen.“

„Aaaaha.“ *Nicht lallen.* „Wie meint Ihr Cousin das denn?“

„Er sagte, Sie seien eine interessante Persönlichkeit.“

„Ahaaaaa.“ Das gefiel Isabell. Weil Stephan Hellberg ihr gefiel. Offenbar hatte er sich ausführlich mit ihr und ihrem Charakter befasst – kein Wunder nach ihrem Seelenstriptease. Isabell wurde immer noch ganz rot, wenn sie nur daran dachte – warum sonst sollte er seinem Cousin so etwas sagen?

„Er selbst kommt morgen noch mal vorbei, um sich das Kälbchen und seine Mutter anzuschauen“, sagte Matthias Hellberg. „Passt es Ihnen heute? Also, dass ich heute vorbeikomme?“

„Klar, wir sind da.“ Und Stephan Hellberg würde morgen kommen, juhu! „Sehr nett, dass Sie so kurzfristig Zeit haben.“

„Gern. Geben Sie mir doch bitte die Adresse.“

Isabell hatte ein gutes Gefühl. Matthias Hellberg hatte ruhig und gefasst geklungen. So jemanden brauchte Oma. Jemanden, der sie mal ein bisschen beruhigte. Und ihr sagte, dass man das alles ein bisschen ernster nehmen musste. Immerhin war sie keine zwanzig mehr.

Oma war aufgewacht. „Wer war das?"

„Der Therapeut, der Cousin von Stephan Hellberg."

„Was will der denn?" Oma war schon wieder in einer Habachtstellung.

„Er kommt vorbei und will mit dir reden", erklärte Isabell.

„Über was denn?" Edith saß nun kerzengerade und lauernd da.

„Über dein Burn-out." Wie oft hatte Isabell diese beiden Worte in den letzten Tagen eigentlich benutzt???

„Was gibt es denn da zu reden? Wir wissen doch, dass ich Burn-out habe. Das muss er mir doch nicht extra noch sagen." Oma war das gar nicht recht.

„Warten wir's doch einfach mal ab, Oma."

Edith stand auf und streckte sich. „Ich geh die Ziegen vom Wolfhard füttern."

„Wieso füttert er sie nicht selbst?"

Edith winkte ab. „Er ist nach Flensburg gefahren. Zum Arzt. Wegen seinem Zucker."

„Er sollte fünfzig Kilo abnehmen, dann hätte er auch keinen Zucker mehr." Isabell kannte Wolfhard von klein auf. Er war kugelrund, seitdem sie denken konnte. Wolfhard würde niemals umfallen, er würde einfach nur herumkugeln.

„Kalle kommt mit und hilft dir."

Sofort sprang Kalle auf. „Ziegen, so was Schönes! Ein

sanftes Määääääh ist so herrlich. Und das weiche, gelockte, goldene Fell und die süßen Öhrchen. Wenn sie dann herumstaksen auf ihren kleinen Beinchen, und Glöckchen klingeln an ihrem Hals und …"

„Sie meinen Lämmer, Schwuppi, kann das sein? Wolfhards Ziegen stehen einfach nur im Stall, haben zotteliges Fell und sind dumm. Dazu kommt, dass Fred, der aggressive Widder, auf jeden losgeht, der in seine Nähe kommt. Aber bitte. Kommen Sie gern mit."

„Sie müssen lernen, mal nichts zu tun", sagte Matthias Hellberg freundlich. Sie saßen in der Küche zusammen und Oma war bockig.

„Das tue ich schon, wenn ich im Bett liege", antwortete sie giftig.

„Ha!" Isabell schüttelte den Kopf. „Du löst im Bett Kreuzworträtsel."

„Das ist für mich Entspannung."

Isabell winkte ab. „Ja, wenn du es für dich tun würdest. Aber du tust es für Frau Schmalröder. Am nächsten Tag gibst du ihr die Zeitschrift mit dem gelösten Rätsel und sie kann zu ihrem Mann gehen und ihm zeigen, dass sie schlauer ist als er, weil er nie die Rätsel löst. Das hat sie früher schon gemacht."

Oma wurde rot. „Das stimmt nur teilweise. Ich mag Edgar nun mal nicht."

„Jedenfalls sind Sie offenbar rund um die Uhr beschäftigt", mischte Matthias Hellberg sich ein. „Und nicht mehr die Jüngste. Ich habe mit Doktor Schörner telefoniert. Er sagt, es wurde ein EKG gemacht und der Blutdruck gemessen. Die Ergebnisse sind nicht bedenklich, aber sie machen deutlich, dass Sie ein bisschen kürzertreten sollten. Das ist immer ein Warnzeichen, so ein Kollaps. Tun Sie mal was für sich, ich sage ja nicht, dass Sie herumsitzen sollen, aber machen Sie Dinge, die Ihnen wirklich Spaß machen und von denen nicht nur andere profitieren. Sie rennen herum und sind für alle da. Seien Sie stattdessen mal für sich da. Und Ihre Enkelin bleibt doch sicher noch ein bisschen mit ihrem Mann bei Ihnen. Ich lasse Ihnen mal einen Plan mit Entspannungsübungen hier, und ich zeige Ihnen, wie man richtig atmet. Wir wollen doch, dass Sie uns noch lange erhalten bleiben."

Oma nickte. „Das stimmt. Schließlich muss ich ja noch für den Basar stricken. Da rechnet man mit meinen Schals und Mützen."

Isabell verdrehte die Augen und Kalle schüttelte den Kopf.

„Eine andere Möglichkeit wäre eine Klinik, das hat Doktor Schörner auch gesagt", versuchte Matthias Hellberg es weiter.

„Der sagt viel, wenn der Tag lang ist. Der soll sich mal um seine eigenen Sachen kümmern", meckerte Oma.

Beschwichtigend hob Hellberg die Hände. „Es ist seine Pflicht als Arzt, Ihnen so was vorzuschlagen."

„Ich will in keine Klinik", sagte Oma. „Punktum. Ich mag nicht mit irgendwelchen fremden Menschen in einem Raum zusammen sein und über irgendwas sprechen, was niemanden etwas angeht. Nein und nochmals nein."

Damit war die Sache für Edith erledigt.

Matthias Hellberg stand auf. „Gut. Was halten Sie davon, wenn Sie einmal pro Woche in meine Gruppe kommen? Es geht um Atemtechnik und …"

„Nun ist Schluss. Ich werde wohl selbst wissen, wie man atmet, junger Mann. Halten Sie mich für schwachsinnig oder senil oder beides? Von mir aus setze ich mich hier ein paarmal am Tag hin und starre Löcher in die Luft, aber ich gehe in keine Gruppe oder sonst was. Und das Klößchen hat ja im Moment nichts zu tun und kann bleiben. Oder, Klößchen?"

Isabell wurde rot. Warum musste Oma nur allen diesen blöden Spitznamen unter die Nase reiben?

„Ja, ich bleibe." Sie nickte.

Matthias Hellberg lächelte sie freundlich an. „Das ist aber nett. Ich schaue gern auch öfter mal rein." Er hatte eine sanfte, freundliche Stimme, die eigentlich gar nicht zu seinem Äußeren passte: Er war groß, hatte sehr breite Schultern, fast schwarze Haare und ebenso dunkle Augen. Isabell war sicher, dass dieser Mann ihre Oma mit einer Hand hochheben könnte.

Als er sich erhob, stand Isabell ebenfalls auf. „Vielen Dank, Doktor Hellberg. Ich bringe Sie raus."

„Wie lieb von Ihnen, dass Sie sich so um Ihre Großmutter kümmern", sagte Matthias, als sie im Flur standen und er seine Jacke anzog.

„Das ist wohl klar", meinte Isabell. „Sie hat sich immer um mich gekümmert, jetzt bin ich mal dran. Danke noch mal."

„Ich komme wie gesagt gern immer mal wieder vorbei."

„Ja, das ist nett von Ihnen." Isabell nickte und öffnete die Haustür. Matthias ging hinaus und blieb wieder stehen. „Was für ein schöner Tag." Er lächelte sie freundlich an.

„Ja." Isabell lächelte auch.

„Bald wird es wärmer.“ Matthias Hellberg sah in den Himmel und atmete hörbar aus. „Herrlich ist das.“

„Ja.“

„Da kann man wieder mehr draußen sein. Spazierengehen“, sinnierte er vor sich hin.

„Ja.“

„Sind Sie gern draußen?“, fragte er nun freundlich und schaute sie wieder an.

„Ja, bin ich.“ Das stimmte. Isabell war lieber draußen als drinnen.

„Ich auch.“ Er lächelte Isabell wieder an.

„Wie schön.“ Sie wusste nicht, was sie sonst sagen sollte. Und was sollte dieser Small Talk überhaupt bedeuten?

„Ich gehe gern spazieren“, sagte Matthias. „Sie auch?“

„Ja, klar, ich komme nur selten dazu.“ Isabell hob bedauernd die Schultern.

„Ach, das ist aber schade.“ Er schaute sie treuherzig an.

„Ja, ist es.“

„Also dann. Vielleicht treffen wir uns mal bei einem Spaziergang“, sagte er lächelnd und hielt ihre Hand zum Abschied ein wenig zu lange.

„Ja, vielleicht.“

„Tschüs.“ Er drehte sich um und ging.

„Grüßen Sie Ihren Cousin, wenn Sie ihn sehen“, sagte Isabell.

„Das mache ich gern. Aber er kommt ja sowieso wieder vorbei.“ Er drehte sich noch mal um und lächelte wieder. Dann öffnete er die Wagentür und setzte sich ins Auto.

Moment.

„Halt!“, rief Isabell. „Das ist mein Auto!“, aber er hatte schon den Motor gestartet und den Gang eingelegt. Ganz offenbar schaute er auch nicht in den Rückspiegel, während er davonfuhr.

Warum hatte sie auch den Schlüssel stecken lassen? So ein Mist, sie hatte noch nicht mal eine Handynummer von ihm.

Na ja, dann musste sie eben in der Praxis anrufen.

Irgendetwas stimmte nicht mit Matthias Hellberg, er schien etwas verwirrt zu sein.

Sie ging ins Haus. Er würde es wohl irgendwann merken, dass er im falschen Auto saß. Zumal ihres schwarz war und seines weiß. Und größer.

Egal. Sie suchte seine Nummer heraus und sprach ihm aufs Band.

Komischer Vogel.

„Ich gehe doch nicht um neun Uhr schlafen", sagte Edith. „Nein, jetzt wird ein guter Rotwein geöffnet und ich werde diese Sendung mit euch schauen. Vielleicht kapiere ich dann mal, was ich haben soll. Schwuppi, holen Sie mal einen Korkenzieher aus der Schublade und Gläser aus dem Schrank. Da müsste in der Vitrine auch noch Fernsehgebäck sein. Ich mag sehr gern Salzstangen knabbern, aber da sind auch diese kleinen Cracker in Fischform, wenn die jemand will, gib mir mal meine Decke, Klößchen. So, da ist die Fernbedienung, mach an, mach an. Ah, Schwuppi, nichts verschütten, so, danke, prost."

Sie stießen an, Kalle verteilte Knabberzeug auf Teller und dann fing die Sendung an. Ein Moderator erklärte ernst, dass mit Burn-out nicht zu spaßen sei und man das Ausgebranntsein nicht unterschätzen dürfe. Viele Menschen würden ihre Überforderung erst gar nicht merken und irgendwann würde der Körper die Reißleine ziehen. Die Leute müssten dann in ein anderes Umfeld, in dem sie wieder zu sich selbst finden könnten, und da gäbe es die unterschiedlichsten Modelle.

Dann kam ein ungefähr 30 Jahre alter Mann zu Wort. Die Kamera zeigte einen hageren Menschen in einem viel zu großen schwarzen Anzug und mit schwarzer Hornbrille. Arne M. erzählte, dass er Creative Director in einer angesagten Werbeagentur gewesen sei und eine 170-Stunden-Woche hatte.

„Das kann wohl nicht sein“, sagte Kalle. „Die Woche hat nur 168 Stunden. Der Typ kann nicht rechnen.“

„Seht ihr, ich kann rechnen, also habe ich kein Burnout.“ Edith biss in die Salzstangen, dass es krachte.

„… und eines Tages habe ich einfach dagesessen und gestarrt, einfach nur an die Wand gestarrt und gestarrt und gestarrt, und so vergingen die Stunden …“, erzählte der Hornbrillenmann.

„Also, ich habe noch nie dagesessen und stundenlang an die Wand gestarrt.“ Oma aß fassungslos ein paar Nüsse. „Sogar wenn ein Hefeteig geht, nutze ich die Zeit sinnvoll und schäle schon mal die Äpfel.“

Der Anzugmann erzählte weiter, wie sinnlos alles gewesen war und dass er nicht mehr wusste, wie es weitergehen sollte, und dass er in einem, wie er es nannte, Hamsterrad feststeckte und nicht mehr rauskam. Letztendlich habe ihm ein Klinikaufenthalt geholfen, er war zu seinen Wurzeln zurückgekehrt und habe seine Kindheit in Aquarell gemalt und festgestellt, dass da einiges im Argen lag. Dann war auch noch das Element Wasser unglaublich wichtig für ihn und er ist täglich im See schwimmen gegangen, und natürlich die Gruppenaktivitäten, die gab es ja auch noch. Ein Filmchen wurde eingespielt, und der Anzugmann hatte nun ein Ballettröckchen an und tanzte mit anderen Männern zu Tschaikowskys „Nussknacker".

„Warum macht er das?" Völlig entgeistert glotzte Kalle auf den Fernseher.

„Sei still", sagte Isabell, die nichts verpassen wollte.

Die Gruppenleiterin stand in der Mitte der Tanzenden und rief: „Werdet eins mit euch, lasst die Hüllen fallen, keine Konventionen soll es mehr geben, niemand wird euch mehr sagen, was richtig ist und was ihr tun müsst. Fühlt euch stark und mutig, obwohl ihr Tütüs tragt, sagt es, sagt es!"

„Wir fühlen uns stark und mutig, obwohl wir Tütüs tragen!", riefen die Männer im Chor und wirbelten im Kreis.

„Was sind denn das für Schwachköpfe?", fragte Edith und beugte sich vor, um nichts zu verpassen. „Die kann man doch nicht ernst nehmen. Wie kann man sich denn so zum Affen machen?"

„Vielleicht wurden sie dazu gezwungen", überlegte Kalle. „Unter Drogen gesetzt oder so. Man liest doch so viel."

„Die sehen eher aus, als würden sie das richtig gut finden." Isabell konnte es kaum glauben.

„Ich habe nun gelernt, auf mich zu hören und nicht auf das, was andere sagen", beendete der Anzugträger den Beitrag. „Das Tanzen gibt mir Kraft. Und ich werde von nun an auch intensiv mit Tieren leben. Tiere geben mir auch Kraft." Ein neuer Einspieler wurde gezeigt, der Anzugträger streichelte eine Kuh, die tumb in die Kamera glotzte.

„So werde ich gesund, eins und eins mit der Natur!“, freute sich der Mann, während die Kuh wiederkäute.

Nun kamen zwei Frauen zu Wort, Ärztinnen mit einer Gemeinschaftspraxis für Zahnheilkunde. Beide waren geschieden und alleinerziehend und beide waren völlig überfordert gewesen. „Bis wir wieder geerdet wurden“, berichtete die eine ernst. „Im wahrsten Sinne des Wortes. Wir haben uns eins mit der Erde gemacht.“ Nun wurde gezeigt, wie die beiden Frauen in Badeanzügen über einen gepflügten Acker sprangen. Kurz vorher hatte es wohl geregnet, die Erde war entsprechend nass und matschig. Die beiden Frauen begannen nun zu singen, und das leider falsch. Es tat in den Ohren weh. Eine Frau in Gummistiefeln begleitete sie hüpfend und gab den Takt vor.

„Das ist ja entsetzlich. Hoffentlich macht mein Trommelfell das mit.“ Kalle war richtiggehend fasziniert.

Nun Kameraschwenk auf die Frau in den Gummistiefeln: „Bei mir lernen gestresste Menschen, runterzukommen, sich auf das Wesentliche zu konzentrieren, sich vor der Außenwelt zu schützen, indem sie Kontakt mit der Natur aufnehmen. Was ist mehr Natur als nasse Erde?“ Sie sah verklärt aus.

„Ist die vielleicht von einer Sekte?“, fragte Kalle atemlos, während die beiden Frauen sich nun umarmten und jubelten.

„Pscht“, machte Isabell, denn die Frau redete weiter.

„Ein Wochenende unter meiner Führung macht neue Menschen aus den Teilnehmern“, sagte die Frau. „Von Freitag bis Sonntag kann man bei und mit mir lernen, wie man Ballast abwerfen und neue Energie für die alltäglichen Anforderungen des Lebens schöpfen kann.“

Nun wurde der Preis für das Wochenende eingeblendet.

„Das glaube ich jetzt nicht.“ Isabell war fassungslos. „Pro Person zweitausendfünfhundert Euro? Ist die bescheuert?“

„Ach du liebe Zeit“, sagte Kalle. „Nur fürs Herumlaufen im Matsch? Lest doch, da ist alles eingeblendet, was es für das Geld gibt. Hä? Es gibt nichts zu essen, man muss sich sein Essen im Wald selbst suchen, um sich zu finden? Ist die irre? Und dafür so viel Geld!“ Kalle war außer sich und konnte es nicht fassen.

„Aber intelligent gemacht. Sie ist bis Oktober ausgebucht. Da steht's.“ Isabell deutete auf den Fernseher.

„Was hätte ich schon verdienen können“, klagte Oma. „Matsch gibt's hier in Seestein genug, und Wald auch. Vielleicht hat ja mal jemand Lust, sich selbst zu finden, während er sich im Sand vergraben oder von einem Bullen in den Hintern treten lässt. Oder die Ställe ausmistet.“ Sie schüttelte den Kopf. „Es gibt halt überall Verrückte, die für so was bezahlen. Stellt euch das mal vor, ich würde das machen, reich würde ich werden. Ich würde die Leute Äpfel einkochen und Kartoffeln ernten und die Kühe füttern lassen und würde sie über den Acker jagen und dafür auch noch Geld nehmen.“

„Unglaublich wäre das“, war Kalle sicher.

Isabell stand auf. Irgendwas in ihr hatte Klick gemacht.

„Ich geh mal einen Moment an die frische Luft.“

Niemand antwortete. Oma und Kalle beobachteten fasziniert weiter die Frauen, die nun auch noch bellten.

Isabell nahm ihre Jacke und ging nach draußen.

Sie hatte eine Idee. Nun musste sich nur noch herausstellen, ob es eine gute war.

8. Kapitel

„Ist das dein Ernst?“ Kalle biss in sein Brötchen.

„Und ob. Es ist ideal.“ Isabell war völlig aufgeregt. Gestern Abend war sie noch in der Scheune und den anderen leer stehenden Gebäuden gewesen und hatte sich alles genau angeschaut. Es war so wahnsinnig viel Platz hier!

„Da gibt es noch nicht mal Strom“, sagte Kalle.

„Glücklicherweise nicht. Sonst könnten sich die Leute ja nicht auf das Ursprüngliche besinnen“, meinte Isabell altklug.

„Aha. Und wo sollen sie sich waschen?“

„Im Fluss. Oder mit Wasser aus dem Brunnen im Hof. Wir setzen uns gleich mal hin und überlegen, was wir mit den Leuten den ganzen Tag machen können. Ich hab so was nämlich schon mal vor längerer Zeit im Fernsehen gesehen, da waren Manager auf einem Segelboot unterwegs und haben sich nicht gewaschen und mussten mit ganz wenig auskommen, nur Schiffszwieback haben die bekommen, und die fanden das auch noch gut.“

Kalle schmollte. „Ich werde aber seekrank. Ich will auf kein Schiff.“

„Musst du ja auch nicht. Ich denke nur, dass solche Managertypen sehr empfänglich für so was sind. Stell es dir mal vor: Männer, die sechs Tage die Woche zwanzig Stunden am Tag im Anzug herumlaufen und wichtige Entscheidungen fällen müssen, da geht es vielleicht um Millionenbeträge oder um einen neuen Werbeslogan oder was weiß ich."

„Also, ich weiß nicht. Ich finde solche Typen furchtbar. Ihre Frauen sind bei mir Kundinnen." Kalle rümpfte die Nase.

„Sie waren, Kalle, sie *waren*. Vergiss bitte nicht, dass du am Rande des Abgrunds stehst, so wie ich", sagte Isabell theatralisch. „Die Frauen der Männer können gleich mitkommen. Die sind auch total gestresst von ihrem harten Leben. Montags Friseur, dienstags Pilates, mittwochs Champagnerempfang bei Chanel, und am Wochenende nach New York, schlimm, schlimm. Im Ernst, ich glaube, das könnte der Kracher werden. Wir werden sie zwingen, dass sie ihre Fingernägel kürzen und den Lack abmachen." Isabell war rot im Gesicht. „Das ist es. Das ist es, Kalle! Burn-out-Therapie auf dem Land. Mitten im Dorf."

„Was sagt denn deine Oma dazu?", fragte Kalle.

„Was sage ich wozu?" Wie aus dem Boden gestampft stand Oma plötzlich in der Küche.

„Oma", sagte Isabell. „Setz dich mal. Hier, trink einen Kaffee. Oma, hör mal, du willst doch gern, dass wir noch ein bisschen bleiben, Kalle und ich."

„Ja. Warum?" Oma nahm die Kaffeetasse und wartete gespannt auf Isabells Antwort.

„Weil du dich erholen sollst."

„Ja. Erholen, ha. Ich kann dieses Wort schon gar nicht mehr hören. Dabei hab ich Hummeln im Hintern, aber gut, erhole ich mich eben."

„Dass du was für dich tun sollst, hat der Herr Hellberg doch auch gesagt."

„Hm. Für mich, für mich. Wenn ihr mich lassen würdet, würde ich am liebsten für die Heilsarmee Suppe kochen und Kuchen backen. Und das tue ich dann für mich. Das entspannt mich, aber das kapiert hier ja keiner. Weil ich Burn-out habe."

Sie stellte ihre Kaffeetasse lauter als nötig auf die Untertasse. „Ich bekomme vom Nichtstun noch einen Herzinfarkt. Und dann seid ihr schuld."

„Wir haben doch diese Sendung gestern Abend gesehen, Oma."

„Die mit den Frauen im Matsch und den Männern im Tütü?"

„Genau die. Und deswegen haben wir eine Idee." Isabell hatte schon rote Flecken auf den Wangen.

„Nicht wir", sagte Kalle. „Du."

„Ja, also gut, ich", korrigierte Isabell sich ungeduldig. „Oma, hör zu …"

Sie standen in der großen Scheune und schauten sich um. Hier unten war eine große freie Fläche und eine Treppe führte nach oben. Dort wurde das Heu gelagert. Früher war es viel mehr gewesen, mittlerweile brauchte man nur noch ein bisschen für die paar Tiere von Oma und die von den Nachbarhöfen. Eigentlich wurde die Scheune also so gut wie gar nicht mehr genutzt.

„Hier unten stellen wir einen langen Holztisch auf und Bänke und oben schlafen sie dann, die armen überarbeiteten Großstädter. In mit Heu gefüllter Bettwäsche. Denn es heißt ja: zurück zum Ursprung", erklärte Isabell fröhlich. „Wasser gibt's draußen genug …"

„… und wir können auch Brot backen", überlegte Oma

eifrig. „Wir haben doch noch das kleine Backhaus. Das ist aber ewig nicht benutzt worden. Ich weiß nicht, ob das noch funktioniert."

„Ich werde es mir anschauen", beschloss Kalle fachmännisch.

„Schwuppi, Sie kennen sich mit alten Öfen aus?"

„Nein, aber schauen kann ich ja trotzdem mal." Kalle wurde rot.

„Ach je, ach je, was für eine Aufregung." Edith war nun auch krebsrot im Gesicht. „Was meint ihr, wie viele Leute bekommen wir hier unter? Zwanzig, dreißig, vierzig? Hundert?"

„Natürlich nicht, Oma. Wir wissen ja auch noch gar nicht, ob es überhaupt funktioniert. Es ist bis jetzt nur eine Idee. Wenn wir erst mal mit ein paar Gästen anfangen, ist das schon in Ordnung."

„Mindestens zehn, sonst lohnt sich der große Suppentopf nicht", überlegte Oma. „Ach Himmel, was wir da alles brauchen. Porzellan, Gläser, Bettzeug! Ich habe noch mein Hochzeitsgeschirr, das wurde ewig nicht benutzt! Hutschenreuther. Und Kristallgläser."

„Mach mal langsam, Oma. Wir müssen erst noch überlegen, ob das wirklich funktionieren kann. Wir brauchen auch Tagesabläufe und so."

„Davon abgesehen sind wir keine Burn-out-Therapeuten", warf Kalle in die Runde. „Nur mal so nebenbei bemerkt. Ich weiß, das ist am unwichtigsten, dass es bei einer Therapie richtige Therapeuten gibt, aber ich wollte es wenigstens gesagt haben."

„Also, ich brauche keine Ausbildung, um jemandem zu sagen, dass er sich im Schlamm wälzen soll", stellte Edith fest. „Wollen Sie jetzt alles rückgängig machen, Schwuppi? Ich hatte mich schon so darauf gefreut, Gulaschsuppe …“

„Es hat ja noch gar nichts begonnen, Oma. Bitte reg dich nicht auf“, sagte Isabell. „Wir werden jetzt reingehen und einen kleinen Plan erstellen.“

„Bei einem schönen Klaren.“ Kalle war zufrieden. Er wurde langsam ganz zum Seesteiner.

„Und kein Wort zu niemandem“, drohte Isabell verschwörerisch. Oma und Kalle nickten eifrig.

Zwei Stunden und einige Klare später schauten sie zufrieden auf den groben Entwurf.

Ja, das war gut. Das könnte funktionieren.

„Isabell, du kommst manchmal auf ganz schön verrückte Ideen“, meinte Kalle. „Aber ich könnte mir vorstellen, dass es funktioniert.“

„Das denke ich auch“, sagte Oma. „Und ich will schließlich auch kochen und backen. Nein, sagt jetzt nicht, dass ich kürzertreten soll. Das regt mich nur auf. Und ich habe schließlich Burn-out.“

„Hallo“, ertönte da eine Stimme und sie schossen herum.

„Die Tür war offen“, sagte Stephan Hellberg. „Ich habe geklopft, aber das hat offenbar niemand gehört.“

Isabell sprang auf. „Oh, wie schön, hallo!“

„Klößchen, erschreck mich doch nicht so.“ Oma griff sich ans Herz.

Stephan Hellberg lächelte Isabell an. „Klößchen … wie süß.“

Isabell war wütend auf Oma. „Meine Oma versteht nicht, dass ich mittlerweile groß bin. Sie sieht in mir immer noch ein kleines Kind.“

„Nein, Liebling, ich sehe in dir ein Klößchen. Du musst dringend ein bisschen abspecken." Ediths direkte Art war ganz entzückend. Glücklicherweise war Stephan Hellberg zu höflich, um darauf einzugehen. Er zwinkerte Isabell freundlich zu. „Wie geht es denn meiner Patientin?", fragte er dann. *Haha. Wie lustig.* Musste er sie an ihren Gefühlsausbruch erinnern?

„Mir geht es gut, danke." Sie wurde rot. Warum wurde sie rot? *Mann.*

„Ich meinte eigentlich die Kuh. Alma", erwiderte Stephan Hellberg und nun glühte Isabell.

„Oh, der geht es auch gut. Ganz wunderbar geht es ihr", mischte sich nun Kalle ein. „Ich schaue regelmäßig nach ihr und Horst. Der Kleine trinkt und steht wacker auf seinen vier Beinchen. Ein aufgewecktes Kerlchen. Ich glaube, er mag mich. Er lässt sich gern von mir streicheln. Ach, Tiere sind doch etwas Wunderbares." Er sah richtig verträumt aus.

„Ich wusste gar nicht, dass du so tierlieb bist", neckte Isabell ihn.

„Ich auch nicht", sagte Kalle nachdenklich. „Da sieht man mal, dass man oft gar nicht weiß, was in einem steckt."

„Und wie geht es denn Ihnen?", fragte Stephan nun Edith.

„Das sehen Sie doch. Ich pfeife aus dem letzten Loch", scherzte Edith und tat so, als würde sie auf ihrem Stuhl zusammensinken. „Ich mache es nicht mehr lange. Ich brauche die letzte Ölung. Holt schnell einen Priester!"

„Oma, mach doch nicht so dumme Witze", bat Isabell. „Wenn es dir dann wirklich mal schlecht geht, glaubt dir keiner mehr."

„Mir glaubt auch so keiner, dass es mir nicht schlecht geht.“ Oma stand auf. „Möchten Sie einen Kaffee, Herr Hellberg, oder einen Schnaps?“

„Danke, einen Kaffee nehme ich gern. Ich muss noch fahren.“ Er setzte sich und lächelte Kalle an. „Und Sie kümmern sich also um Alma und Horst?“

Kalle nickte zufrieden. „Ja. Das macht mich sehr glücklich, ich weiß gar nicht, ob Sie verstehen, was ich meine. Also, Tiere machen mich froh. Ich bin so gern mit ihnen zusammen. Früher hatte ich einen Wellensittich und einen Hamster, und einen Hund wollte ich auch schon immer haben. Aber das ist in der Stadt nicht so empfehlenswert. Mögen Sie Tiere?“

Stephan lächelte. „Na ja, ich bin ja Tierarzt …“

Kalle verdrehte die Augen. „Wie dumm von mir. Also wirklich. Entschuldigen Sie. Also, ich bin im Moment ganz durcheinander.“

„Warum denn?“

„Wir hatten eine ganz großartige Idee. Wir planen … *AU!*“

„Oh Kalle, entschuldige bitte, ach ja, warte, ich hole einen Lappen.“ Der Inhalt von Isabells Kaffeetasse hatte sich über Kalle ergossen.

„Du bist vielleicht ungeschickt, Klößchen“, sagte Edith.

„So was passiert“, lächelte Stephan. „Ich geh dann mal in den Stall und schaue nach Mutter und Kind.“ Er stand auf und verließ die Küche.

Isabell war sauer. „Wir hatten doch gesagt, kein Wort zu niemandem. Ich habe keine Lust, dass Stephan Hellberg seinem Cousin davon erzählt.“

„Warum denn? Außerdem könntest du dich mal entschuldigen. Du hast mich verbrüht. Möglicherweise werden Brandnarben zurückbleiben“, klagte Kalle.

„Der Kaffee war lauwarm. Und Matthias Hellberg ist zufälligerweise tatsächlich Therapeut. Der kann uns alles kaputt machen.“

„Aber der ist doch nett.“ Kalle verstand nicht, warum Isabell so ein Trara machte.

„Ja, aber wir sind nicht ausgebildet.“

„Wir haben doch noch nicht mal angefangen …“ Kalle rieb verzweifelt an dem Kaffeefleck herum. „Das ist eins meiner Lieblingshemden.“

„Hemden kann man waschen“, erklärte Edith. „Ziehen Sie es aus, Schwuppi. Ich weiche es ein.“

„Ich ziehe mich doch nicht nackt aus. Vor einer Dame“, zierte sich Kalle.

„Himmel, du sollst dich nicht nackt ausziehen, sondern dein Hemd“, sagte Isabell. „Stell dich nicht so weibisch an.“

„Du bist aber lustig, Klößchen“, lachte Edith.

Kalle zog sein Hemd aus und reichte es Oma. In diesem Moment kam Stephan Hellberg wieder rein. „Alles in Ordnung mit den beiden“, sagte er. „Nun, ich geh dann mal.“

Nein, nicht gehen, dachte Isabell.

Der Tierarzt sah Kalle an. „Alles in Ordnung?“

„Äh, ja, äh, sicher, ich habe mein Hemd ausgezogen“, stotterte Kalle.

„Das sehe ich“, sagte Stephan Hellberg lachend.

Isabell mischte sich ein. „Wollen Sie sich nicht noch ein bisschen zu uns setzen? Wir können uns doch noch ein wenig unterhalten.“

„Ja, bleiben Sie noch", bat jetzt auch Kalle. „Das Wetter ist heute so schön."

„Wir sind aber drinnen", gab Stephan Hellberg zu bedenken.

„Das stimmt", sagte Isabell. „Aber es ist draußen trotzdem schön."

„Papperlapapp, das Wetter ist gar nicht schön", schnaubte Oma. „Es regnet."

„Ich mag Regen", erklärte Isabell. „Von mir aus können wir auch im Regen ein bisschen spazieren gehen. Ich ziehe mich aus, wenn Sie wollen."

Hellberg sah irritiert aus. „Sie ziehen sich aus?"

„An. Um. Eine Jacke." Was redete sie denn da für einen Quatsch?

„Ich muss wirklich weiter", sagte er schnell.

Würde ich auch sagen, dachte sie wütend. *Ich dumme Kuh hab wieder alles versaut.*

„Ach wie schade", säuselte Kalle.

Stephan Hellberg schaute ihn lächelnd an. „Sie sollten sich was anziehen, nicht dass Sie sich noch erkälten."

„Ach, Kälte härtet ab." Kalle grinste dämlich. Das war ebenfalls total schwachsinnig, denn in der Küche war es angenehm warm.

„Ich bring Sie raus", sagte Isabell. Auf dem Weg zur Haustür stolperte sie über ein Hindernis im Flur und flog der Länge nach hin. Das Hindernis sprang auf und rannte gegen die Flurtruhe. Es war Bosko. Wo kam der denn her? Und musste sie jetzt wirklich auch noch vor dem schönen Stephan Hellberg aufs Maul fallen?

„Haben Sie sich wehgetan?", fragte der nun. Sie schüttelte den Kopf, obwohl sie am liebsten gesagt hätte: *Ja, ja!*

JA! Möglicherweise ist ein Arm gebrochen, vielleicht auch ein Bein, eventuell habe ich einen Milzriss oder eine Leberquetschung und meine Wirbelsäule ist verrenkt, von meinem Herz mal ganz abgesehen, es schlägt viel schneller als sonst!

„Bis bald", sagte er da nur und ging dann einfach. Sie blieb im Flur stehen und sah ihm nach, während Bosko dauernd gegen ihre Beine lief.

„Was für ein Mann", hörte sie Kalle sagen, während Hulle plötzlich die Treppe runterkam. „Haben Sie ihn gesehen, Oma Edith? Haben Sie?"

„Ich bin ja nicht blind, Schwuppi."

„Er ist ein Ritter", rief Kalle voller Enthusiasmus. „Ein Edelmann. Ein feiner Mensch, das merke ich. Jemand, der mich auf starken Armen durch ein Unwetter tragen würde, mich, der ich ohne Kleidung frierend am Wegesrand säße."

„Schwuppi." Oma wurde es zu viel. „Nun hören Sie mal auf, so einen Unfug zu reden. Ein Ritter. Der Mann hat lediglich gesagt, dass Sie sich was anziehen sollen."

„Fürsorglich hat er es gesagt", beharrte Kalle auf seiner Meinung. „So einen Tierarzt braucht der Mensch."

Isabell verdrehte die Augen. „Was machst du denn schon wieder hier?", fragte sie Hulle. Der wich ihrem Blick aus.

„Ich hab nur mal geguckt."

„Nach wem?"

„Nach Bridget." Er wand sich.

„Ach. Und, geht es ihr gut?"

War das eigentlich ein Irrenhaus hier?

„Ich glaube, sie friert." Hulle sah traurig aus.

„Die Arme.“ So weit war es mit ihr also schon gekommen, dass sie sich über den Zustand einer Gummipuppe Gedanken machte.

„Ja, ich wollte fragen, ob mir Edith vielleicht was zum Anziehen für sie geben kann.“

Ja, definitiv Irrenhaus.

„Oma weiß aber gar nicht, dass Bridget hier ist.“

Hulle schien nachzudenken. „Das stimmt. Aber sie friert doch.“

„Warte mal.“ In der Flurtruhe war sicherlich noch immer Omas Aussteuer verstaut.

„Hier.“ Sie reichte Hulle eine große weiße Schürze. „Das sollte fürs Erste genügen.“

„Oh, danke“, freute sich Hulle. „Du, Isabell …“

„Ja?“

„Also, du bist ja jetzt wohl noch ein bisschen hier, sagt man sich im Dorf.“

„Sagt man das?“

„Ja … und da wollte ich, da dachte ich … also, ich will dich fragen, ob du Lust hast, mit mir, also, weil du jetzt länger hier bist, und ich mag dich sehr und da dachte ich, ich kann halt mal fragen, ob wir beide …“

Niemals.

„Das ist ganz lieb von dir, Hulle, aber weißt du, ich mag dich auch sehr, aber ich sehe dich wirklich nur als Freund. Ich möchte keinen Kaffee oder so mit dir trinken gehen. Sei mir da bitte nicht böse.“

Hulle sah verwundert aus. „Nee, das wollte ich gar nicht. Ich wollte fragen, ob du mir vielleicht auf dem Feld beim Spargelstechen helfen kannst. Alleine ist das so langweilig und zu zweit geht’s auch schneller.“

9. Kapitel

Matthias Hellberg rief an und entschuldigte sich tausendmal für den, wie er es nannte, „Autodiebstahl". „Ich habe eben erst den Anrufbeantworter abgehört, ist es denn die Möglichkeit", sagte er. „Also so was, ich war in Gedanken, das tut mir so leid."

„Ach, das macht nichts." Isabell war es wirklich egal. Sie hatte noch an Hulles Antwort zu knabbern. Spargelstechen.

Und zu Stephan Hellberg hatte sie gesagt, dass sie sich ausziehen könnte.

„Sie können mein Auto nehmen", schlug Matthias nun vor.

„Ich habe aber den Schlüssel nicht", erinnerte Isabell ihn.

„Das stimmt. Es springt aber auch so an."

„Wie soll das denn gehen?", fragte sie leicht genervt.

„Ich weiß nicht, warum, aber Sie müssen einfach das elektrische Schiebedach aufmachen."

„Wie soll das denn gehen, wenn der Motor nicht an ist?" Isabell wunderte sich.

„Ich weiß nicht, warum das so ist. Aber es ist so." Matthias Hellberg sagte das so, als ob es das Normalste der Welt sei, dass ein Auto anging, wenn das Schiebedach aufgemacht wurde.

Irrenhaus, Irrenhaus, Irrenhaus!

„Alles klar. Wenn ich das Auto brauche, mache ich das Schiebedach auf, wie auch immer."

„Ich könnte Ihnen natürlich Ihr Auto auch einfach zurückbringen“, überlegte er. „Ach herrje, herrje!“

„Was ist?“

„Es regnet in Strömen und ich habe das Schiebedach von Ihrem Auto offen gelassen. Ich hatte mich gestern schon gewundert, dass das Auto plötzlich mit dem Schlüssel ansprang, und habe dann aus Gewohnheit trotzdem noch das Schiebedach geöffnet.“

„Wie bitte? Das heißt, das Auto steht seit gestern da mit offenem Dach?“

„Ja, in der Garage.“

Isabell verstand nun gar nichts mehr. „Warum tun Sie denn dann erst so, als würde es draußen stehen?“

„Habe ich doch gar nicht.“

„Doch, Sie haben ‚herrje, herrje‘ gesagt.“

„Weil ich mich im Nachhinein darüber gewundert habe, dass das Auto plötzlich mit dem Schlüssel ansprang.“

Alle irre.

„Dann ist ja nichts Schlimmes passiert“, meinte Isabell.

„Das habe ich auch nie behauptet“, erwiderte Matthias Hellberg.

Schweigen.

„Steht denn nun fest, ob Sie länger in Seestein bleiben?“, fragte er dann.

„Nein“, Isabell wollte auf gar keinen Fall Gefahr laufen, dass Matthias sie fragen könnte, ob sie ihm dann bei was auch immer helfen könne, weil das alleine so langweilig sei und zu zweit ja schneller gehe.

„Ich bringe den Wagen nachher vorbei. Hoffentlich regnet es nicht.“

„Sie können das Schiebedach schließen."

„Ach richtig, richtig. Aber ich fahre sehr gern mit geöffnetem Schiebedach", erklärte er ihr.

Wie kompliziert war denn dieser Mensch bitte?

„Wir machen Online-Anzeigen." Kalle war ganz aufgeregt. „Wir müssen den Fokus auf die Natur legen. Raus aus der Stadt, rein ins beschauliche Dörfchen. Unberührtheit, weite Wiesen, Felder, die Ostsee. Lange Strandspaziergänge, heißer Tee, dicke Socken."

„Die wird man auch brauchen, in der Scheune zieht es wie Hechtsuppe. Ach ist das aufregend", warf Oma ein und erhob sich, weil das Telefon klingelte.

„Nein", hörten Isabell und Kalle. „Da musst du eben Frau Möbius anrufen ... ich kann nichts dafür, dass sie das Geschirr fallen lässt. Nein. Nein. Nein. Wieso? Unfug, mir geht es gut. Was sagst du ... ich bin egoistisch? Nun schlägt's aber gleich mal dreizehn, Julchen. Ich bin doch nicht egoistisch, jahrelang hab ich dir geholfen und nichts dafür genommen ... ja, ja, ja, richtig, ich wollte auch nichts, aber ich muss auch mal an mich denken ... und was für mich tun. Nicht nur dauernd für andere."

„Was will sie denn plötzlich für sich tun?", fragte Kalle verwundert.

„Keine Ahnung." Isabell war ebenfalls erstaunt.

Oma kam zurück. „Das war Julchen", sagte sie mit fester Stimme. „Sie wollte, dass ich ins ‚Kronenstübchen' zum Helfen komme, aber ich habe Nein gesagt." Sie war sichtlich stolz.

„Wow. Das ist prima", meinte Isabell. „Aber warum hast du Nein gesagt?"

„Weil ich etwas festgestellt habe.“ Oma machte eine Kunstpause.

„Und was?“, wollte Kalle wissen.

„Dass es auch mal schön ist, etwas für sich selbst zu machen“, erklärte Edith und sah stolz aus. „Beziehungsweise mit euch. Also etwas zu planen, worauf man richtig Lust hat. Und vor allen Dingen: ohne dass einen jemand drum bittet.“

„Du sollst dich doch aber ausruhen“, meinte Isabell.

„Liebes Klößchen.“ Oma sah sie hoheitsvoll an. „Nimm einfach zur Kenntnis, dass das althergebrachte Ausruhen nichts für mich ist. Man kann sich auch anders erholen. Indem man Dinge für sich tut, heißt das nicht, dass man nichts tut. Wenn ich den ganzen Tag im Sessel sitze und stricke, bin ich schneller mumifiziert, als ihr schauen könnt. Also lasst uns gemeinsam Pläne schmieden. Darauf habe ich richtig, richtig Lust!“

„Gut“, Isabell nickte. „Aber sobald du wieder Herzrasen bekommst, wirst du kürzertreten. Und wehe, du kippst uns um.“

„Ich bin fit wie ein Thunfisch“, sagte Oma. „Und gespannt auf alles, was da so kommt.“ Das Telefon klingelte schon wieder.

„Das ist bestimmt Hanni und ich soll zum Verkaufen kommen. Ha, die Zeiten sind vorbei!“ Oma stand wieder auf und wirkte zehn Zentimeter größer als vorher.

Kalle und Isabell sahen sich noch mal ihren kurz zuvor formulierten Werbetext an und waren sehr zufrieden.

Die Überschrift lautete „Einfach Ich“ und der Text versprach absolute Erholung vom Stress des Alltags und ein

Finden zu sich selbst. Natürlich hatten sie vorher herumgegoogelt. Es hatte sich zum Glück herausgestellt, dass es hier tatsächlich WLAN gab, das Netz von Hulle strahlte bis zum Hof herüber. Wahrscheinlich hatte er zwanzig Router für all seine Gewinnspiele. Hulle gab ihnen bereitwillig die Zugangsdaten und so konnten sie ein bisschen recherchieren.

„Das klingt alles so geschwafelt und ökomäßig." Kalle runzelte die Stirn. „Achtsamkeit, bei sich sein, abgeholt werden, innere Mitte. Wir wollen ja keinen Esoterik-Kurs geben."

„Darauf stehen die Leute aber." Isabell tippte alles in ihren Laptop. Sie war völlig in ihrem Element, beschrieb Seestein als eine Art Betty-Ford-Klinik für Burn-out und lobte alles in höchsten Tönen. Dann speicherte sie alles ab.

Aus alter Gewohnheit würde sie den Text über Nacht liegen lassen und morgen noch mal draufschauen. So machte sie das grundsätzlich.

Oma, die mittlerweile in der Küche saß und Speisepläne für die Kursteilnehmer schrieb, war ganz aufgeregt. „Endlich kann ich mal wieder für mich selbst kochen und das, was ich will. Es ist alles für mich. Für mich, für mich."

„Na ja, das ist ja nun nicht für dich, sondern für die Burn-out-Leute." Isabell holte sich ein Bier aus dem Kühlschrank.

„Aber ich kann es entscheiden", freute sich Edith. „Ich allein. Ja, natürlich mit euch zusammen, aber niemand ruft an und will irgendwas. Also, natürlich rufen sie an, aber ich habe gar keine Zeit mehr für was anderes. Ich muss Seminare vorbereiten."

Plötzlich stand Hulle wieder da. Isabell erschrak. Dieser Mensch tauchte immer einfach so auf, er schlich sich lautlos an. Wieso ließ Oma auch immer die Türen offen stehen. Das musste man ihr wirklich mal abgewöhnen.

„Wozu braucht ihr eigentlich Internet?“, fragte er nun fast lauernd.

„Um zu googeln“, antwortete Isabell und warf Kalle und Oma einen Blick zu, der sagte: Kein Wort. Wenn Hulle was wusste, konnte man es auch gleich dem ganzen Dorf erzählen.

„Was googelt ihr denn?“ Hulle war sehr neugierig.

„Wir …“, fing Oma an, wurde aber sofort von Isabell unterbrochen. „Oma, du gefällst mir gar nicht, leg dich mal ein bisschen hin.“

„Mir geht es …“

„Du bist ganz grün im Gesicht, Oma.“

„Aber Hulle hat doch gefragt …“ Oma kapierte nichts.

„Hallo“, sagte da jemand und alle fuhren herum. Ebenfalls lautlos war Matthias Hellberg hereingekommen. „Ich bringe das Auto. Es regnet nicht.“

„Wie schön.“ Isabell nahm den Schlüssel entgegen. „Vielen Dank.“

„Was googelt ihr denn, was ist denn?“, fragte Hulle wieder. Er ließ nicht locker. „Wozu braucht ihr denn Internet? Edith hat noch nie Internet gebraucht. Sie hat ja noch nicht mal einen Computer.“

„Aber bald“, triumphierte Edith. „Ich werde jetzt mit der Zeit gehen, dazu gehört auch das Internet. Ihr werdet schon sehen. Ich werde jetzt erwachsen. Ich denke jetzt an mich.“

„Indem Sie kochen, was Sie wollen?“, fragte Kalle und Oma nickte. „Und das ist erst der Anfang.“

„Was kochst du denn, Edith?“, wollte Hulle wissen. „Und warum brauchst du dafür Internet?“

„Für die Rezepte“, erwiderte Isabell schnell.

„Aber sie hat doch Kochbücher.“ Hulle ließ nicht locker.

„Reg Oma nicht auf, sie hat Burn-out.“ Das wirkte: Sofort war Hulle still.

„Also vielen Dank“, Isabell wollte, dass Matthias Hellberg ging.

„Gern.“ Er stand einfach da und wartete.

„Einen schönen Tag noch.“ Isabell wartete, aber er machte keine Anstalten zu gehen. Irgendwie hatte er was von einem hilflosen Labradorwelpen an sich.

„Klößchen, sei doch mal nicht so unhöflich. Frag doch den Herrn Hellberg mal, ob er sich nicht zu uns setzen und einen Kaffee trinken will“, befahl Oma.

Das war Isabell nicht recht. „Wir sind doch gerade mitten in unserer Planung.“

„Ach, keine Sorge. Ich störe auch nicht.“ Matthias setzte sich neben Oma. „Hier ist es wirklich sehr gemütlich.“

„Ich sage immer, die Küche ist das Herz des Hauses. Kaffee?“ Oma wuselte schon wieder herum.

„Haben Sie auch Kakao?“, fragte Matthias. „Es ist draußen manchmal doch noch empfindlich kalt, da weckt so ein Kakao die Lebensgeister.“

„Oh, Kakao. Da sage ich auch nicht Nein.“ Kalle strahlte Matthias an und der lächelte freundlich zurück. Ganz schüchtern. Er wurde auch ein bisschen rot.

Isabell schaute von einem zum anderen. Ach. So war das also.

Deswegen wollte Matthias Hellberg bleiben. Er hatte sich in Kalle verguckt, zumindest schien er ihn sympathisch zu finden. Kalle hatte zwar vorhin noch Stephan Hellberg als „Mann“ bezeichnet, der fürsorglich war, aber

Kalle schwenkte sehr oft um. Es wäre mit Stephan sowieso in die Hose gegangen, weil der gar nicht schwul war. Aber mit Matthias schien ein Schuh draus zu werden.

Oma kochte ihren leckeren Kakao. Seitdem sie am Telefon dauernd „Nein“ gesagt hatte, wirkte sie schon viel fitter.

„Ich will auch Kakao“, sagte Hulle. „Und sag mal, man erzählt sich, dass du in eine Irrenanstalt kommen sollst, Edith. Mit so einer weißen Jacke, die am Rücken zugebunden wird.“

„Wer sagt das?“ Oma drehte sich vom Herd aus um.

„Alle.“

„Hulle! Wer genau sagt es?“, wollte Oma wissen.

„Mutti sagt das.“

„Sag deiner Mutter, dass das stimmt, aber sag ihr auch, dass ich vorher noch bei ihr vorbeikomme und sie langsam erwürge. Weil ich so gefährlich bin. Huuuuh“, machte Oma und ging mit gespreizten Fingern auf Hulle los, der zurückwich. „Nein, nein.“

„Alida wird sich auch nie ändern“, stellte Isabell fest.

„Mutti macht sich halt ständig Gedanken.“ Hulle zuckte resigniert mit den Schultern.

„Ach was. Deine Mutter liebt es, Gift zu verspritzen und schlecht über andere zu reden. Sie lässt an niemandem ein gutes Haar. Alida würde sich freuen, wenn ich in einer Zwangsjacke hier rausgeführt würde“, beklagte sich Oma. „Sie war schon immer so. *Schon immer!* Ich hab damals zu deinem Vater gesagt, er soll sie bloß nicht heiraten. Sie war von Anfang an scharf darauf, bloß nicht mehr arbeiten zu müssen, kein Wunder, wenn man von klein auf zweihundert Schweine versorgen musste. Alida hat auf dem Hof ihrer Eltern gehockt wie eine fleischfressende Pflanze und hat nur drauf gewartet, dass sie sich einen Versorger schnappen kann. Dein Vater hat ja das große Anwesen geerbt und noch einiges dazu. Seitdem hat Alida keinen Finger mehr krumm gemacht. Geldgierig war sie auch schon immer."

„Immer redest du schlecht über Mutti", jammerte Hulle.

„Deine Mutter ist nun mal nicht meine beste Freundin. Und sie will dich nicht loslassen. Du wirst noch mit siebzig zu Hause wohnen." Oma sah ihm tief in die Augen und nickte mit Nachdruck.

Bevor Hulle antwortete, überlegte er kurz. Er wirkte verunsichert. „Aber ... Aber das ist ja nicht schlimm, eigentlich. Oder?"

„Du wolltest doch Medizin studieren und in die Rechtsmedizin gehen, aber nein, du bist hier Polizist. Hier! In Seestein! Hier wird noch nicht mal ein Insekt ermordet." Edith rührte im Topf.

„Es gibt aber Falschparker", protestierte er.

„Wenn es das ist, was dich glücklich macht, Hulle, dann bitte. Wie alt bist du jetzt? Über vierzig. So. Und noch nie hast du eine Freundin gehabt. Das ist doch nicht normal."

Hulle zuckte mit den Schultern. „Ich hab ja die Gewinnspiele."

„Das muss man sich mal anhören, er hat ja die Gewinnspiele." Kopfschüttelnd füllte Oma den Kakao in die Tassen. „Ich frage mich, wer hier in die Klapsmühle gehört. Na ja, ich geh jetzt schwimmen."

„Wo denn?", fragte Kalle sehr erstaunt. „Gibt es hier jetzt irgendwo ein Hallenbad?"

Da konnte Oma nur lachen. „Unfug, wir haben doch kein Hallenbad. Ich bade in der See. Wo denn sonst ?"

„Himmel, hilf, es ist doch noch viel zu kalt."

„Das härtet ab", trällerte Oma nur und tänzelte zur Tür.

„Haltet sie doch auf!", rief Kalle. „Sie wird einen Herzschlag bekommen, wenn sie in die kalten Fluten steigt. Und habt ihr schon mal was von gefährlichen Unterströmungen gehört, die ziehen einen einfach so ins Meer hinaus und man kommt nie wieder zurück. Ich habe schon entsetzliche Artikel darüber gelesen und gesehen. Und wenn man Pech hat, kommt dann noch ein Krake und umschließt einen mit seinen Fangarmen, ihr kennt doch sicher die alten Kupferstiche, da ist das drauf gezeichnet. Da sind ganze Fischerboote von diesen grauenhaften Tieren einfach so verschlungen worden, *einfach so*." Der arme Kalle war schon wieder mit seinen Nerven am Ende. „Die armen Fischer. So will man doch nicht enden. In den Fangarmen eines Kraken, der einen dann unter Wasser zieht." Er schluchzte. „Die armen Hinterbliebenen. Was haben sie bloß gemacht ohne den Versorger?"

Matthias klopfte ihm auf die Schulter. „In der Ostsee gibt es keine Kraken."

„Man weiß nie, was in der Tiefsee so herumschwimmt", gab Kalle düster zu bedenken und versuchte, sich zu sammeln. „Ich habe da schon in Dokumentationen Fische und andere Lebewesen gesehen, das glaubt man gar nicht."

„Ich denke, man weiß nie, was da so rumschwimmt", stimmte Oma ihm zu und schüttelte den Kopf.

„Jedenfalls würde ich niemals im Meer schwimmen."

Lächelnd versuchte Oma, den aufgeregten Kalle zu beruhigen. „Bei uns gibt's nur Schweinswale und die haben noch nie einen Menschen angefallen."

„Das stimmt so nicht. Es haben sich hier auch mal größere Wale in der Ostsee verirrt." Offenbar hatte er sich mit dem Thema ausgiebig beschäftigt.

„Ja, aber die haben auch nichts gemacht. Also, bis später." Oma winkte.

Matthias klinkte sich ein: „Ich begleite Sie bis zum Strand. Ich gehe gern spazieren."

„Sie können auch mit mir im Meer schwimmen", schlug Edith vor. „Das ist eine gute Abhärtungstherapie. Und eine Therapie soll ich doch machen."

„Kommen Sie auch mit?", fragte Matthias und schaute erst Isabell an und dann Kalle.

Kalle sagte: „Ich gehe mit."

„Ich bleibe hier", Isabell wollte das junge Glück nicht stören.

„Jetzt sag doch mal, was ihr vorhabt, ich bin doch nicht doof, ich merke doch, dass da was ist", maulte Hulle, als Oma, Kalle und Matthias weg waren.

„Gar nichts, Hulle, echt nicht. Wir haben nur eine Idee, und solange da noch nichts klar ist, sag ich auch nichts."

„Was denn für eine Idee?"

„Hulle!" Isabell wurde langsam sauer.

„Ich nerv dich so lange, bis du es sagst, du kennst mich."

Das stimmte. Der Dorfpolizist konnte eine entsetzliche Nervensäge sein.

„Ich sag es dir, wenn es so weit ist", probierte sie es.

„Nein, jetzt." Hulles Stimme war nun die eines quengeligen Dreijährigen.

„Hulle!", sagte Isabell drohend.

„Jetzt! Oder ich erzähle rum, dass du auch in eine Irrenanstalt kommst. Dass du nicht mehr zurechnungsfähig bist.

Ich kann dich auch festnehmen, weil ich behaupte, du seist eine Gefahr für die Menschheit. Ich bin Polizist. Ich darf das."

„Hulle! Ruhe jetzt! Du hast davon abgesehen noch nie jemanden festgenommen, du weißt gar nicht, wie das geht." Das stimmte. Hulle wäre hilflos einem Verbrecher gegenüber.

„Du bist so gemein." Er verzog das Gesicht und es sah kurz so aus, als würde er gleich heulen.

„Wenn du jetzt nicht aufhörst, erzähle ich deiner Mutter von Bridget."

Das wirkte endlich. Er verstummte.

„Fast wäre ich gestorben." Kalle wankte in die Küche. Er, Oma und Matthias kamen gerade vom Strand zurück.

„Was ist passiert?", wollte Isabell besorgt wissen.

„Ich bin nur mal kurz mit den Füßen rein und schwups, war da eine Feuerqualle. Mein Fuß wird sicher abfaulen", klagte Kalle.

„So ein Unfug, Schwuppi. Das war auch keine Feuerqualle, das war eine kleine rötliche Muschel. Viel wichtiger: Wir haben diesen Ulf Winkelbach am Strand getroffen", regte Oma sich auf. „Er hat mir schon wieder gedroht."

„Er *wollte* es", wurde sie von Kalle korrigiert. „Er hat es versucht. Aber er hat nicht mit uns gerechnet. Wir haben ihn verjagt wie einen räudigen Hund. Trotz meines fast amputierten Fußes."

„Ein unangenehmer Mensch." Matthias schüttelte sich.

„Er hat was von Strandkörben gefaselt und einer Bar mit einem Steg ins Wasser rein. Eigentlich keine schlechte Idee, aber hierher passt das doch nicht. Eine Bar in Seestein. Wir wollen hier unsere Ruhe haben." Das ging Oma gehörig gegen den Strich. „Wer was trinken will, geht ins ‚Kronenstübchen', ansonsten ist hier Ruhe im Karton. Der schöne Strand. In ein paar Jahren sieht es dann da aus wie auf einer Müllhalde."

„Der Mann war auch schon bei Mutti", mischte Hulle – der natürlich immer noch da war, wo sollte er auch sonst hin – sich nun ein. „Er sagt, unser Haus und die anderen Gebäude wären genau richtig für einen Wellness-Tempel. Und Mutti will ja sowieso wieder in die Stadt zurück."

„Ich drehe Alida den Hals um, wenn sie sich mit diesem Hallodri auf Geschäfte einlässt." Oma war sauer. „Ich werfe sie den Schweinen zum Fraß vor."

„Oma, bitte reg dich nicht auf." Isabell war schon wieder besorgt. „Wart ihr denn jetzt baden?"

„Ich war wie gesagt kurz mit den Füßen drin." Kalle litt immer noch sehr. „Dann passierte der schreckliche Unfall mit der Feuerqualle. Das Wasser ist sehr kalt."

„Den Fischen ist nicht zu kalt", wurde er von Oma gemaßregelt. „Und mir auch nicht, ich kenne da nichts. Ich hatte auch noch nie eine Erkältung. So. Nun einen Grog."

„Oma, ein Tee tut's auch. Und zieh den nassen Badeanzug aus."

„Hier?" Oma kicherte.

„Oma!"

„Wenn ich Grog will, trink ich Grog. Noch jemand?" Edith schaute belustigt in die Runde.

„Ich", sagte Hulle eifrig. „Ich darf ja keinen Alkohol daheim."

„Meine Güte, Hulle. Hörst du daheim auch noch Benjamin Blümchen?"

„Nein, aber ich hab mal das komplette CD-Set gewonnen. Das sind ganz viele Folgen."

„Töröö", machten Matthias und Kalle gleichzeitig. Isabell beschloss, den infantilen Haufen nun aufzulösen. „Wir haben noch zu tun", informierte sie Hulle und Matthias. „Und Oma braucht Ruhe."

„Ihr wollt doch nur wieder googeln", regte Hulle sich auf.

„Also, ich will Grog", wiederholte Edith. „Ich zieh mich mal um. Schwuppi, gehen Sie mal die Tiere füttern."

Kalle sprang pflichtbewusst zur Tür.

„Ihr wollt doch nur weiter euren seltsamen Geheimplan aushecken." Hulle folgte ihm wütend. Er hatte schlechte Laune. Endlich war hier mal was los und er sollte ausgegrenzt werden. Das passte ihm offensichtlich gar nicht. Sauer stapfte er davon.

Isabell atmete tief durch. Jetzt konnte sie gut etwas Ruhe gebrauchen. Aber da klingelte das Telefon. Es war Julchen.

„Hier sind alle ganz aufgeregt!", rief sie.

„Wer? Was ist das für ein Lärm?" Es war so laut, dass Isabell den Hörer ein Stück vom Ohr weghalten musste.

„Na, hier bei uns im ‚Stübchen'. Dieser Immobilienmann ist da und will uns noch mehr Geld geben als vorher. Das glaubst du gar nicht."

„Warum wirfst du ihn nicht raus?"

„Na ja, Isabell, also, der will sooo viel Geld bezahlen. Und er hat zu mir gesagt, ich soll doch mal mit Edith sprechen, ob sie nicht doch verkaufen will. Der plant ja wirklich Großes. Also, wir sind wirklich hin- und hergerissen. Ewig können wir die Wirtschaft auch nicht mehr machen, weißt du. Wir werden ja nicht jünger."

„Aber Julchen. Doch nicht an so jemanden! Da gibt es

doch andere Möglichkeiten. Wir haben da gerade etwas in Planung, vielleicht können wir ja alle zusammenarbeiten!"

„Was denn?" Julchen schrie nun.

„Das kann ich noch nicht sagen, aber warte doch einfach mal ab." Isabell war außer sich. Das fehlte noch, dass dieser Winkelbach etwas mitbekam.

„Hm, hm, hm ... Kannste nicht sagen, so so ... Also, der Walter sagt, sein Rücken wird immer schlechter, je öfter er im Schankraum stehen muss." Julchen war wankelmütig.

Im Hintergrund war Gegröle zu hören.

„Weißt du was", rief Isabell. „Wir kommen jetzt vorbei." Schwungvoll warf sie den Hörer auf die Gabel. „Sie sollten jetzt wirklich gehen", sagte sie zu Matthias Hellberg. „Wir müssen nämlich noch mal wohin."

„Ach", Matthias Hellberg sah traurig aus.

„Sie können ja morgen wiederkommen", schlug Kalle vor und strahlte ihn an.

„Oh, das mache ich gern."

Aha, dachte Isabell.

„Was hör ich da?", fragte Edith und versuchte, die Fassung zu wahren. „Ihr sagt mir hier nicht ernsthaft, dass ihr vorhabt, das Geld von diesem Schurken zu nehmen!"

Oma war mit Kalle und Isabell im „Kronenstübchen", wo es hoch herging.

„Na ja", sagte Grethel kleinlaut. „Also, wir ..."

Am Nebentisch wurde es laut. Ulf Winkelbach saß mit einigen Dorfbewohnern da und sie lachten laut. Er schmiss eine Runde nach der anderen. Klar, das gefiel Walter natürlich. Solange der Rubel rollte, war er froh.

Dieser Ulf Winkelbach war wirklich ein Schmierlappen – innerlich wie äußerlich. Es war warm hier, er schwitzte und Isabell hatte das Gefühl, es bis zu ihrem Tisch zu riechen. Ein Widerling. Leider hatte er es rhetorisch ganz gut drauf und manche Seesteiner waren nun mal nicht die schärfsten Messer in der Besteckschublade, deswegen ließen sie sich von seinem Geldgeschwafel einlullen.

Winkelbach laberte etwas von einem Seniorenwohnsitz im Nachbardorf, der schon bald in die Bauphase gehen sollte, dafür würde er sorgen, dann könnten quasi alle Seesteiner unter einem Dach wohnen. Und sie hätten dann ja alle so viel Geld und könnten dauernd Kreuzfahrten machen und so weiter.

„Dem erzähle ich was." Edith stand auf.

„Nicht, Oma, lass ihn, nicht provozieren", sagte Isabell. „Wir werden ihn schon loswerden, irgendwie. Ich weiß noch nicht, wie, aber wir schaffen das."

„In jedem Fall müssen wir die Seesteiner dazu kriegen, ihm nicht auf den Leim zu gehen", war Kalles Meinung.

Isabell nickte. Sie hatte schon eine Idee. Aber erst mal musste sie abwarten, ob das mit ihren Plänen überhaupt klappen würde.

Sie war müde. Das war wieder ein langer Tag gewesen. Ihr schwirrte der Kopf, außerdem musste sie dauernd an Stephan Hellberg denken. Und sie war gespannt, wie das alles weitergehen würde. Morgen würde sie die Anzeige für das Burn-out-Seminar noch mal in Ruhe lesen und dann online stellen.

Und dann würde man sehen!

10. Kapitel

„Hallo?“ Isabell schoss hoch. Wer rief so früh an? Oma konnte es nicht sein … denn sie war ja bei Oma.

„Bertold Schmidt“, sagte eine dünne Stimme. „Bin ich da richtig bei ‚Des Lebens ganze Härte‘?“

„Äh, nein. Was ist das?“

„Das Seminar.“

„Welches Seminar? Meinen Sie vielleicht ‚Einfach Ich‘?“ Das konnte gar nicht sein, die Anzeige war noch gar nicht online. Isabell gähnte.

„Nein“, sagte dieser Herr Schmidt nun auch mit noch dünnerer Stimme. Er war kaum zu verstehen. „Ich möchte mich für ‚Des Lebens ganze Härte‘ anmelden.“

„Tut mir leid, da sind Sie hier falsch.“

„Aber ich habe doch Ihre Nummer gewählt.“

„Ja, das haben Sie natürlich, es ist aber die falsche Nummer.“ Langsam war Isabell echt genervt.

„So was. Entschuldigung, bitte entschuldigen Sie vielmals, das kommt nicht wieder vor, das tut mir ganz entsetzlich leid, so was aber auch, also wirklich, bitte verzeihen Sie mir, ich …“

„Schon gut“, unterbrach Isabell ihn und legte auf. Eine Sekunde später klingelte das Handy wieder. Gleichzeitig klingelte unten der Festnetzanschluss. Sie schaute auf die Uhr. Hallo? Es war gerade mal halb sieben.

„Hallo?“

„Oh." Das dünne Stimmchen gehörte wieder zu Bertold Schmidt. „Bin ich jetzt richtig bei ‚Des Lebens ganze Härte'?"

„Nein, immer noch nicht!"

Was war denn hier bitte los?

„Ich habe extra geguckt, die Nummer stimmt."

Unten hörte Isabell Oma rumoren.

„Woher haben Sie denn die Nummer?"

„Na, von der Anzeige", wisperte Bertold.

„Was steht denn in der Anzeige?", fragte Isabell.

Unten klingelte schon wieder das Telefon.

„Was denn?" Oma war schon früh zu Hanni in die Bäckerei geradelt und hatte Brötchen besorgt. „So schlimm finde ich das nicht. Das Leben ist doch auch hart."

„Was hast du dir denn dabei gedacht?", fragte Isabell Kalle, der beide Hände hob und den Kopf heftig schüttelte. „Ich habe gar nichts gemacht. Ich habe gestern mit dir den Text formuliert und das war es dann auch. Du wolltest ihn über Nacht liegen lassen."

Isabell rief die Anzeige auf. Und traute ihren Augen nicht.

Jemand hatte den Text komplett geändert. Sie las und las und schaute dann Kalle und Oma an, die ihr erwartungsvoll gegenübersaßen.

„Wart ihr das wirklich nicht?" Isabell sah sie nacheinander ernst an.

„Nein", sagte Kalle und sah sie treuherzig an.

„Oma?" Isabell schaute nun nur Edith an.

Die zupfte an der Tischdecke herum. „Die Decke muss auch mal wieder in die Wäsche."

„Oma!“ Isabells Stimme war nun streng.

„Ja?“ Edith schaute sie mit großen Augen an.

„Warst du an meinem Laptop?“

„Ach, Klößchen, als würde ich mich mit so was auskennen!“ Lachend winkte Oma ab, als wäre es das Absurdeste, was sie sich vorstellen könnte.

„Oma! Ich glaub dir kein Wort.“ Isabell checkte, wann das Dokument zum letzten Mal geöffnet wurde. Gestern Abend um elf. Da hatte sie schon geschlafen. Und Kalle auch. Sie hatte ihn in seinem Zimmer nebenan rumoren gehört. Und ihr Laptop hatte im Wohnzimmer gestanden.

„Das, was du da geschrieben hast, war doch total langweilig“, behauptete Edith und wurde ein wenig rot. „Hat Hulle auch gesagt.“

„Wann hast du denn noch mit Hulle gesprochen?“

„Der war noch mal da, als ihr im Bett wart, und er wollte wissen, was wir mit dem Internet wollten, da hab ich es ihm halt erzählt. Und dann hat Hulle sich mit mir mal den Text von dir angeschaut. Hulle sagte, das sei viel zu brav. Man müsse die Leute härter rannehmen, das habe er schon im Fernsehen gesehen. Viel härter als in dieser Dokumentation, die wir geschaut haben. Da kennt der Hulle sich aus.“

Isabell schüttelte den Kopf. „Das darf ja wohl nicht wahr sein! Hier: ‚Wir werden Ihnen zeigen, was Gehorsam und Disziplin heißt, und das ist nur ein Aspekt unseres Angebots.‘ Das liest sich wie eine Anzeige von einem Domina-Studio.“

„In Berlin kannte ich eine Domina, ach, das ist schon ewig her. Ich sage euch, die hatte Anzeigen aufgegeben, da könnt ihr euch warm anziehen. Da ist das, was Hulle da fabriziert hat, nix gegen. Wie hieß die bloß? Jetzt komm ich nicht mehr auf ihren Namen …"

„Und dann habt ihr die Anzeige einfach online gestellt." Isabell war fassungslos.

„Nein. Nur Hulle. Ich habe damit nichts zu tun." Verlegen fegte Oma Krümel vom Tischtuch. „Ich bekenne mich nicht schuldig."

„Aber es ist wirklich ganz gut formuliert", musste Kalle zugeben, während alle Telefone ununterbrochen klingelten. Isabell würde Stunden brauchen, um später die Mailbox abzuhören.

„Was habt ihr euch nur dabei gedacht?", fragte Isabell verzweifelt.

„Ach, Klößchen, was ihr da formuliert hab, da schlafen einem ja die Füße ein. So eine Anzeige muss doch knackig sein und ins Auge stechen. ‚Einfach Ich'? Das hört sich doch nach so Frauen an, die sich mit Batiken selbst verwirklichen wollen und so komische Holzketten tragen und Flatterkleider. Wie in den Kommunen damals achtundsechzig. So Leute wollen wir doch hier nicht haben. Wir wollen doch Leute haben, mit denen es Spaß macht zu arbeiten. Leute, die wirklich was verändern wollen. Sagt Hulle auch. Hulle sagt …"

„Hulle, Hulle. Der hat doch nun wirklich nichts damit zu tun."

„Doch, Hulle hat gesagt, er will unbedingt mitarbeiten." Oma schien sich darüber zu freuen.

„Er hat einen Job", stellte Isabell fest.

„In dem er nichts zu tun hat. Wenn Hulle Bosko nicht hätte, wäre er vor Einsamkeit schon gestorben." Oma hatte Mitleid.

„Ja, Bosko ist so was wie ein Lebenselixier", sagte Isabell sarkastisch. „Der hält einen so richtig auf Trab."

Konnte dieses Telefon jetzt bitte aufhören zu klingeln?

„Ich weiß nicht, was wir jetzt machen sollen", sagte sie dann. „Hulle hat die Anzeige offenbar auf allen möglichen Portalen online gestellt."

„Und offenbar finden die Leute sie ganz hervorragend. Sie ist ja auch wirklich gut", sagte Kalle anerkennend. „Ich würde sagen, wir machen jetzt Termine aus."

„Wir haben doch noch gar nichts vorbereitet."

„Doch, doch." Edith war in ihrem Element. „Ich habe letzte Nacht mit Hulle einige Listen erstellt. Anmeldeformulare und so. Ihr könnt euch das gern mal anschauen."

„Das ist aber lieb von dir, Oma." Edith überhörte den Sarkasmus. Sie war stolz.

Isabell las zum wiederholten Mal den Anzeigentext:

Des Lebens ganze Härte – kennen Sie das auch? Sie sind müde, ausgebrannt, wollen nicht mehr so weitermachen und können es auch nicht mehr? Sie möchten und müssen lernen, Nein zu sagen, und wissen nicht, wie? Sie brauchen Unterstützung!
Wir sind für Sie da!
In unseren Kursen werden Sie ein neues, ungeahntes Selbstbewusstsein lernen und nichts und niemand wird es Ihnen wieder wegnehmen."
So weit, so gut! Aber dann:
Wir werden die Schwachheiten des Lebens aus Ihrem Leib herauskitzeln, koste es, was es wolle. Sie werden ein harter, unnachgiebiger Mensch, bei dem Depressi-

onen keine Chance mehr haben. Nie mehr in Ihrem ganzen Leben! Andere werden zusammenzucken, wenn Sie den Raum betreten, wir werden Sie in einen neuen Menschen verwandeln!
Zuckerbrot und Peitsche ist unsere Devise und sie wird Ihnen guttun, das versprechen wir Ihnen hoch und heilig. Keiner wird ungestärkt unsere Seminare verlassen. Wir erstellen Ihren persönlichen Plan nach unserem extra entwickelten System. Je nachdem, was Sie erreichen wollen, wir gehen den Weg zusammen und kommen gemeinsam ans Ziel. Auch wenn es wehtut! Wenn Sie durch unsere Schule gegangen sind, können Sie des Lebens ganze Härte spielerisch meistern – und Burn-out *ist nie wieder ein Thema!*

„Ich konnte mir bis eben gar nicht vorstellen, dass dieser Hulle so enthusiastisch sein kann", sagte Kalle. „Nicht schlecht, nicht schlecht. Vielleicht sollten wir jetzt mal anfangen, ans Telefon zu gehen. Und vielleicht sollte ich diesen Látigo noch mal kontaktieren, möglicherweise hat er Lust, hier mitzuarbeiten. Die Leute bedanken sich bestimmt gern, wenn er sie mit der Peitsche durchs Dorf treibt."

„Warte mal. Erst müssen wir entscheiden, wie wir weiter vorgehen."

„Ich habe auch schon einen Plan gemacht", jubelte Edith fröhlich. „Und wir haben schon ausgerechnet, wie viele Leute wir hier unterbringen können. Mit sechs Personen geht es los. Das ist eine überschaubare Zahl. Wie gesagt, wir haben ja meinen Plan."

„Aha. Soso, Oma. Und welchen Plan hast du da genau?"

„Ihr werdet Augen machen. So ein Plan muss gut durchdacht sein und abwechslungsreich. Von meinem Plan können sich viele eine Scheibe abschneiden. Dieser Plan ist hervorragend!“

„Da bin ich jetzt aber auch gespannt, Frau Edith“, sagte Kalle erwartungsvoll.

„Das dürfen Sie auch sein. Es ist … ach, ihr werdet ihn großartig finden und alles wird hervorragend funktionieren. Ich sag immer, wer …“

„Oma! Verrate uns jetzt den verdammten Plan.“

Oma sah Isabell und Kalle ernst an.

„Ich habe einen Speiseplan erstellt. Und alle helfen mit. Wer einmal Tomaten selbst geerntet hat, wird einen Salat ganz anders essen. Am ersten Tag gibt's immer etwas Besonderes zum Abendessen, damit die Leute zufrieden sind. Ich dachte an Kalbsschnitzel mit jungem Gemüse und kleinen Kartoffeln. Der erste Abend ist ja wichtig wegen des Kennenlernens und so. Und der gute Hulle unterstützt uns! Er sagt, eine leichte Hausmeistertätigkeit wäre schon immer sein Traum gewesen.“

„Einen Speiseplan.“ Isabell verdrehte die Augen. „Das ist glaube ich am unwichtigsten von allem.“

„Oh nein! Da irrst du dich, Klößchen. Man sieht wohl schon an dir, dass Essen sehr wichtig ist für die Menschen. Ein gutes Essen, so sagt man, hält Leib und Seele zusammen.“

Bei Kalle schien sie damit einen Nerv zu treffen. „Da hat deine Oma recht. Und Hulle scheint wirklich mitzudenken.“

„Sagte er nicht immer, er habe Rechtsmediziner werden wollen?“, fragte Isabell.

„Er wird ja auch älter.“ Oma hatte ihre eigene Logik.

Das Telefon klingelte und klingelte. Es war entsetzlich.

Isabell war ratlos. „Kalle, was sollen wir tun?“

„Ganz einfach.“ Er zuckte mit den Schultern. „Wir packen es an. Es geht schließlich nicht um eine Herz-OP. Niemand wird sterben, wenn es nicht klappt mit dem Selbstbewusstsein.“

„Aber wir sind doch gar keine ausgebildeten Therapeuten.“

„Das hätten wir uns wirklich *vorher* richtig überlegen müssen. Das ist jetzt der falsche Zeitpunkt, wenn man mich fragt. Oder anders gesagt, ein zu später Zeitpunkt.“ Das stimmte.

„Ich habe doch mit Hulle die Listen“, erklärte Oma freudig.

Isabell atmete kurz durch. „Gut“, sagte sie dann und ging an ihr Handy.

„Hallo, hallo“, rief eine hektische Frauenstimme. „Helfen Sie mir, helfen Sie mir, ich will sofort einen Platz in Ihrem Kurs, ich werde gemobbt, meine Kolleginnen sind neidisch, weil ich dünn bin und die fett, und ich schlafe auch schlecht und ich träume davon, die alle umzubringen, langsam mit einem Messer, das muss aber stumpf sein, damit es lange dauert und …“

Das ging ja prima los.

Drei Stunden später war Isabell mit ihren Nerven am Ende und gleichzeitig voller Tatendrang. Die ersten Kurse waren ausgebucht. Es gab sogar schon eine Warteliste.

Und dann kam Hulle und platzte fast vor Stolz. „So ist das, wenn man viel im Netz unterwegs ist und bei vielen Gewinnspielen mitmacht. Ich habe mal so einen Kursus gewonnen, aber Mutti hat mir nicht erlaubt, teilzunehmen. Man sollte mit Alligatoren schwimmen, um seine natürlichen Grenzen auszuloten."

„Ausnahmsweise stimme ich deiner Mutter hier mal zu", sagte Isabell. „Davon mal ganz abgesehen ist es eine Frechheit von dir gewesen, einfach an meinen Laptop zu gehen."

„Wieso? Er ist noch nicht mal passwortgesichert, das ist dann deine eigene Schuld. Man liest doch immer, dass man alles sichern muss, damit Unbefugte keinen Zugriff haben."

„Du laberst dir auch alles zurecht", meinte Isabell giftig. Die Telefone klingelten immer noch. Es war unerträglich. Und sie hatte Angst vor all diesen Menschen, die anriefen und ihr Leben verändern wollten.

Kalle saß da und las in seinen Notizen, die er sich während der Telefonate gemacht hatte.

„Wie schrecklich." Er schluckte. „Hier, Elli Klappenroth aus Bonn. Sie braucht Ansporn, um ihre Mitarbeiter und Ängste in den Griff zu kriegen. Sie hat nämlich Angst vor Tieren, arbeitet aber in einer Zoohandlung und die Kollegen lachen über sie. Die arme Elli. Bestimmt weint sie oft." Seine Stimme zitterte schon wieder verdächtig.

„Ach, die kriegen wir schon wieder hin", meinte Oma. „Die geht einmal mit mir in den Stall und streichelt den kleinen Horst und schon geht's ihr besser."

„Wenn bloß alles so einfach wäre." Isabell seufzte theatralisch.

„Und hier. Wen haben wir denn da? Gernot Schwingelstipp aus Frankfurt. Von klein auf ist ihm von seiner übermächtigen Mutter eingebläut worden, dass aus ihm nichts wird und er in der Gosse landet. Jetzt ist er schon lange mit einer dominanten Frau verheiratet, die ihn genauso unterdrückt wie seine Mutter früher." Er schüttelte den Kopf. „Also, Mütter gibt es."

„Natürlich gibt es Mütter", sagte Hulle. „Sonst wären wir alle wohl nicht hier."

Isabell verdrehte die Augen. Die Vorstellung, jetzt täglich mit Hulle zu tun zu haben, stimmte sie nicht gerade fröhlich.

„Hoffentlich haben wir eine gute Auswahl getroffen", sagte sie und schaute sich alles noch mal an. Drei Männer und drei Frauen würden die erste Gruppe bilden, die Testgruppe sozusagen, die Warteliste gab es ja schon, aber man hatte sie unter Vorbehalt erstellt.

Name/Alter/ Wohnort	*Job/Problem*	*Vorläufiges Ziel nach Vorgespräch am Telefon*
Elli Klappenroth aus Bonn, 38	Teamleiterin in einer Zoohandlung, wird von Mitarbeitern wegen ihrer Tier-Angst belächelt und nicht ernst genommen.	Angst vor Tieren überwinden, Rhetoriktraining, Dialoge in der Gruppe

Gernot Schwingelstipp (41) aus Frankfurt/Main	Arbeitet beim Finanzamt in der Veranlagungsstelle, lässt sich von seiner Frau so unterdrücken wie früher von seiner Mutter. Hat Aggressionen, würde seine Frau am liebsten umbringen.	Gernot muss sich von seiner Frau lösen, sich emanzipieren. Scheidung? Eigene Wohnung?
Sarah von Hartenstein, 32, aus dem „Pott“	War in kurzer Ehe mit einem steinreichen Autohausbesitzer verheiratet, jetzt Witwe und kann sich nicht bei ihren 100 Angestellten durchsetzen. Die nehmen sie nicht für voll, weil sie früher in einer Imbissbude Currywurst verkauft hat.	Respekt! Und eventuell eine neue Frisur, keine Strassoberteile und keine künstlichen Fingernägel mehr (Kalle hat Sarah gegoogelt).

Bernward Mayer (58) aus Berlin	Staatsanwalt. Steht, so sagt er, kurz vor einem Nervenzusammenbruch, weil er 18 Stunden am Tag arbeitet und das Wort Wochenende nicht kennt.	Entspannung, Natur, Sport!
Maggie Kaltenbach (40) aus Hamburg	Nur-Ehefrau eines Reeders. Steht nach eigenen Aussagen kurz vor dem Suizid, weil das Leben in Blankenese so hart ist.	Ab in den Stall, ausmisten! Dann sieht man weiter!
Wolfgang „Wolfi" Schmitz (29) aus München	Lehrer an einer Waldorfschule, Öko, will die Welt retten und verausgabt sich total dabei, hat Schlafstörungen, weil die Welt bestimmt bald untergeht.	Ihn erst mal zwei Tage am Stück Holz hacken und Traktor fahren und Schweine misten lassen, damit er mal schläft. Dann wird man weitersehen.

„Meint ihr, das ist eine gute Kombination?“, fragte Isabell skeptisch. „Was, wenn die sich nicht verstehen und sich die Köpfe einschlagen?“

„Das kann uns bei anderen Kombis auch passieren“, meinte Kalle und hatte damit völlig recht. „Außerdem: Versuch macht klug. Und denk mal an das Geld!“

Das war sowieso die Krönung. Keiner der Teilnehmer hatte gezögert, als er hörte, was für das Wochenende zu zahlen war! Wenn das alles klappen würde, dann … dann … Isabell durfte gar nicht daran denken! Wer hätte das vor ein paar Tagen noch gedacht! Da hatte sie sich noch von Big H mies behandeln lassen müssen. Und jetzt gab sie Anti-Burn-out-und-so-weiter-Seminare! Wie gut, dass der Schörner gesagt hatte, Oma habe Burn-out! Sonst wäre es so weit nie gekommen.

Edith war total in ihrem Element. Sie schwirrte herum wie ein aufgescheuchtes Huhn und machte sich ununterbrochen Notizen. Einer ihrer Lieblingssätze war: „Jetzt brechen neue Zeiten an.“

Ein anderer Lieblingssatz war: „Ist das schön, dass ich endlich mal was für mich tue.“ Daraufhin konterte Isabell immer: „Aber du tust das doch auch für andere.“

„Ja“, erklärte Oma dann. „Aber ich tue das, weil ich es tun will, und nicht, weil es jemand von mir verlangt. Würde es nach euch gehen, könnte ich den ganzen Tag im Schaukelstuhl hocken und stricken oder, wie der Schörner es mir so toll vorgeschlagen hat, lange und erholsame Spaziergänge machen. Wie langweilig ist denn bitte Spazierengehen? Ein schicker Ausritt am Strand, ja, das ist schön, am besten, wenn es gewittert, da galoppieren die Pferde noch mal so schnell. Spazierengehen kann ich später noch im Himmel.“

„Aber sag mal, Hulle, was du da geschrieben hast mit dem persönlichen Plan, hattest du dir da auch schon Gedanken gemacht? Ich meine, wo wir gerade bei Plänen sind.“ Kalle sah ihn erwartungsvoll an.

„Na klar“, sagte Hulle hoheitsvoll. „Haltet ihr mich etwa für einen Stümper? Einen, der nur redet und nicht handelt. Ha! Das bin ich nicht! Ich habe natürlich alles durchdacht. Lasst die Leute doch erst mal ankommen, dann werden wir ein für sie maßgeschneidertes Wochenende nach meinem tollen Plan ausarbeiten! Das wird einzigartig.“

„Hoffentlich kommen wir nicht alle ins Gefängnis.“ Kalle war mit dem Freuen vorsichtig. „Wie diese Fischköppe …“

Oma schoss herum. „Was reden Sie da, Schwuppi?“

Kalle wich zurück. „Äh … entschuldigen Sie, ich dachte, weil Sie ja vor ein paar Tagen erzählt haben …“

„Gar nichts habe ich erzählt.“ Oma pfefferte das Küchentuch auf den Tisch.

„Aber Sie haben doch gesagt, dass …“

„Darüber wird nicht gesprochen!“ Oma schrie nun fast.

„Aber die Fischköppe …“

„RUHE JETZT! Da war nichts! Niemand ist jemals verurteilt worden. Und jetzt möchte ich nichts mehr darüber hören!“

Isabell beschloss, unbedingt noch mal zu googeln oder im Stadtarchiv nachzuschauen. Sie war wirklich neugierig, was die Fischköppe verbrochen hatten. Aber im Moment hatte sie Wichtigeres zu tun: Bis die Teilnehmer kamen, war noch einiges vorzubereiten!

11. Kapitel

„Oh nein!" Edith schlug mit der Hand auf den Tisch. „Julchen! Jetzt also doch! Du enttäuschst mich! Mach das nicht! Wenn einer anfängt, ziehen die anderen nach und ruckzuck ist hier kein Stein mehr auf dem anderen."

Erschrocken zuckte Julchen zusammen. „Ach, Edith, ich denk halt an meinen Rücken und Walter kann auch nicht mehr so. Wir haben ja auch noch die Fischerei. Das reicht uns doch. Und wenn dieser Winkelbach hier wirklich eine Seniorenresidenz gründen will, dann ist das doch wunderbar. Oder nich?"

„Nein. Du glaubst dem doch wohl kein Wort, Julchen! Und was heißt hier, wir haben noch die Fischerei. Das macht Walter doch als Hobby. Und, Julchen, nun hör mal. Ihr seid doch noch nicht alt. Ihr seid gerade mal um die sechzig, da macht man nicht einfach so seine Wirtschaft zu und geht in den Ruhestand!"

„Aber das Geld! Was können wir uns alles dafür kaufen. Und in den Urlaub fahren." Vor lauter Aufregung war Julchen knallrot angelaufen. „Nach Spanien und Mallorca und so."

„Ihr habt doch noch nie Urlaub gemacht."

„Deswegen ja. Gönnst du mir das etwa nicht, Edith?"

„Julchen, nun mach mal halblang. Du wolltest doch nie weg. Du fährst nicht gern Auto, du hast Angst, dass der Zug entgleist und das Flugzeug runterkracht. Und auf ein Schiff willst du auch nicht, weil das ja sinken kann."

„Kann's ja auch." Nun wurde Julchen jammerig.

„Na also. Du hast immer gesagt, was soll ich woanders, in Seestein hab ich alles, was ich brauche."

„Oma, warte mal", mischte Isabell sich ein. „Du kannst Julchen schlecht verbieten, Urlaub zu machen."

„Tu ich ja auch gar nicht. Aber sie wollte es doch nie." Edith war auf 180.

Sanft strich Isabell ihr über den Arm und bemühte sich, Oma zu beruhigen. „Aber anscheinend möchte sie es jetzt. Und es ist letztendlich ihre Sache, ob sie das ‚Kronenstübchen' verkauft oder nicht. Wir können ihr da nichts vorschreiben."

„Natürlich ist das ihre Sache! Aber ich sage euch, das ist der Anfang vom Ende. Wenn dieser Schritt getan ist, dann … dann … ach, mir ist plötzlich ganz schwummerig. Ich … oh! Ich kriege keine Luft!" Oma sackte auf ihrem Stuhl zusammen und alle sprangen auf.

„Das wollte ich nicht!", kreischte Julchen. „Nicht sterben, Edith, nicht sterben! Hol mal einer ein Glas Wasser oder …"

„Nur ein Klarer kann jetzt noch helfen!", krächzte Edith. „Seestein wird schon bald nicht mehr sein. Und du hast den ersten Schritt dazu getan, Julchen, ich, aaah …"

Mit vor Schreck weit aufgerissenen Augen rief Julchen: „Einen Klaren, schnell, schnell!"

„Oma!" Um Himmels willen. Isabell holte ein Glas aus dem Schrank.

„Frau Edith, machen Sie keine Sachen!", rief Kalle. „Wo ist die Flasche mit dem Obstbrand? Das ist ein Notfall!"

„Nicht verkaufen, nicht verkaufen …“, röchelte Edith.

„ICH VERKAUFE NICHT!“, brüllte Julchen. „ICH VERSPRECHE ES! NICHT STERBEN! EDITH! NICHT STERBEN!“

„Schwöre es …“ Oma nahm mit zitternder Hand die Obstbrandflasche entgegen.

„ICH SCHWÖRE!“, schrie Julchen. „SO WAHR MIR GOTT HELFE! ICH WERDE DAS STÜBCHEN NICHT VERKAUFEN! UND NUN ERHOL DICH! EDITH! ERHOL DICH! ATME!“

Edith nahm einen Schluck und atmete dann langsam aus.

„Ach, das tut gut.“ Sie setzte sich auf und grinste zufrieden.

„Meine Güte, hast du mich erschreckt“, rief Julchen. „Mein armes Herz.“

„Und du hast es geschworen, du hast geschworen, dass du nicht verkaufst“, sagte Oma listig.

Isabell konnte es kaum glauben. „Oma, das ist wirklich nicht witzig. Du kannst doch nicht so tun, als bekämst du einen Herzanfall, bloß weil Julchen das ‚Stübchen‘ verkaufen will.“

„Och, doch.“ Stolz nickte Oma ihr zu.

„So war sie schon immer“, regte Julchen sich auf. „Und ich falle immer drauf rein.“

„Einen Schwur darf man nicht brechen, sonst sieht das Gott im Himmel und bestraft einen. Julchen ist sehr gläubig, müsst ihr wissen.“ Oma genehmigte sich noch einen Schluck. „Lecker. Und wir wollen ja nicht, dass der liebe Gott böse auf uns ist.“

„Du bist unmöglich, Edith. Irgendwann ist es mal ernst

und dann glaubt dir keiner mehr." Julchen schnappatmete immer noch.

„Das sehen wir dann", triumphierte Edith. „Denkt immer daran, ihr dürft mich nicht aufregen. Ich habe Burnout."

Später gingen Kalle und Isabell noch mal in die Scheune, in der Hulle schon einiges verändert hatte. Aus den alten Wohnhäusern der Mägde und Knechte hatte er das Mobiliar geholt, er hatte Bettzeug mit Heu gefüllt und alles ein bisschen „heimelig" gemacht. „Aber nicht zu heimelig, die Leute kommen ja in kein Luxushotel", erklärte der selbsternannte Innengestaltungsexperte ihnen sein Konzept. „Die sollen ihr Leben ändern. Die stehen kurz vorm Burn-out."

„Oder haben ihn vielleicht schon, wer kann das wissen", murmelte Isabell. *Wir jedenfalls nicht, wir sind ja keine Therapeuten.*

„Ist die Bettwäsche nicht schön?", fragte Hulle ehrfürchtig. „Ist aus Seide. Die habe ich in einem Preisausschreiben gewonnen, zehn Garnituren, eigentlich sollten bei dem Preisausschreiben nur gewerbetreibende Hoteliers mitmachen. Ich habe die Angaben gefälscht. Es wurde alles hier gelagert, Mutti darf das ja alles nicht wissen. Mutti hat mir das verboten. Für Mutti sind Preisausschreiben so was wie Glücksspiel. Als ob ich in so einer Daddelhalle Geld verspielen würde. Hab ich euch erzählt, dass ich sogar mal bei einer Telefonhotline ein Gespräch gewonnen habe?"

„Wie jetzt?", fragte Kalle.

„Ich habe eine halbe Stunde Telefonat mit einer Callcenter-Mitarbeiterin gewonnen."

„Was ist das denn für ein merkwürdiger Gewinn?“ Isabell runzelte die Stirn.

„Ich konnte mich mit der Dame unterhalten. Das war sehr nett. Sie hätte auch mehr als eine halbe Stunde mit mir gesprochen, aber dann hätte ich was bezahlen müssen. Das war Neuland für mich. Noch nie habe ich dreißig Minuten am Stück mit einer Frau telefoniert.“

„Und was war das für ein Callcenter? Wollte sie dir einen Vertrag andrehen?“ Kalle kam immer noch nicht mit.

„Eine Flatrate.“

„Für ein Handy?“, fragte Isabell.

„Nein, fürs Telefonieren. Für 159 Euro monatlich hätte ich von montags bis freitags immer zwischen 9 und 17 Uhr anrufen können. Unbegrenzt.“ Hulle sah so aus, als sei es *das* Angebot schlechthin.

Isabell stutzte. „Aha. Und hast du's gemacht?“

„Ja. Aber die war dann nie wieder am Telefon. Immer andere. Und die sagten so komische Sachen. Dass ich ein toller Typ bin und so klasse aussehe, dabei kannten die mich doch gar nicht.“

Er wurde rot. „Eine wollte sich sogar mit mir treffen.“

„Und?“ Isabell und Kalle fragten das gleichzeitig.

„Zuerst hat sie mich gefragt, ob ich ihr Geld leihen könnte, sie sei zurzeit so knapp bei Kasse. Und das hab ich dann gemacht und dann war sie auch nie wieder am Telefon.“

„Oh, Hulle, wirklich.“ Isabell schüttelte den Kopf. „Du bist auf so eine Telefonsex-Tante reingefallen. Du googelst doch sonst immer alles, warum das nicht?“

„Ja, das hätte ich mal tun sollen. So wird das nie was mit

einer festen Partnerschaft. Mich macht es traurig, dass ich keine Frau finde."

„Ach, Hulle, das tut mir so leid." Isabell streichelte seinen Arm. „Aber so eine Sexhotline ist auch keine Lösung."

„Ich weiß einfach nicht, wie ich das mit den Frauen anstellen soll. Ich bin so unsicher."

„Wie schrecklich. Ohne Partner!" Kalle heulte schon wieder fast. „So sitzt du immer einsam und alleine in deinem Kämmerlein und haderst mit dem Schicksal."

„Oft sitze ich auch bei Mutti", sagte Hulle. „Mutti ist ja auch keine Frau recht. Kannst du dich noch an die Biggi aus Rübsteinau erinnern, Isa?"

„Die mit den roten Haaren?"

„Ja. Mit ihr war ich ein paarmal aus. Es war schön. Aber Mutti sagte, Biggi sei eine Hexe, die die Männer wuschig macht, und sie wolle nur unser Geld. Tja. Und nun ist Biggi mit dem Sohn vom Körner verheiratet und hat sechs Kinder. Die hätte ich auch gern. Verhext wurde übrigens auch niemand. Nur ich bin immer noch alleine. Na ja, du auch noch, Isa."

„Das ist ein bisschen was anderes." Isabell wollte nicht mit Hulle auf eine Stufe gestellt werden. Sie hatte schließlich schon Beziehungen gehabt. Er nicht.

Hulle streckte sich. „Aber das ist jetzt hier nicht das Thema. Und ich habe ja meinen Hund. Nicht wahr, Bosko? Wo ist er denn? Bosko?"

Hechelnd kam das blinde Tier angetrottet.

„Was hast du denn da im Maul, Bosko? Das sollst du doch nicht."

„Ist das eine Maus?", fragte Kalle panisch. „Wenn ja, bitte ich darum, sie umgehend zu entfernen."

„Nee, das ist keine Maus. Das ist ein Hut. Der sieht aber alt aus. Und ist ganz dreckig. Wo hat er den denn gefunden?“ Hulle nahm Bosko das Ding aus dem Maul.

„Keine Ahnung“, sagte Isabell. „In der Scheune war ja ewig keiner mehr. Wahrscheinlich ein uralter Hut von einem der Knechte, die hier früher gearbeitet haben. Leg ihn da vorne hin, ich schmeiß ihn nachher weg.“

Zufrieden sah sie sich um. „Also, das ist wirklich schön geworden. Schön in dem Sinn, dass hier sechs Leute wunderbar ein Wochenende wohnen können. Vielen Dank, Hulle.“

„Ach, ich helfe gern. Und vielleicht finde ich ja auf diesem Weg auch eine Frau.“

Das hielt Isabell für keine gute Idee. „Da müssen wir mal schauen. Die Frauen, die herkommen, müssen erst mal mit ihren Problemen fertigwerden.“

„Glaub mir, Klößchen“, sagte Oma, die aus dem Nichts in der Scheune auftauchte. „Kein Problem ist größer als das, an Hulles Mutter vorbeizukommen.“

Am nächsten Morgen stand Hanni plötzlich in Omas Küche. „Edith, sach mal, im ‚Stübchen‘ erzählt man sich, ihr würdet hier eine Klapsmühle aufmachen. Was ist denn das fürn Kram? Und wenn da was dran ist, warum krieg ich als deine älteste Freundin das nich erzählt?“

„Das ist doch nur ein Versuch“, sagte Oma. „Hier, trink erst mal einen Kaffee.“

„Kommen da denn nun bald Leute her?“ Die neugierige Hanni ließ nicht locker.

„Ja, wir geben Kurse“, sagte Kalle. „In der Scheune.“

Erschrocken flüsterte Hanni: „Kurse? Für Irre?“

„Nein“, mischte Isabell sich ungeduldig ein. „Zu uns kommen Leute, die …“

„Hallo.“ Alle Köpfe fuhren herum. Ohne dass jemand es bemerkt hatte, war Matthias Hellberg in die Küche gekommen.

„Oh, hallo!“ Kalle sprang auf. „Wie schön, Sie zu sehen.“

„Die Freude ist ganz meinerseits. Was höre ich da, Sie geben Kurse für Irre?“, fragte Hellberg schmunzelnd.

„So ein Unfug. Hanni verwechselt wieder alles.“

„Gar nich.“ Hanni war beleidigt.

„Doch“, sagte Isabell. Auf gar keinen Fall durfte Matthias Hellberg wissen, was sie wirklich vorhatten. Er war ein echter Therapeut und würde ihnen womöglich einen Strich durch die Rechnung machen.

„Wir machen Wellness“, sagte sie.

„Was das denn? Wellness? Das is doch so was, wo die alle massiert werden und baden. So was wollt ihr machen? Inna Scheune?“, fragte Hanni. „Da is doch gar kein Wasser.“

„Da können Sie sich dann auch mal massieren lassen, Herr Hellberg“, hauchte Kalle und zwinkerte ihm verschwörerisch zu.

„Gern. Ich habe immer Verspannungen.“

„Die kann ich Ihnen dann bestimmt lösen“, zwitscherte Kalle fröhlich.

„Was sind ’n das für Worte, seit ihr hier seid“, klagte Hanni. „Erst Burn-out, dann Therapie, dann sagst du dauernd Nein, Edith, und jetzt auch noch Wellness und Verspannung? Mööönsch.“ Sie winkte ab. „Das is nix für mich.“

„Was können wir denn für Sie tun?“, fragte Isabell Matthias.

„Nichts. Ich war gerade in der Gegend und dachte, ich komme mal vorbei.“ Er strahlte schon wieder alle an.

„Wie schön.“ Mit leuchtenden Augen strahlte Kalle zurück.

„Hömma“, sagte Hanni. „Das Brot und die Brötchen und den Kuchen für euer Wellness kauft ihr aber bei mir. Das gehört sich so. Da kann ich guten Umsatz machen kann ich da.“

Ach, da sind die Irren dann plötzlich willkommen.

„Ich kann da so ’ne Aktionen machen wie so Großbäckereien zu die Weltmeisterschaft. Ich nenn Brötchen und Rumkugeln nach Irren. So Serienkiller.“

„Wir machen doch Wellness“, korrigierte Isabell sie.

„Is ja auch für Irre“, war Hannis Logik.

Draußen zog ein Gewitter auf. Es donnerte schon heftig und dicke Tropfen klatschten vereinzelt an die Scheibe. Gleich würde es richtig losgehen.

„Was für ein schöner Tag“, sagte Matthias Hellberg und strahlte wieder. Am besten, er blieb als erster Irrer gleich hier. Und dauernd lächelte er Kalle an. Offensichtlich hatte er sich unsterblich in ihn verliebt. Und Kalle war ebenfalls ganz verzückt …

Ein süßes Paar.

Isabell verspürte einen kleinen Stich. Sie war nicht neidisch, sie stellte nur gerade mal wieder fest, dass der einzige Mann, der sich für sie momentan interessierte, Hulle hieß – und der fand sie auch nur deswegen begehrenswert, weil sie ihm beim Spargelstechen helfen könnte. Wie toll.

Nicht aufregen. Freuen. Sie hatte vorhin auf ihr Konto geschaut und die ersten drei Leute hatten tatsächlich schon die volle Summe für das Wochenende gezahlt! Und auch bei anderen Interessenten kam ihr Konzept offenbar gut an. Jetzt musste das Seminar nur noch glattlaufen. Die Menschen waren ja noch nicht da. Hoffentlich hatte Hulle wirklich was ausgearbeitet, mit dem sie was anfangen konnten. Manchmal half ja einfach schon ein Wochenende auf dem Land, um die Dinge klarer zu sehen. Aber dann hätte Isabell ein schlechtes Gewissen, weil sie den Leuten doch recht viel Geld abgeknöpft hatten – andererseits bekamen sie ja auch was dafür, oder?

Nur was? Sie könnten alle gemeinsam atmen. Und Nordic Walking machen und Kühe streicheln. Das wäre doch schon mal ein Anfang.

Sie setzte sich. Herrje. Hoffentlich würde das alles gutgehen. So eine Aktion plante man doch monatelang vor. Was sie hier machten, war ein absoluter Schnellschuss.

Oh oh.

12. Kapitel

„Krass“, sagte Sarah von Hartenstein, als sie in der Scheune standen. Sie war als Erste angereist, und das in einem kanariengelben Jaguar mit roten Felgen und pinken Ledersitzen. Alles, was Sarah trug, war bestimmt sehr teuer. Die enge Lederhose, das T-Shirt mit dem Riesen-Logo eines bekannten Designers, die unzähligen Ringe und Armbänder und -reifen, die riesige brillantbesetzte Uhr, die High-Heels mit roter Sohle. Die gemachte Oberweite hatte mit Sicherheit auch ihren Preis gehabt und Sarahs Fingernägel, so musste Isabell feststellen, waren ein Phänomen: so lang, dass sie sich fragte, wie um alles in der Welt man damit überhaupt irgendetwas tun konnte außer dumm in der Gegend rumstehen. Sie waren schwarz lackiert und Isabell hatte dauernd das Gefühl, dass zehn schwarze Würmer um sie herumtanzten, wenn Sarah gestikulierte, was sie sehr gern tat.

Aber Sarah, so viel stand fest, konnte Klamotten und Schmuck und Nägel im Wert von einer Million Euro tragen – sie würde ihre Herkunft niemals verleugnen können. Sie war 32 Jahre alt und litt unglaublich darunter, dass sie sich bei ihren Mitarbeitern nicht durchsetzen konnte. Einer ihrer Lieblingssätze war: „Das schwör ich dir nackich inne Hand.“ Sarah war nur kurz mit Edgar von Hartenstein verheiratet gewesen, einem 79-jährigen Besitzer mehrerer Autohäuser, der immer bei ihr am Imbiss eine Currywurst mit Pommes

Schranke bestellt hatte, weil er das einfache Leben manchmal mochte. Und Sarah.

Edgar hatte sich in sie verliebt und sie zum Essen eingeladen. Er fuhr immer in verschiedenen Luxuskarossen vor, obwohl er selbst kaum noch fahren konnte. Das Alter forderte seinen Tribut. Aber er war ganz vernarrt in Sarah und wollte sie aus der Wurstbude „retten".

Sarah war das ganz recht gewesen und sie hatte sich gern retten lassen, war aus ihrer Einzimmerwohnung aus- und bei Edgar eingezogen und führte fortan ein Luxusleben.

Doch dann war er vor drei Monaten plötzlich gestorben und Sarah hatte die Verantwortung für die über fünfzig Mitarbeiter in Edgars drei Autohäusern, die sie natürlich nicht im Geringsten ernst nahmen.

„Ich kann seit Wochen nicht mehr schlafen", erzählte sie. „Ich kann doch nicht immer Tabletten schlucken. Kaum sag ich was, drehen die Angestellten sich weg oder lachen. Und der Geschäftsführer tut so, als sei ich nicht da." Sie sah unglücklich aus. „Watn Stoffel."

„Hier wirst du lernen, wie du dich durchsetzt und dir Respekt verschaffst", sagte Kalle und überlegte, wie er das anstellen sollte. Die erste Amtshandlung würde sein, die Schminke abzukratzen, nahm er sich vor. Und dann würde man weitersehen.

„Edgar seine Mischpoke will auch nichts mit mir zu tun haben. Die halten sich für was Besseres und denken, ich will nur Edgars Geld. Was kann ich denn dafür, dass ich das alles geerbt habe?"

„Nun komm erst mal an", sagte Isabell. „Hier, dein Bettzeug, das kannst du mit Stroh füllen."

„Ich soll selbst mein Bett bezieh'n?"

„Nein, füllen.“

„Ach so. Mit Stroh?“

„Ja.“

„Ach. Dann ist das Stroh wie das Federbett?“

„Ja.“

„Ach. Krass.“ Sie begann zu stopfen.

Isabell hoffte, dass die anderen Teilnehmer ein bisschen … nun ja, aufnahmefähiger waren.

Oma war in ihrem Element. Sie war mit dem Rad fünfmal einkaufen gewesen und hatte nun alles da, was man so brauchte. Sie werkelte in der Küche herum und das Radio dudelte lautstark. „Musik hat mich schon immer erfreut“, sagte sie. „Nicht leiser machen.“

„Was ist denn das für ein Sender?“, fragte Isabell und da röhrte auch schon ein Moderator los und kündigte die nächsten Titel an und ein Techno-Song ertönte.

„Das ist wie Sport. Ich tanze dazu. Das sind beats per minute“, erläuterte Oma eifrig. „Hat mir Hulle erklärt. Der hat das im Fernsehen gesehen. Techno hält jung. Techno ist wie eine Droge. Mach lauter. Achtung, jetzt kommt eine tolle Stelle …“

Aus dem Radio kam „Dischdischdischdischdisch“ und „bängbängbängbängbäng“ und Oma packte Fleisch und Zwiebeln aus und sprang herum, als würde sie auf glühenden Kohlen tanzen.

„… wir freuen uns also sehr und hoffen, dass wir eine schöne, unvergessliche und lehrreiche Zeit miteinander verleben werden“, schloss Isabell. „Sicher habt ihr nun noch Fragen!“

Wie so oft traute sich zuerst niemand, die erste Frage zu stellen. Stumm starrten die Teilnehmer auf den langen Holztisch.

Um ehrlich zu sein, hoffte Isabell auch, dass keiner Fragen stellen würde, weil sie noch nicht wirklich Antworten parat hatte. Mit Hulle und Kalle hatte sie überlegt, dass der Abend mit gemeinsamem Kochen beginnen sollte, und dann würde man sich die Tiere anschauen und gemeinsam atmen. Hulle hatte auch vorgeschlagen, dass man gemeinsam tanzen solle, um sich besser kennenzulernen. Hulle hatte sowieso alles Mögliche aufgeschrieben und Pläne erstellt. Isabell war nur noch nicht wirklich dazu gekommen, sie sich anzuschauen. Es war ja dauernd was anderes los.

„Also, ich hätte da eine Frage", ertönte eine Fistelstimme. Es war Gernot Schwingelstipp, der Finanzbeamte, der davon träumte, seine böse Frau zu töten.

„Ja?" Isabell beugte sich interessiert nach vorn.

„Kann ich bei euch auch schießen lernen?"

„Äh. Nein." Isabell schaute ihn böse an. „Das ist ein gewaltfreier Kurs. Hier wird nicht geschossen."

„Ach, das ist aber schade", sagte Gernot und knackste mit seinen Fingergelenken, was Isabell unerträglich fand. „Ich dachte, dass ihr hier auf dem Land alle schießen könnt. Hier gibt's doch auch Jäger."

„Das hat nichts mit uns hier zu tun", sagte Kalle. „Wir sind hier, um gemeinsam Lösungen für euer Problem zu erarbeiten. Sanft."

„So hat das in der Kursbeschreibung aber gar nicht geklungen", sagte Gernot enttäuscht. „Ich dachte, man wird hier so richtig rangenommen."

„Das dachte ich auch", sagte nun Maggie Kaltenbach aus

Hamburg, die reiche Reeders-Ehefrau, deren Mann, so hatte sie es jammernd erzählt, durch ständige Abwesenheit glänzte. Sie zog einen Ausdruck aus ihrer Prada-Tasche. „Hier: ‚Wir werden die Schwachheiten des Lebens aus Ihrem Leib herauskitzeln, koste es, was es wolle. Sie werden ein harter, unnachgiebiger Mensch, bei dem Depressionen keine Chance mehr haben.' Also, ich möchte schon was Richtiges, was Hartes, bekommen. Die Tage sind schnell vorbei. Ich habe wirklich keine Lust, hier erst noch meinen Namen tanzen zu müssen. Ich will auch nicht verinnerlichen, dass ein Apfel unglaublich schön ist oder irgend so einen Quatsch. Ich will Härte lernen, um in Blankenese mit meinem Leben klarzukommen. Ich will wieder fröhlich zu Chanel gehen und kein Herzrasen mehr haben, wenn ich erst in zwei Wochen einen Pediküre-Termin bekomme." Ihre Stimme wurde hysterisch. „Ich bin am Ende mit meiner Kraft. Ich brauche Hilfe. Sofort!"

„Nun mal sachte", sagte Oma, die auch dabeisaß, weil man gleich zusammen kochen wollte. „Es ist noch niemand an Hornhaut gestorben."

„Darum geht es nicht, es geht darum, dass ich fertig bin", klagte Maggie. „Fertig mit den Nerven." Sie warf ihre roten Haare zurück. Maggie war attraktiv, sehr sogar, aber fast schon überpflegt. Sie wirkte fast perfekt bis auf die Tatsache, dass sie einen Hang zum Übergewicht hatte. Man sah ihr förmlich an, wie sie sich kasteite. Ihre Seidenbluse hatte keine einzige Falte. Ihr dezenter Nagellack im Farbton nude war perfekt aufgetragen und genauso perfekt war ihr Kaschmirschal um die Schultern drapiert. Ihre Haare waren bewusst undone frisiert und die teure Sonnenbrille war leger nach hinten geschoben. Verzweifelt hob sie die perfekt gezupften Augenbrauen. „Versteht mich denn niemand?“

Nun räusperte sich Bernward Mayer, der Staatsanwalt aus Berlin, der so aussah wie ein hyperaktiver General. Er wirkte so, als stünde er ständig unter Strom. Und er teilte scheinbar gern aus.

„Meine Güte“, sagte er. „Hat das kleine Weibchen den ganzen Tag nichts Besseres zu tun, als zu jammern? Ich weine auch gleich.“

„Was fällt dir ein?“, rief Maggie erzürnt.

Wolfi Schmitz, der Waldorflehrer mit den Schlafstörungen aus München, mischte sich ein. „Wir wollen nicht streiten, wir wollen uns liebhaben, wir …“

„Ich lasse mir so was nicht bieten. Du bist genauso frech wie die kleine Verkäuferin bei Louis Vuitton“, keifte Maggie und eine Zornesfalte bildete sich zwischen ihren Augen.

„Hast du dir die Schlupflider straffen lassen?“, fragte Bernward.

„Hatse“, sagte Sarah mit Kennerblick. „Das schwör ich dir nackich inne Hand.“

„Nein!“, schrie Maggie.

„Solltest du aber“, sagte Bernward und lachte kehlig auf. Maggie schnappte nach Luft.

„Bitte nicht“, jammerte da ein zartes Stimmchen. „Ich kann das nicht ertragen. Nicht so laut, nicht so laut.“ Es war Elli Klappenroth, die Angst vor Tieren hatte, aber leider in einer Zoohandlung arbeitete und von ihren Mitarbeitern nicht ernst genommen und gehänselt wurde. Auch wegen ihrer Brille. Elli war nämlich sehr kurzsichtig und trug Fenstergläser. Man sah ihre Augen kaum, so dick waren die Gläser. Elli wollte unbedingt ihre Angst vor Tieren überwinden und dachte, dass es am besten sei, auf einen Hof zu fahren. Sie hatte allerdings schon vor Angst geschlottert, als sie die Hühner sah, die in ihrem großen Gehege herumliefen, und beim Anblick von einer der vielen Katzen, die hier herumsprangen, hatte sie fast einen Herzinfarkt bekommen. Nun saß sie da und behielt Bosko fest im Blick, der neben Hulle lag und schlief.

„Genau, es wird nicht gestritten, das hier ist ein Miteinander“, sagte Kalle. „Und ja, natürlich, ein hartes. Das heißt aber nicht, dass man sich an die Gurgel geht.“

Einige sahen fast enttäuscht aus.

„Was heißt es denn dann?“, fragte Maggie.

„Das werdet ihr schon sehen“, sagte Hulle. „Wir haben da natürlich einen Plan gemacht. Heute lernen wir uns beim gemeinsamen Kochen kennen. Morgen früh geht es dann weiter.“

„Ich weiß nicht, ob das alles eine so gut durchdachte Idee war“, sagte Isabell eine halbe Stunde später zu Kalle. Maggie und Bernward stritten ununterbrochen, weil beide das letzte Wort haben wollten.

„Ich habe noch nie Fleisch geschnitten“, meckerte Maggie. „Woher soll ich wissen, wie klein oder groß Gulaschstücke sein müssen?“

„Och, das Weibchen hat noch nie Fleisch geschnitten“, äffte Bernward sie nach und zerteilte die Fleischstücke in affenartiger Geschwindigkeit. „Gegessen hat es Fleisch aber schon, und nicht nur Fleisch.“ Er kicherte.

„Du musst aufpassen, dass ich dich nicht zerschneide“, giftete Maggie. „Gut aufpassen musst du.“

Wolfi hatte sich hinlegen müssen. Der Anblick des

Fleischbergs hatte ihn mental straucheln lassen. „Ich lebe vegan", sagte er matt. „Dieses Rind hat einmal geatmet. Ich höre sein verzweifeltes Brüllen."

„Die Tiere von Grethel und Paul leiden nicht", sagte Oma. „Die haben da ihre eigene Methode. Sie …"

„Oh bitte …" Wolfi hatte gejapst.

„Ich kann ja essen, was ich will, ich nehme nicht zu", sagte Sarah stolz. „Auch Sahnesoßen machen mir nichts aus. Schwör ich dir nackich inne Hand."

„Das freut mich aber für dich", erklärte Maggie. „Ich könnte auch essen, was ich will, aber ich ernähre mich gesund. Keine Sahnesoßen. Keine Kohlenhydrate. Das mag ich auch gar nicht."

„Das sieht man aber nicht", stichelte Bernward und Maggie schmiss das Messer auf den Tisch.

Bosko stand auf und wollte auch was von dem Fleisch und Elli fing an zu heulen, weil er gegen ihre Beine lief.

Oma schüttelte nur noch den Kopf. Irgendwann schlug sie auf den Tisch. „Nun ist Schluss! Hier wird gekocht und nicht gestritten und ich will in meiner Küche keinen Zirkus!"

Alle waren still. Aber nur kurz. Dann fing Bernward wieder an zu hänseln.

Während Isabell mit Kalle und Hulle in der Scheune den langen Tisch deckte, der noch aus der Zeit übrig war, als Mägde und Knechte daran gesessen und gegessen hatten, sagte plötzlich jemand: „Tach." Isabell drehte sich erschrocken um. Da standen Hinnerk und ein anderer Fischkopp im hinteren Teil der Scheune.

„Hinnerk", sagte Isabell. „Was willst du denn hier?"

„Nur mal was schau'n. Sind ja ganz schön viele Leute

hier. Julchen und Hanni und Grethel sagen, dass hier jetzt Bekloppte wohnen in der Scheune. Lass dir das mal gesacht sein, Isabell, wir wollen hier keine Bekloppten. Nich hier. Die sollen fortgeh'n aus der Scheune."

„Das geht dich überhaupt nichts an, Hinnerk."

Hinnerk baute sich vor ihr auf. „Doch."

„Nein."

„Die sollen weg aus der Scheune, hab ich gesacht."

„Du spinnst wohl. Das ist Omas Scheune."

„Ich sach, die sollen geh'n."

Hulle stand da und hielt die Gabeln wie Waffen, tat aber nichts. Bosko tat etwas. Er lief gerade gegen eine Schubkarre.

„Nein, Sie gehen jetzt bitte." Kalle stand nun neben Isabell. Hinnerk sah ihn wütend an. „Von so ein wie dir lass ich mir nix sag'n."

Kalle versuchte, böse auszusehen. „Das müssen Sie aber, denn ich habe nicht …"

In dem Moment griff der andere Fischkopp, ein zwei Meter großer Hüne mit Händen wie Bratpfannen, nach Kalle, packte ihn am Kragen und zog ihn daran hoch.

„Bis morgen sind die weg hier", sagte Hinnerk, während Kalle zappelte und dann vom Fischkopp auf den Boden zurückgestellt wurde.

„Das ist ja wohl das Letzte, das ist Körperverletzung", klagte Kalle. „Habe ich Striemen am Hals? Bestimmt hab ich das, der hat mich richtig gewürgt, dieser böse Mann, so was macht man doch nicht, und was soll das überhaupt, hier einfach aufzutauchen, wenn das die Teilnehmer gesehen hätten, die sind ja gefährlich, die beiden, sind sie, ich gehe zur Polizei, jawohl!"

„Genau“, sagte Isabell. „Gib bei Hulle eine Anzeige auf. Der hat uns ja eben schon so toll geholfen. Davon mal ganz abgesehen, können die Fischköppe mich mal kreuzweise. Bloß weil denen Neuerungen nicht in den Kram passen, haben die hier nicht das Sagen. Was bildet Hinnerk sich eigentlich ein?“

„Ich kann nicht so mit Gewalt“, jammerte Hulle leise und deckte weiter den Tisch. „Da bitte ich jetzt einfach um euer Verständnis. Mich regt es schon auf, wenn es beim Schützenfest eine Rangelei gibt. Einmal sollte ich sogar wen festnehmen. Bobo hatte dem Stümpfchen ein Glas an den Kopf geworfen, ich war am Ende mit meinen Nerven.“

„Du bist wirklich Polizist mit Leib und Seele“, spottete Isabell.

Schon kamen Oma und die anderen mit dem Essen herein. Edith ging noch mal weg und kam mit einem der Hasen und der Stute Sissi zurück.

„Oma, was machst du denn, wir wollen doch essen.“ Isabell füllte bereits die Teller.

Edith setzte den Hasen auf Ellis Schoß. Die saß wie schockgefrostet da und zitterte.

„Der tut nichts. Und das ist Sissi. Die ist ganz brav. Nicht wahr, Sissi, du beißt heute mal nicht. Normalerweise beißt sie nämlich immer und durchtrennt auch gern mal mit ihren messerscharfen Zähnen die Halsschlagader von unvorsichtigen Touristen“, sagte Oma und Elli fing an, gurgelnd zu greinen.

„Das war ein Scherz, Elli. Sissi tut keiner Fliege was zuleide.“

Sissi fletschte ihre Zähne und begann, an Ellis Haargummi zu kauen. Der Hase saß in ihrem Schoß und glotzte sie aus welchen Gründen auch immer vorwurfsvoll an.

„Also dann. Guten Appetit!"

Wolfi war immer noch bleich. „Ich möchte bitte nur Gartenwurst."

„Was ist das?"

„Zum Beispiel der Gurkensalat da. Und dann noch einen kleinen Kloß bitte. Mehr nicht. Der Geruch des Fleischs … ihr wisst schon, dass ihr die Seele des Tieres jetzt gerade mitesst."

„Aha." Bernward stopfte sich Gulasch in den Mund. „Ein Tier hat also eine Seele." Er verdrehte die Augen.

„Sicher." Wolfi nickte bekümmert. „Eine gute. Denn Tiere sind nicht von Natur aus so schlecht wie …"

„Oh bitte! Wenn du jetzt sagst: ‚wie der Mensch', drehe ich durch." Bernward kaute. „Ein weißer Hai, der einen Menschen frisst, ist also ein klasse Zeitgenosse. Ich kann das nicht mehr hören. Ich kann auch Veganer nicht ernst nehmen. Letztens hab ich einen Schlachter wegen Mordes angeklagt, der war Veganer. Ich bin Staatsanwalt, weiß gar nicht, ob ich das schon erwähnt habe. Einer hier muss ja was Anständiges machen, haha. Jedenfalls: Schlachter und vegan. Das passt ja irgendwie auch nicht zusammen. Schau dich doch mal an, Wolfgang!"

Er zeigte mit seinem Finger auf den verschüchterten Lehrer. „Du hockst da und nagst am Gurkensalat. Du bist dünn wie ein Strich, hast keine Muskeln und zauselige Haare. Ganz ehrlich, sogar deine Haare sehen so aus, als hätten sie Hunger. Du sitzt da, als würde ein klitzekleiner Windhauch dich schon umpusten können. Würdest du regelmäßig Bratwurst und Schnitzel essen, wärst du irgendwann vielleicht wenigstens ein halber Kerl. Natürlich kein ganzer. So weit wirst du es nicht schaffen."

„Du bist also ein ganzer Kerl, ja?" Wolfi stocherte in seiner Gartenwurst herum. „Finde ich jetzt nicht."

„Wieso?" Bernward war ein durchaus trainierter Mann mit einer guten Figur. Seine fast sechzig Jahre sah man ihm kaum an. Er war groß, hatte volle, dunkle Haare, trug Jeans und ein gebügeltes Poloshirt – eine durch und durch gepflegte Erscheinung. Wäre da nicht seine permanente Grundaggression, er wäre ein klasse Mann, fand Isabell.

„Du bist teigig", sagte Wolfi. „Aufgeschwemmt."

„Teigig. Ich?" Bernward kaute selbstgefällig grinsend und schob gleich noch eine Gabel voll Gulasch nach.

„Das stimmt." Maggie zwinkerte Wolfi zu und der war froh, nun eine Verbündete gefunden zu haben. „Du bist aufgedunsen. Als hättest du Gase in dir. Schlechte." Maggie kam in Fahrt.

„Führst du gerade ein Selbstgespräch?", fragte Bernward und Maggie war schon wieder auf 180.

„Nun wollen wir uns alle vertragen", sagte Isabell. „Und einen schönen Abend haben."

„Der Hase hat sich auf mir entleert", wisperte Elli verzweifelt. „Und das Pferd frisst glaube ich gerade meine Haare auf."

Alle sahen zu ihr. Sie schien recht zu haben. Sissi stand hinter Elli und kaute. Der Rest eines Haargummis hing aus ihrem Maul. Oma stand auf. „Sissi, das ist doch kein Heu."

„Sieht aber so aus", sagte Bernward.

„Hast du von Natur aus graue Haare oder färbst du extra grau?“, fragte Sarah und klackerte mit ihren künstlichen Nägeln auf dem Tisch herum. „Ist ja gerade modern, Granny-Look.“

„Das ist meine Naturfarbe.“ Elli versuchte, den Hasen anzufassen, aber sie schaffte es nicht.

„Ich glaube eher, das *war* deine Naturfarbe. Das gibt’s doch gar nicht. Das Pferd hat dir ja büschelweise die Haare weggefressen.“ Gernot war aufgestanden und hinter Elli getreten. „Da ist ja gar nichts mehr. Dreh dich mal zu den anderen um.“

„Ich habe mir die Haare extra wachsen lassen“, jammerte Elli. „Sind da wirklich keine mehr? Ich traue mich gar nicht hinzulangen.“

Sarah stand auf und trat hinter Elli. „Krass. Lauter Löcher. Man kann die Kopfhaut seh’n.“

Isabell schluckte. Sissi hatte ganze Arbeit geleistet. Elli tat ihr leid. Sie saß da wie ein Häufchen Elend. Und es war ihre Aufgabe, die Teilnehmerin wieder aufzubauen.

Doch leider konnte Isabell sich gar nicht konzentrieren. In ihrem Kopf kreiste unablässig dieselbe Frage: Warum war Hinnerk so versessen drauf, dass die Teilnehmer wieder abreisten?

13. Kapitel

„Nein“, sagte Hulle leise. „Ich verrate euch nicht, was ich vorhabe. Das tue ich erst, wenn wir anfangen.“

„Wir müssen den Teilnehmern doch sagen, was auf sie zukommt“, zischte Isabell. „Ich würde es übrigens auch sehr gern wissen. Flüstere es mir meinetwegen ins Ohr.“

„Nein, das mache ich nicht.“ Hulle straffte die Schultern und schaute in seine Notizen. „Ich bitte die Teilnehmer, sich nun bettfertig zu machen.“ Er klatschte in die Hände.

„Wohl eher strohfertig“, sagte Bernward. „Hahaha.“

„Wie witzig“, sagte Maggie. „Wo ist denn das Bad? Ich muss meine Beauty machen.“

„Hier gibt es kein Bad. Hier gibt es einen Brunnen. Und Omas Haus ist bis auf das Kochen tabu für die Teilnehmer.“

„Gibt es wenigstens einen Spiegel?“

„Nein!“

Maggie wurde schon wieder hysterisch. „Ich brauche doch einen Spiegel. Allein schon für meine Kontaktlinsen.“

„Man muss lernen, mit wenig auszukommen“, verkündete Hulle mit lauter, gewichtiger Stimme, als lese er gerade aus der Bibel vor. „Und man muss lernen, sich selbst zu helfen. Man soll stolz auf sich sein können, dann bekommt man den verdienten Respekt.“

„Das ist meinen Linsen aber egal. Die krieg ich ohne Spiegel nicht aus dem Auge.“

„Soll ich dir helfen, Maggie?“, fragte Bernward.

„Nein danke, ich hatte nicht vor, zu erblinden."

„Das wäre auch schade, dann könntest du mich ja nicht mehr so reizend anhimmeln. Maggie hat sich nämlich ganz eindeutig in mich verliebt", sagte Bernward.

„Iiich verliebt in diiich? Das ist der lustigste Satz, den ich jemals gehört habe", erwiderte Maggie sarkastisch. „Eine Verpartnerung mit dir wäre so was wie Selbstmord."

„Du wirst ja ganz rot."

„Werde ich nicht." Maggie glühte.

„Doch." Bernward grinste.

„Nun ist Ruhe im Karton." Oma schlug auf den Tisch. „Genug. Ab ins Bett! Regt mich nicht auf, ich habe Burn-out."

„Das finde ich unheimlich fies, dass Sie jetzt mit der Krankheit, unter der wir alle leiden, Witze machen", klagte Wolfi.

„Du hast doch sowieso kein Burn-out", sagte Bernward. „Du bist jemand, der es toll findet, zu leiden. Im Gegensatz zu mir. Ich stehe kurz vor dem Abgrund. Schon oft habe ich mir überlegt, einfach zu springen."

„Ich erschrecke dich gern oder stoße dich auch mit voller Hingabe hinunter", lachte Maggie und suchte in ihrer Tasche nach einem Kosmetikspiegel, den sie letztendlich auch fand.

Und so ging es weiter und weiter.

Dabei war es erst Freitagabend. Bis Montagmorgen mussten sie das aushalten.

„Oma?" Isabell, Edith und Kalle standen in der Küche. Hulle war nach Hause gegangen, weil seine Mutti sonst bestimmt gefragt hätte, warum er so lange wegbliebe, würde aber, wie er sagte, „zu gegebener Zeit wiederkommen“.

„Was ist, Klößchen, ich bin müde.“ Edith gähnte. „Diese Truppe macht einen fertig. Ich möchte jetzt schlafen gehen. Morgen brauchen wir all unsere Kraft.“

„Es ist wegen Hinnerk“, sagte Isabell. „Er und ein anderer Fischkopp waren vorhin in der Scheune, kurz bevor du mit dem Essen kamst.“

„Und?“ Oma gähnte wieder.

„Weißt du, was die da wollten?“

„Ach, die sind so neugierig wie die anderen im Dorf auch. Wegen der Truppe von Leuten. Hat man doch nicht alle Tage, dass so viele Städter auf einmal da sind, das sind wir hier nicht so gewohnt. Aber das gibt sich, das gibt sich.“

„Das meine ich nicht, Oma. Hinnerk hat gesagt, die Leute sollen raus aus der Scheune.“

„Und sein Handlanger hat mich auf brutalste Art und Weise zusammengeschlagen“, klagte Kalle. „Ich spüre jetzt noch jeden einzelnen geschundenen Knochen.“

„Kalle, hör auf jetzt mit diesem dummen Gejammer“, motzte Isabell. „Nichts ist passiert. Also, Oma, wieso will Hinnerk, dass niemand in der Scheune ist?“

„Ach, Klößchen, warum, warum, wieso, weshalb. So war er schon immer. Hinnerk ist schon immer gegen Neues gewesen. Der mag seine gewohnte Umgebung, die Leute, die schon immer da sind, und seinen Stammtisch im ‚Kronenstübchen‘. Sonst nichts. Und nun ist Schluss für heute.“

„Aber er kann doch nicht einfach ankommen und zu mir sagen: Bis morgen sind die Leute weg.“

„Ach, Klößchen, der sagt viel, wenn der Tag lang ist. Ich rede, wenn es passt, mal mit ihm. Punkt.“

„Aber Oma …“

„Punkt. Schluss. Ende." Oma drehte sich um und verließ die Küche.

Isabell runzelte die Stirn. Sie wollte wissen, was das zu bedeuten hatte.

„Dann gehe ich jetzt auch ins Bett", sagte sie. „Hulle hat gesagt, er kommt morgen recht früh rüber und der Tag würde lang werden."

„Ich dachte, wir trinken noch was." Kalle war enttäuscht.

„Ich nicht."

„Ich schon." Er holte die Flasche mit dem Klaren und setzte sich beleidigt alleine an den Küchentisch.

Endlich war Isabell allein. Sie klappte ihren Laptop auf, googelte Hinnerk und Seestein und meldete sich dann im Archiv der regionalen Tageszeitung an. Und bingo, sie fand tatsächlich etwas, wenn auch nicht viel.

Es lag Jahrzehnte zurück und es ging um zwei Erntehelfer, die angeblich zum letzten Mal in Seestein gesehen wurden und dann spurlos verschwunden waren. Hinnerk und die Fischköppe wurden damals so wie jeder in Seestein auch vernommen und es stellte sich wohl raus, dass diese Männer auf einem Dorffest Streit gesucht hatten, es war zu einer Prügelei gekommen und am nächsten Tag waren sie verschwunden.

Hinnerk, der damals zwanzig war, hatte wohl während des Festes gesagt, dass er die Männer umbringen würde, wenn sie nicht die Hände von seiner und den Freundinnen der anderen lassen würden. Es gab auch eine Gerichtsverhandlung, aber keine Beweise, und es galt auch nicht als Beweis, dass das Auto der beiden Verschwundenen im Seesteiner Wald gefunden wurde. Alle hatten für den

Abend Alibis, weil ja alle auf dem Fest waren. Wie lange jedoch, das kam nie heraus. Und daran konnte sich auch keiner mehr erinnern. Und wenn sich ein Seesteiner nicht erinnern wollte, dann erinnerte er sich auch nicht. So wurde es in der Presse geschrieben. Die Männer waren nie wieder aufgetaucht.

Hm. Ganz offenbar fühlten Hinnerk und die Fischköppe sich hier in ihrer Ruhe gestört. In Seestein war nichts los, von den Dorffesten und runden Geburtstagsfeiern mal abgesehen. Und nun war sie, Isabell, gekommen und mit ihr eine Traube von merkwürdigen Menschen. Und kurz davor war dieser Winkelbach aufgetaucht, der allen alles abnehmen wollte.

Wo war der überhaupt? Sie klappte den Laptop zu. Himmel, war sie müde.

Na ja, jedenfalls war klar, dass das alles für Aufregung sorgte. Vielleicht war Winkelbach ja mittlerweile auch verschwunden und tauchte niemals mehr irgendwo auf … oder wurde irgendwann irgendwo … Isabell schlief ein.

Sie schoss hoch, weil ein ohrenbetäubendes Klappern sie aus dem Tiefschlaf gerissen hatte. Vor ihr stand Hulle und schlug zwei Topfdeckel gegeneinander.

„Sag mal, spinnst du!“, schrie sie, aber Hulle machte weiter. Die Kühe muhten im Stall, Bosko kläffte unten. Oma schrie: „Krieg! Krieg!“

„Aufstehen, aufstehen!“ Hulle ließ sich nicht beirren. „So fängt unser Tag an. So habe ich das geplant. Alles gelesen und gelernt. Raus aus den Federn, ohne nachzudenken, mit der nötigen Portion Lärm geht das noch mal schneller und ruckzuck steht man neben dem Bett, jawohl!“

„Sofort hörst du auf!“, rief Isabell. „Ich bekomme Kopfschmerzen. Ich steh ja schon auf!“

Im Türrahmen stand ein zerknautschter Kalle, auf dem Kopf eine altmodische Schlafmütze. „Er ist verrückt. Hulle ist irre. Er hat mich an den Füßen aus dem Bett gezogen. Und ich habe noch geschlafen.“

„So macht man das. Das ist Abhärtung. Zieht euch bitte an, dann runter mit euch!“ Hulle hatte sich schon umgedreht und polterte die Treppen runter. Kurz darauf hörten sie ihn in der Scheune brüllen: „Aufsteh'n! Hoch mit euch! So-fort!“

Erschreckte Schreie waren zu hören, dann Gemurmel, dann wieder Hulle. „Nicht nachdenken, aufstehen! Auf! Der! Stelle!!! Und antreten!“

Isabell stand auf und schaute auf die Uhr. „Hallo? Es ist gerade mal Viertel nach drei!“

„Er ist gestört. Das ist die Tiefschlafphase“, jammerte Kalle. „Das kann er doch nicht machen. Was ist denn nur mit ihm los?“

Isabell grübelte. „Er sagte doch, er habe was vorbereitet.“

„Ja, aber doch nicht so was. Das ist ja Körperverletzung. Drei Uhr. Das ist nicht meine Zeit.“

„Meine auch nicht. Jetzt hör auf zu jammern und zieh dich an. Was hast du da überhaupt an?“

„Das ist ein Nachthemd von deinem Opa. Deine Großmutter hat es mir gegeben, ich habe keinen Pyjama eingepackt.“

„Aha. Und warum trägst du eine Schlafmütze?“

„Die hat sie mir auch gegeben. Das ist ja wohl authentisch. Früher haben die Leute Schlafmützen getragen, weil es an den Ohren so kalt war, da …“

„Von mir aus. Jetzt zieh dich an.“

„Krass. Drei Uhr.“ Sarah von Hartenstein gähnte. „So früh war ich lange nicht mehr auf. Nur als ich die Wurstbude hatte. Ich hab ja die Soßen selbst gemacht, die mussten gut durchziehen, die waren der Renner, das schwör ich euch nackich inne Hand.“

„Das ist ja eine wahnsinnig interessante Information“, giftete Maggie, die ganz offensichtlich mit dem falschen Bein aufgestanden war.

„Du trägst ja eine Brille“, sagte Sarah.

„Tatsächlich?“, fragte Maggie sarkastisch.

„Unsere Maggie will intellektuell aussehen. Leider ist es ihr nicht gelungen.“ Natürlich musste Bernward auch seinen Senf dazugeben.

Elli stand da wie bestellt und nicht abgeholt und fuhr sich dauernd durch die nicht mehr vorhandenen Haare. „Ich trage auch Brille“, sagte sie. „Was ist daran schlimm? Ohne meine Brille bin ich aufgeschmissen.“

„Du musst eine tragen, aber ich wette, die liebe Maggie trägt eine, weil sie aussehen will, als hätte sie mal eine Schule besucht“, sagte Bernward.

„Du bist ein Teufel.“ Maggie war wieder stinkwütend. „Du wirst in der Hölle schmoren, das garantiere ich dir. Und nun sei still. Mitten in der Nacht ertrage ich keinen Streit.“

„Der frühe Vogel fängt den Wurm“, trällerte Wolfi und trippelte hin und her. „Was machen wir jetzt? Erst mal Kaffee, oder?“

„Nein.“ Hulle lief auf und ab wie ein General. „Kaffee gibt es nicht. Es wird Brunnenwasser getrunken. Das Frühstück sucht sich gleich jeder selbst. Wir werden den Wald erforschen. Eine lebende Maus zu verspeisen hat noch niemandem geschadet.“

„Mäuse …“, flüsterte Elli und griff sich an den Kopf.

„Genau. Und Ratten. Seestein ist bekannt für seine wohlschmeckenden Ratten.“ Hulle kam in Fahrt. „Man verspeist sie im Ganzen. Mit Schwanz.“

Elli war nun käseweiß. „Im Ganzen. Mit Schwanz.“

„Krass“, sagte Sarah. „Schwanz.“ Ihre Augen glänzten.

Isabell schüttelte den Kopf. „Natürlich werden keine Ratten gegessen, Hulle hat einen Spaß gemacht.“

„Ich habe nichts dagegen, eine Ratte zu verspeisen“, sagte Bernward mit Inbrunst. „Nicht umsonst heißt dieser Kurs ‚Des Lebens ganze Härte‘.“

„Du bist wirklich ein ganz toller Mann“, sagte Maggie. „Ganz, ganz toll. Stark, groß und hilfsbereit. Würdest du in der Steinzeit leben, müsste deine Frau keine Angst haben. Du würdest sie vor jedem wilden Mammut beschützen.“

„Natürlich würde ich das. Wärst du meine Frau, müsste ich das aber nicht, das Mammut würde freiwillig weglaufen.“ Bernward wieherte und Maggie wandte ihm erbost den Rücken zu.

„Mit Ratten sollte man nicht spaßen“, meinte Gernot Schwingelstipp. „Ein Rattenbiss kann tödlich sein. Die sind ja Allesfresser und können böse Krankheiten übertragen. Früher sogar die Pest. Vielleicht sollte ich eine Ratte fangen und mit nach Hause nehmen. Für meine Frau. Dann wäre das Problem von selbst gelöst …“

„Wir sollten alle frohlocken und uns in Mutter Naturs Schoß begeben“, sagte Wolfi, warum auch immer, und nickte in die Runde.

„Los jetzt“, sagte Hulle. „Vor dem Haus stehen gepackte Rucksäcke. Jeder zieht einen auf. Und dann machen wir uns endlich auf den Weg. Ich will kein Wort der Klage hören.“

Er ging voran und die anderen folgten ihm.

„Warum müssen wir Rucksäcke aufziehen?“, fragte Kalle. „Mein Rücken bedankt sich jetzt schon.“

„Gewicht gibt Kraft.“ Hulle nickte. „Und ab sofort wird nicht mehr gefragt, sondern gehandelt. Nach meinen Anweisungen.“

„Das war aber so nicht ausgemacht“, sagte Isabell. Hulle drehte sich um. „Ach. Hast du etwa einen anderen Plan?“

Hatte sie natürlich nicht.

Während alle ächzend ihre Rucksäcke nahmen, ging Hulle weiter in seiner neuen Lebensaufgabe auf. „Ich habe einen Text erstellt, den werden wir gemeinsam singen, sobald wir im Wald sind.“

Er ging durch die Dunkelheit voran. Sie folgten ihm stöhnend. Ein Rucksack wog geschätzte hundert Kilo.

„Was soll das?“, fragte Kalle leise. „Er ist wirklich wahnsinnig.“

„Immerhin ist es mal was anderes“, flüsterte Isabell zurück. „Glaub mir, diese Tage wird niemand je vergessen.“

Hulle blieb am Waldrand stehen und nun sah Isabell, dass er noch etwas in der Hand hielt, was er nun auf den Boden warf. Eine Sekunde später stand die sich selbst aufblasende Gummipuppe vor ihnen und glotzte tumb. Alle wichen mit einem Aufschrei zurück.

„Darf ich euch allen Bridget vorstellen.“ Er tat gerade so, als habe er seine neue Freundin zum Familienkaffeetrinken mitgebracht. Bridget trug immer noch die Schürze von Oma, was irgendwie grotesk aussah.

„Bridget ist unser Maskottchen. Viele Teams haben eins“, erklärte Hulle.

„Na ja“, meinte Gernot. „Kleine Kuscheltiere oder eine Münze. Aber doch nicht so was.“

„Bridget wird uns begleiten.“ Hulle nahm Bridget und setzte sie auf seine Schultern. Die Gummibeine baumelten nun rechts und links an ihm herunter.

„Und nun das Lied. Dabei wollen wir langsam anfangen zu joggen. Manch einer erinnert sich vielleicht noch an den Film ‚Ein Offizier und Gentleman‘ mit Richard Gere. Da geht es auch um Gemeinschaft und man rennt zusammen mit dem grausamen Ausbilder Foley.“

„Ich kenne den Film. Die haben da aber keine Gummipuppe“, warf Maggie ein.

„Hoffentlich sieht uns keiner“, flüsterte Kalle beschämt.

„Ruhe jetzt! Ich gebe den Text vor und ihr wiederholt ihn im Chor.“ Hulle klatschte in die Hände:

„In Seestein ist das Leben hart!“

„In Seestein ist das Leben hart!“, wiederholten alle und begannen zu laufen.

„Das Gegenteil von weich und zart!“

„Das Gegenteil von weich und zart!“

„Gemeinsam werden wir es schaffen!“

„Gemeinsam werden wir es schaffen!“

„Uns macht bald keiner mehr zum Affen!“

„Uns macht bald keiner mehr zum Affen!“

So liefen sie mit Marschgepäck durch den Wald. Und Bridget hing auf Hulles Schultern und wippte im Takt.

„Ich kann nicht mehr“, keuchte Isabell nach ein paar Minuten.

„Wer nicht mehr kann, kann immer noch! Wer hinfällt, der kommt wieder hoch!“, schrie erst Hulle und dann wiederholten alle.

„Da ist die Ostsee. Ausziehen, hinein mit euch! Mit Krawumm!“ Er warf alles von sich und riss sich die Kleider vom Leib. Bridget stand neben ihm und schwebte hin und her.

„Ins Wasseeeeer!“

Und alle taten, was er sagte. Sogar Bridget ging mit schwimmen.

Das eiskalte Wasser weckte die Lebensgeister, war aber kaum zu ertragen. Bibbernd flohen die Teilnehmer schnell wieder an den Strand – nachdem Hulle sie natürlich noch mit Donnerstimme gezwungen hatte, einmal komplett unterzutauchen.

„Wie gut, dass du an alles gedacht hast, sogar an Handtücher.“ Isabell klopfte Hulle lobend auf die Schulter.

„Ich bin ja nicht dumm. Nun holt bitte das Kochgeschirr heraus. Wir machen einen Blätter-Erde-Eintopf. So was habt ihr noch nie gegessen.“

Niemand widersprach.

Gegen neun waren sie zu Hause.

Oma wartete bereits in der Haustür. „Ich habe mir schon Gedanken gemacht. Wo wart ihr denn so lange? Möchte jemand Frühstück?“

„Nein, wir hatten schon … wie hast du das so schön genannt, Wolfi: Gartenwurst“, sagte Bernward. „Blätter. Erde. Ein paar Ameisen. Hier und da ein Regenwurm. Ein wahrhaft göttliches Frühstück. Gewürzt nur mit Morgentau und ein bisschen Schlamm. Wer braucht da schon

Rührei, Schinken, Käse und frischgebackene, duftende Brötchen und Butter oder selbstgemachte Marmelade."

„Ha!" Das war Hanni, die bei Oma saß. „Ich hab aber Brötchen mitgebracht. Ich nenn die jetzt anders. Hier, das ist kein Vollkornbrötchen mit Sonnenblumenkernen mehr, das ist jetzt ein Deprötchen. Ich hab die Wörter zusammengesetzt. Depression und Brötchen. Toll, was! Und das hier ist ein Burn-Outeilchen. Von Burn-out und Teilchen. Ich hab mit Edith im Internet nach den Wörtern geguckt. Der Computer von dir steht ja hier, Isachen. Was es da für Wörter gibt. Hat irgendjemand schon mal eine Panikattacke gehabt? Bei mir gibt's jetzt den Panikattackäsekuchen. Und Borderleinsamenbrot. Und Psychosemmeln. Und Therapiementkekse. Wir haben das gut durchdacht. Das ist eine Marktlücke."

Oma war auch ganz angetan. „Schwuppi, probieren Sie doch wenigstens mal. Ich hatte schon ein Burn-Outeilchen. Lecker. Mir geht's schon viel besser."

„Oh, danke", freute sich Kalle.

„Halt", sagte Hulle. „Hier wird alles in der Gruppe gemacht. Und die Gruppe hat bereits gefrühstückt. Wir, die Gruppe, bilden gleich einen Stuhlkreis und werden an unseren Schwächen arbeiten und daran, wie wir sie in Stärken umwandeln. Wie wir uns unangreifbar machen. Wir treffen uns in einer halben Stunde. Kalle, komm bitte mit, ich brauche deine Hilfe."

Glücklich sprang Kalle auf. Endlich wurde er mit einbezogen!

14. Kapitel

„Sarah, stell dich bitte auf den Tisch“, sagte Kalle.

„Warum?“ Das war Sarah offensichtlich gar nicht recht.

In der Mitte der Scheune stand der Tisch, um ihn herum saßen die restlichen Gruppenmitglieder, Oma und Hanni. Bridget war auch da. Das konnte man sich ja nicht entgehen lassen.

„Tu bitte einfach, was ich sage.“

Unbeholfen kletterte Sarah auf den wackeligen Tisch.

„Wie fühlst du dich?“, fragte Kalle.

„Komisch. Ich habe noch nie auf einem Tisch in einer Scheune gestanden und auf Leute und eine Gummipuppe runtergeschaut. Krass“, sagte Sarah.

„Ich würde mich an deiner Stelle auch komisch fühlen“, sagte Kalle. „So wie du aussiehst.“

„Wieso? Wie seh ich denn aus?“

„Genau das wollen wir jetzt herausfinden.“ Kalle drehte sich zu den anderen um. „Diese Gruppe hier, das sind jetzt ein paar deiner Angestellten. Die nehmen dich nicht ernst, die ignorieren dich, drehen sich um, lachen und kichern und lassen dich oft merken, dass du in ihren Augen immer noch die Currywurst-Sarah bist, die sich zufällig ihren Chef hat angeln können, die aber sonst nicht viel auf dem Kasten hat, was man auch sieht.“

„Aber …“

„Nichts aber. Du hast Schlafstörungen und Angst vor jedem neuen Tag, den du in die Firma musst."

„Warte mal", sagte Gernot. „Wieso muss sie das eigentlich? Sie hat doch bestimmt Geschäftsführer?"

Sarah nickte. „Ich hab aber das Gefühl, irgendwas läuft da nicht richtig. Seitdem mein Mann tot ist, sind die Einnahmen zurückgegangen und ich will rauskriegen, warum. Aber die mobben mich ja alle. Sagen so Sachen wie, ich soll mich um meine Extensions kümmern und um die neuen Nagellackfarben und so. Und wenn ich dann was erwidere, drehen sie sich um und gehen."

„Genau. Sie nehmen dich nicht für voll. Sie ignorieren dich. Eine gute Taktik. Zermürbung", sagte Hulle.

„Ja, was soll ich denn machen?", fragte Sarah. „Ich bin ja kein schlechter Mensch und gebe niemandem Grund, mich doof zu finden, das schwör ich euch nackich inne Hand. Im Gegenteil. Ich hab ein großes Mitarbeiterfest gemacht letztes Jahr, und dann war es mal so heiß, da hab ich für alle Eis gekauft."

„Du bist wahrscheinlich zu nett." Das war Ellis dünne Stimme. „So geht es mir nämlich auch. Ich habe ja solche Angst vor den Tieren und das nutzen meine Kollegen aus, um mich irgendwie kleinzuhalten. Die merken ganz schnell, wie man das macht. Einmal haben sie mir einen jungen Hamster in den Salat gesetzt. Und einen Fisch in die Cola getan. Ich könnte euch da Geschichten …"

„Du bist aber nun nicht dran, Elli", unterbrach Kalle sie bestimmt. „Aber du hast es ganz richtig gesagt. Sarah ist zu nett. Nun könnte man meinen, wer nett ist, zu dem sind andere auch nett. Das funktioniert nur leider nicht immer. Wie könnte Sarah es denn anstellen, dass man sie respektiert?"

„Nicht mehr nett sein?“, rätselte Elli und zuckte mit den Schultern.

„Das kann ich nicht, ich bin schon immer so gewesen.“ Sarah war verzweifelt. „Man muss auch wirklich aufgeschlossen sein, wenn man so ’ne Wurstbude hat. Mit den Kunden reden, freundlich sein, ein paar Witze reißen und so. Ich bin auch gerne nett. Wirklich. Das schwör ich euch nackich inne Hand.“

„Aber zu nett ist auch nicht gut. Das werden wir ändern. Und wir werden noch mehr ändern.“

„Was denn?“, fragte Sarah mit kugelrund aufgerissenen Augen.

„Wir fangen mit deinem Äußeren an.“

„Wie jetzt?“

Kalle drehte sich zu den Anwesenden um. „Das ist Sarah. Eure Chefin. Ihr sollt sie respektieren und Anweisungen von ihr entgegennehmen. Was sagt ihr? Welchen ersten Eindruck macht Sarah auf euch?“

Wolfi schnippte mit den Fingern.

„Wolfi, bitte.“

„Ich finde, sie sieht nicht wirklich wie eine Vorgesetzte aus“, fistelte Wolfi unsicher. „Eher so wie … also, ich weiß auch nicht.“ Er wurde rot.

„Wie sehen denn Vorgesetzte aus?“, fragte Sarah, die nun leicht angesäuert war. „In meiner Wurstbude war ich sozusagen auch Vorgesetzte, die hat ja mir gehört. Ich hatte zwar keine Angestellten, aber ich war die Chefin.“

„Die Chefin eines Autohauses sieht anders aus.“

„Ich glaub, ich kann es erklären.“ Maggie stand auf. „Was Wolfgang meint, ist, dass du nicht seriös rüberkommst. Oder, Wolfgang?“

Wolfi nickte. „Ja, so halt oder so ähnlich."

„Du kommst billig rüber. Das wollte Wolfgang auch noch sagen. Gewöhnlich. Oder, Wolfi?"

„Also, so hab ich das nicht gemeint, aber ..." Wolfi winkte ab, er wollte niemanden beleidigen.

„Gedacht hast du es aber!"

„Was denn nun?" Sarah war unsicher und stand mit verschränkten Armen da.

Alle schwiegen.

„Ja, bin ich so scheiße oder was?", fragte Sarah.

„Und billig", keckerte Bernward und Sarah hatte nun Tränen in den Augen.

„Meine Güte, kannst du dich nicht ein Mal zurückhalten!" Maggie war sauer. „Du siehst doch, wie verunsichert sie ist."

„Och, die arme Kleine. Sie muss aufpassen, dass sie nicht weint, damit die Schminke nicht verläuft."

„Du bist ein böser Mensch." Wolfi brachte es auf den Punkt.

„Du bist die Ausgeburt des Teufels, widerwärtig wie eitriger Schleim, ein Krankheitserreger, für den es kein Gegenmittel gibt." Seine zarte Stimme überschlug sich vor lauter Inbrunst.

„Och jo." Bernward war das herzlich egal.

„Ich finde dich sehr unfair, Bernward", sagte Elli. „Seitdem ich dich kennengelernt habe, beleidigst du uns alle. Du hast nichts Nettes an dir. Entweder du versuchst, deine zarte Seele zu verstecken, oder du bist wirklich einfach ein ... ein ... ein ..."

„Was ist er?", fragte Maggie. „Sag es."

„Ich kann solche Worte nicht sagen. Ich kann es nicht."

Elli holte tief Luft. „Er ist eine Öffnung für Stuhlausscheidung."

Sekundenlang schwiegen alle.

„Was ist er?" Gernot war fassungslos.

„Ich werde das jetzt nicht wiederholen." Elli war das alles schon zu viel.

„Du kannst nicht *Arschloch* sagen?" Sarah war völlig fertig. „Oh Mann. Was hamse dir denn in den Kaffee gekippt?"

Elli verschränkte die Arme. „Ich mag diese Fäkalsprache nicht."

„Kein Wunder, dass deine Kollegen dir einen Fisch ins Getränk legen. Wenn jemand so was zu mir sagen würde, ich würde ihm einen Kraken an den Kopf werfen." Maggie war außer sich.

„Kraken führen wir nicht. Wir haben nur …"

„Das war doch nur sinnbildlich gemeint. Sagt jetzt Arschloch", forderte Maggie.

„Nein."

„Doch!"

„Es würde dir auch besser stehen, solche Worte nicht zu benutzen. Du bist doch so eine feine Dame, eine reiche Reedersgattin, die sagen doch so was nicht."

„Ich sag noch ganz andere Dinge. Dinge, die ich gern zu meinem Mann sagen würde, wenn er denn mal da wäre. Aber er zieht es ja vor, ständig durch Abwesenheit zu glänzen. Dubai, Hongkong, Sydney. Ich weiß schon gar nicht mehr, wo er sich im Moment aufhält."

„Ja, Himmel, irgendwo muss die Kohle ja herkommen", nuschelte Wolfi. „Oder macht er da ohne dich Urlaub?"

„Nein", musste Maggie zugeben. „Trotzdem, ich bin

sehr oft alleine. Mein Leben ist hart. Ich wache auf und bin schon im Stress.“

„Warum denn?“, fragte Sarah.

„Hast du schon mal eine Tasche bei Prada bestellt?“

„Ja. Orange und pink mit Türkis. Ich liebe sie. Mein verstorbener Mann hat ...“

„Und ist sie pünktlich fertig geworden?“, keifte Maggie und musste sich ob der schlimmen Erinnerung an der Tischkante festhalten. „Meine nämlich nicht. Anfang Oktober, hieß es, nachdem ich über fünftausend Euro vorab hingeblättert hatte.“

„Dein eigenes, schwer verdientes Geld“, flötete Bernward grinsend und Maggie wurde noch giftiger.

„Ende November habe ich die Tasche bekommen, und wisst ihr, was diese arrogante Ossitante, diese dämliche Verkäuferin, zu mir gesagt hat! Sie sagte: ‚Sie haben sich diese Tasche gewünscht, da muss man auch mal warten können‘. Auf drei Charity-Veranstaltungen musste ich mit alten Taschen gehen. Dauernd nur Chanel und Hermès.“

„Du hast vielleicht Probleme.“ Elli schüttelte den Kopf. „Andere müssen sehen, wie sie ihre Miete bezahlen, und du machst dir einen Kopf um Handtaschen. Ich wohne in einer Eineinhalb-Zimmer-Wohnung ohne Balkon und du wahrscheinlich in so einer von diesen Hamburger Villen an der Elbe, die man immer mal im Fernsehen bei Dokus sieht. Und hast Angestellte noch und nöcher. Ich hab nur meinen Hamster.“

„Ich denke, du hast Angst vor Tieren“, sagte Gernot.

„Es ist ein Stoffhamster.“

„Ja, es sind für mich Probleme“, sagte Maggie. „Mich belastet viel. Die Putzfrauen machen auch nur Ärger.“

„Putzfrauen?" Elli verdrehte die Augen.

„Ach, du kapierst doch gar nichts."

„Das will ich auch gar nicht kapieren. Du jammerst wirklich auf hohem Niveau."

„Können wir jetzt mal weitermachen?", fragte Bernward. „Ich habe nicht teures Geld dafür bezahlt, um mich mit verwöhnten Luxusweibchen über nicht fertig gewordene Handtaschen zu unterhalten. Und ich möchte auch nicht über Stoffhamster sprechen."

„Also, das finde ich jetzt unheimlich ungerecht", erklärte Wolfi fistelnd. „Du hast doch nicht alleine zu bestimmen, was hier gesprochen wird."

„Mann, gehst du mir auf den Sack", sagte Bernward. „Diese Stimme macht einen aggressiv. Kannst du nicht mal sprechen wie ein Mann und nicht wie so ein Öko-Eunuche?"

„Du hast mir gar nichts zu sagen", schniefte Wolfi mit Tränen in den Augen. „Ich will doch nur, dass wir uns alle verstehen. In der Schule versuche ich das auch immer zu vermitteln."

„Sag bitte nicht, dass du Lehrer bist. Womöglich noch an einer Waldorfschule. Bitte erfülle nicht dieses Latzhosen-Klischee."

Bernward konnte es nicht fassen.

„Das geht dich nichts an." Wolfi fistelte noch mehr.

„Also habe ich recht. Meine Güte. Wo bin ich hier gelandet. Nur Bekloppte."

„Du bist doch selber bekloppt", sagte Gernot. „Und so was will Staatsanwalt sein."

„Vielleicht sollten wir mal zum Eigentlichen zurückkommen", mischte Isabell sich nun ein. „Wir waren bei

Sarah. Sarah möchte ernst genommen werden von ihren Mitarbeitern. Was möchtest du sonst noch, Sarah?“

„Also, ich will auch, dass sie mich mögen, aber ich will nicht ausgenutzt werden. Sie sollen mich schon als Vorgesetzte respektieren, aber Angst soll auch keiner vor mir haben.“

„Ich habe ja auch keine Angst vor Eintagsfliegen“, sagte Bernward und keckerte.

„ES REICHT JETZT LANGSAM MAL!“ Das war Wolfi und nun fistelte er nicht mehr. „Du blöder Vollidiot, du Arschgesicht, du Scheißkopf! Kannst du nicht ein Mal dein blödes, dämliches, verkacktes Maul halten und dich in die Gruppe einfügen? Geht das mal? Wer hat dir so ins Hirn geschissen, dass du ununterbrochen miesen Dreck von dir geben musst? Hat deine Mutter dich zu heiß gebadet? Oder zu kalt? Oder gar nicht? Was bist du für ein armseliger Wicht, dass du dauernd alle fertigmachen willst?“

Bernward ballte die Hände zu Fäusten. „Du sagst Wicht zu mir? Du armselige Flachpfeife! Wag es nicht noch mal, so mit mir zu sprechen! Du Wurst! Tanz du lieber mal deinen Namen und friss deine vegane Scheiße! Ich hau dir gleich aufs Maul!“

„Mach doch, mach doch!“ Wolfi tänzelte wie ein Boxer und sprang mit geballten Fäusten herum.

„AAAAAH!“ Bernward stürzte sich auf ihn und beide gingen zu Boden.

„Hilfe!“, schrie Elli. „Er will ihn umbringen!“

„Hoffentlich!“, brüllte Maggie. „Nur zu, Wolfgang, nur zu!“

„Das hab ich noch nich erlebt, das schwör ich dir nackich inne Hand!“, kreischte Sarah.

Bernward schleuderte Wolfi herum, der flog gegen Sarah und sie ging ebenfalls zu Boden.

„JAAAA! Endlich wird dem Arschloch mal gezeigt, wo es langgeht! Mach ihn alle, mach ihn alle!“, schrie Gernot. „Los, hau drauf!“

Kalle und Hulle versuchten, die Kampfhähne auseinanderzubringen, und die anderen versuchten wiederum, sie davon abzuhalten.

Lediglich Oma, Hanni und Isabell taten nichts, sondern standen nur mit offenen Mündern da.

„Dass meine Scheune auf ihre alten Tage noch mal so was sehen würde“, sagte Oma. „Das ist ja schöner als Kino.“

Isabell war verzweifelt. „Was soll ich denn nur machen? So war das doch alles nicht geplant.“

„Also, Klößchen, ganz ehrlich, einen wirklichen Plan gab es ja auch nicht“, sagte Oma ganz richtig. „Ich glaube, so was wie hier wird als ‚aus dem Ruder laufen‘ bezeichnet. Und ich finde, zu Recht.“

„Ich glaub, ich biete demnächst auch Prügeleierkuchen und Handgemengerstenbrötchen an. Vielleicht auch Platzwundeclairs.“ Hanni deutete auf Wolfi, den es übel erwischt hatte.

„Ich bring dich um, ich bring dich um, ICH BRING DICH UM!“, schrie Gernot und griff nun nach einer Mistgabel, die vergessen herumstand, und hob sie drohend. Alle schrien auf.

„Hallo“, rief da jemand. „Ich bin der Jockel Schnattke vom Radiosender ‚Wir im Norden‘. Es hieß, hier würden Entspannungskurse stattfinden. Ich wollte fragen, ob ich ein paar Interviews führen kann. Ein paar O-Töne habe ich schon aufgenommen.“ Stolz hielt er ein Mikrofon hoch.

Schlagartig war Ruhe. „Und das ist mein Kollege Ronni vom Nord-Ostsee-Anzeiger, der will was schreiben."

„Irgendwie sieht das aber nicht so nach Entspannung aus", sagte Ronni und Jockel kicherte.

„Wer hat euch denn Bescheid gegeben?", fragte Gernot außer Atem und Isabell wusste die Antwort, schon bevor Hulle rot werden konnte.

„Das war doch gar nicht abgesprochen." Isabell war verzweifelt. Alles drohte zu platzen. Wenn dieser Jockel das Geschrei und Gezeter aufgenommen hatte, konnten sie einpacken. Ihr schossen die Tränen in die Augen.

Alles war umsonst! Sie hatte nichts weiter hinbekommen, als einen Haufen Schwachköpfe zusammenzutrommeln, die nichts Besseres vorhatten, als sich in Omas Scheune gegenseitig das Hirn aus dem Schädel zu kloppen.

Oma stand auf. „Selbstverständlich sind wir zu Interviews bereit", sagte sie ernst und mit getragener Stimme und alle glotzten tumb. „Wir waren nur gerade in einer Findungsphase. Ich darf Sie bitten, draußen auf uns zu warten, die Gruppe muss sich sammeln."

„Okay", sagte Jockel und er wirkte fast enttäuscht. „Aber eine Findungsphase mit Blut?"

„Das ist natürlich kein echtes Blut", sagte Oma. „Es soll nur alles authentisch wirken, das verstehen Sie doch sicher."

„Ach." Ronni nickte langsam. „Na gut, wir warten dann draußen." Sie verließen die Scheune.

Nun fing Isabell an zu heulen. Kalle nahm sie in den Arm.

„Buhuuu", machte Isabell.

„Hör auf, hör auf, das kann ich nicht ertragen, wenn eine Frau weint, und wenn du weinst, schon mal gar nicht", klagte Kalle und tätschelte ihr den Rücken.

„Alles umsonst, ahahahahalles vergebens, und ich da-hahachte, das wird alles richtig gut und endlich krieg ich mal was Eigenes hin“, schluchzte Isabell verzweifelt.

„Nicht weinen, nicht weinen“, flehte Kalle verzweifelt. „Hulle, warum hast du denn diese Reporter informiert?“

„Na, ich dachte, Presse ist super.“

„Aber das hättest du doch vorher mit uns absprechen müssen.“

„Ich bihihihin bald arbeitslos, eigentlich bin ich es jetzt schon“, heulte Isabell weiter. „Ich dachte, das funktioniert, aber alle prügeln sich und sind böse, buhuhuhuuuuu! Kalle, wir hätten uns vorbereiten müssen und einen ehehehehechten Therapeuten fragen, dann …“

„Moment mal“, Bernward war schon wieder auf Zinne. „Was heißt denn bitte einen echten Therapeuten? Was seid ihr denn?“

„Das spielt doch jetzt überhaupt keine Rolle“, sagte Kalle schnell. „Isabell, pscht, pscht, ruhig bleiben, nicht aufregen und nicht sprechen, beruhige dich bitte.“

„So nicht.“ Bernward war wütend. „Habe ich etwa mehrere tausend Euro bezahlt für nichts?“

„Sie kriegen doch was, haben Sie so was wie das hier schon mal erlebt?“, fragte Hanni. „Das ist doch schöner als Kino.“

„Seid ihr nun Therapeuten oder nicht?“, fragte Bernward.

„Nun lass sie doch mal durchatmen“, sagte Sarah. „Siehste denn nicht, wie sie heulen muss. Das arme Ding.“

„Ich verlange für mein Geld ehrliche Arbeit“, zeterte Bernward weiter. „Ich verlange, dass …“

„Nun reicht es!“ Alle zuckten zusammen.

Oma hatte die Hände in die Hüften gestemmt. „Ich

glaube, hier muss mal Tacheles gesprochen werden. Und das mach ich jetzt!"

„Oma", sagte Isabell. „Du sollst dich nicht aufregen! Buhuhuhu! Sonst musst du in die Klinik, und das ist dann meine Schuld, buhuuuuu!"

„Wie um alles in der Welt soll man sich denn bei einem solchen Haufen nicht aufregen?", fragte Edith. „Und dass kein Klartext gesprochen wird, ist ja noch mal schlimmer. Nur gestichelt wird und da schau ich jetzt nicht zufällig in Ihre Richtung, lieber Bernward. Damit ist jetzt Schluss. Ich hab nämlich Menschenkenntnis, das können Sie mir glauben, und wenn ich mir Sie so anschaue, seh ich die reine Unsicherheit! Das mal nur so am Rande. Sie tun, als seien Sie der Größte, aber in Wahrheit sind Sie ein Sensibelchen vor dem Herrn!"

„Hö! Hö! Ich bin nicht unsicher! Ich bin ein gestandener Mann!", protestierte Bernward.

„Schade, dass ich davon noch nichts mitbekommen habe", erklärte Maggie fröhlich.

„Sie beide halten jetzt die Klappe!", herrschte Oma. „Alle sind jetzt mal ruhig." Sie schüttelte den Kopf. „So kommen wir hier nicht weiter", sagte sie. „Sie alle sind doch hier, damit sich was verändern soll. Oder nicht?"

Schweigen.

„Aber wenn das keine richtigen Thera…", fing Bernward wieder an und nun brüllte Elli: „Halt dein Scheiß-Maul!", und alle erschraken.

Elli wurde kreidebleich. „Oh Gott. Ich wollte das nicht sagen. Ich wollte sagen, lass deine mit Zähnen versehene Gesichtsöffnung …"

„Elli, bitte! Es ist gut, dass Sie das gesagt haben", sagte

Oma. „Und noch was: Keiner muss hier dem anderen die Butter vom Brot nehmen. Also nutzen wir doch gemeinsam die Tage, um was zu lernen."

„Oma, was ist denn mit dir los?", fragte Isabell.

„Das will ich dir sagen, Klößchen. Ich hab ja gesagt, ich eigne mich nicht nur zum Stricken, nein, ich muss was tun. Und deswegen tun wir uns jetzt zusammen und kriegen das hin. Alle. So. Und jetzt nickt ihr mal alle."

Sie nickten, wenn auch zögerlich.

„Hier wird jetzt gearbeitet! Hab ich mich klar ausgedrückt?"

„Aber Oma, ich …", schluchzte Isabell.

„Hörst du jetzt mit ‚aber Oma' auf, Klößchen!"

„Wieso denn Arbeit?", fragte Hulle. „Wir sind doch hart gerannt heute! Das war heftig! So wie du es mir gesagt hast, hab ich es durchgezogen."

„Heftig?" Oma stemmte die Hände in die Hüften. „Das war ja nur der Anfang. Du redest mit einer Frau, die den Krieg überlebt hat. Ich zeig euch jetzt mal, was heftig ist. Morgens ein bisschen herumzuwandern mit einem kleinen Rucksack auf und ein bisschen schwimmen ist ja wohl nur ein Witz. Jetzt geht das mal richtig los. Und wir wollen das ja auch den Pressefuzzis da draußen noch erklären."

„Das war deine Idee mit dem Morgenlauf?", fragte Isabell. „Du hast doch noch in der Küche ‚Krieg' gerufen!"

„Um euch wach zu kriegen. Das ist mir ja wohl auch gelungen. So geht das jetzt weiter. Und vor allen Dingen zeig ich euch jetzt erst mal, wie man was auf den Punkt bringt. So. Sarah. Was man Ihnen sagen wollte: Sie sehen aus wie eine Käufliche."

Sarah schnappte nach Luft. „Was?“

„Sie. Sehen. Aus. Wie. Eine. Prostituierte. Haben Sie das verstanden?“

„Oh …“, Sarah griff sich an die Stirn. „Mir wird ganz schwindelig.“

„Und bestimmt werden Sie ganz blass, nur leider kann man das unter der dicken Schminkschicht nicht erkennen“, erklärte Oma. „Das wird sich ändern. Wir haben ja unseren Kalle.“

„Ich bin keine Hure“, klagte Sarah.

„Das habe ich auch nicht gesagt. Ich sagte nur, Sie sehen wie eine aus. Und nun wird nicht herumgejammert. Schwuppi, Sie sind doch Kosmetikerin!“

Kalle nickte.

„Dann wissen Sie ja, was zu tun ist.“

„Wieso?“

„Meine Güte“, sagte Oma. „Wie kann man nur so auf dem Schlauch stehen? Fahren Sie nach Hamburg und karren Sie den Inhalt Ihres Kosmetikstudios hierher. Kosmetik kann man zusätzlich anbieten. Sie nehmen den Viehtransporter von Grethel und Paul, ruckzuck ist alles hier und dann wird aus Sarah eine normale Frau gemacht.“

„In dem Transporter ist doch bestimmt Blut“, klagte Kalle.

„Unsinn, Schwuppi, das ist doch ein Transporter und kein Schlachthaus. Außerdem wird hier jetzt nicht mehr diskutiert. Nachher fahren Sie los! Und wir machen jetzt gleich, nachdem ich mit den beiden vom Radio und der Zeitung gesprochen haben, einen Stuhlkreis nach meinen Vorgaben!“ Sie dachte kurz nach. „Stuhlkreis ist glaub ich nicht das richtige Wort dafür. Aber geht schon mal vor. Ich werde mit der Presse sprechen.“ Mit hoch erhobenem Kopf stolzierte sie zu den beiden Männern von der Presse.

„Soll ich nicht mitkommen?“, fragten Isabell, Hulle und Kalle gleichzeitig. Oma drehte sich um. „Schadensbegrenzung heißt das Zauberwort. Ich übernehme jetzt“, erklärte sie und niemand wagte es, zu protestieren.

15. Kapitel

„Schieß! Jetzt! Schieß ihr ins Auge!"

„Ich weiß nicht, ob ich das kann …"

„Du kannst das! Du bist doch hier, um zu lernen, dass du kannst, wenn du willst. Und nun schieß!"

Gernot holte Luft, schoss und traf. Alles spritzte durch die Gegend.

„Gut gemacht", sagte Oma. „Ich sagte doch, dass du es kannst." Sie freute sich.

„Und jetzt die nächste."

„Gut." Gernot war stolz und zielte auf die nächste Kartoffel. Auch die traf er. Alle klatschten.

„Meine Güte!" Gernot zog ein Taschentuch hervor und wischte seine Stirn. „Tut das gut! Tut das gut!"

„Schieß dich frei!", rief Oma und alle jubelten: „Ja, mach weiter, weitermachen!" Sie drehte sich zu Isabell um. „Ist das nicht herrlich, Klößchen? Wer hätte gedacht, dass Opas altes Gewehr noch mal zum Einsatz kommt. Zuletzt wurde es zum Erlegen eines kapitalen Zwölfenders benutzt. Das Geweih hängt im Wohnzimmer. Der gute Hirsch. Rudi haben wir ihn genannt. So, Gernot, nun hast du ein erstes Gefühl dafür bekommen, wie es ist, zu schießen. Und erst hast du gesagt, du triffst nicht."

„Jetzt muss ich nur noch ein bisschen üben, dann erwische ich meine Frau gleich mit dem ersten Schuss", freute sich Gernot.

„Man muss ja nicht gleich schießen, manchmal hilft auch reden“, sagte Kalle.

„Ach, ich glaube, ich übe auch noch ein bisschen. Habe lange nicht geschossen.“ Hulle dachte nach. „Wer weiß, wofür das gut ist.“

„Schießen können ist immer gut“, sagte Bernward jovial. „Ich als Staatsanwalt kann das natürlich auch.“

„Ich wusste gar nicht, dass Staatsanwälte automatisch schießen können“, wunderte Kalle sich.

„Können sie auch nicht“, sagte Bernward. „Aber ich. Glaub mir, ich bin ein Meisterschütze.“

„Dann kannst du ja meine Frau umbringen.“ Gernot schien diese Idee gut zu finden. „Dann klappt es auf jeden Fall.“

Alle lachten.

„Das ist gar nicht witzig“, sagte Gernot. „Ich hasse meine Frau. Sie ist böse.“

„Wir haben sie doch gerade erschossen“, erklärte Oma. „Symbolisch.“

„Das höre ich zum ersten Mal. Außerdem will ich sie nicht symbolisch ermorden, sondern richtig.“

„Was ist denn mit deiner Frau?“, fragte Bernward und Gernot drehte sich zu ihm um.

„Sie muss weg“, sagte er. „Seit dreizehn Jahren bin ich mit dieser Matrone verheiratet. Keinen Tag hat sie gearbeitet. Sie hockt den ganzen Tag nur rum und wird immer fetter, weil sie Schwarzwälder Kirschtorte in sich reinstopft, sie kriegt das mit dem Haushalt noch nicht mal hin. Nachmittags kann ich dann noch alles machen und den Rasen mähen, weil sie angeblich eine Grasallergie hat. Seit Jahren stelle ich mir vor, wie ein Leben ohne sie wäre.“

„Du könntest dich scheiden lassen", sagte Maggie. „Das wäre doch am einfachsten."

„So einfach ist das nicht. Sie würde mich tyrannisieren und verfolgen."

„Vielleicht ist sie ja ganz froh", sagte Sarah, die erleichtert war, dass es gerade nicht um sie ging. „Vielleicht will sie dich schon lange loswerden."

„Dann hätte sie ja nichts mehr zu meckern", sagte Gernot. „Nein, nein, die will, dass ich bleibe, dass sie weiter meckern kann und ich die Torte bezahle."

„Dann bist du so was wie ein nicht hartes Hühnerprodukt", sagte Elli und alle hielten inne, weil sie überlegten, was sie mit dieser Aussage meinen könnte.

„Entschuldigt bitte, ich habe es ja wie gesagt nicht so mit Schimpfwörtern, ich versuche möglichst immer, zu umschreiben."

„Aha", sagte Isabell. „Meintest du gerade Weichei?"

Elli wurde rot und senkte den Kopf.

„Das ist doch kein wirkliches Schimpfwort", sagte Kalle.

Elli zuckte mit den Schultern. „Ich bin da sehr sensibel. Aber was ich eigentlich sagen wollte, ist, dass es doch diesen Spruch gibt: ‚Love it, change it or leave it'."

„Und warum hast du dann deinen Job noch nicht gekündigt, Elli?", fragte Wolfi. „Weil – geändert hast du ja auch noch nichts. Und dass du ihn liebst, glaube ich nicht."

„Weil ich die Kraft nicht habe. Ich hoffe ja, sie hier zu finden", hauchte Elli leise. „Ich glaube, uns allen geht es ähnlich. Deswegen sind wir doch hier, oder? Ich meine, es ist ja keine Lösung, seine Frau zu erschießen, man muss einen anderen Weg finden, sonst hat man ja ein anderes Dilemma, eins, das Gefängnis heißt."

„Ich bin ja nicht blöd", sagte Gernot. „Ich würde das natürlich so anstellen, dass der Verdacht niemals auf mich fallen würde. Und es auch niemandem sagen."

„Genau", sagte Maggie und kicherte. „Und es wissen ja nur, lasst mich nachzählen ... acht Leute von deinem Vorhaben, Gernot. Das ist ja so gut wie nichts."

Gernot presste die Lippen zusammen. „Ach, ihr wisst doch gar nicht, wie ich mich fühle."

Bernward trat vor und legte ihm beide Hände auf die Schultern. „Ich kann dich verstehen. Ich habe auch lange gebraucht, um mich von meiner Ex zu lösen – und ich habe immer noch daran zu knabbern. Sie hat mich fertiggemacht. Und es ist fünfzehn Jahre her! Ich kann dir nur raten, das zu tun, was du für richtig hältst!"

„Also erschieße ich Irmeli!", rief Gernot froh.

„Irmeli?" Bernward wurde blass. „Irmtraud?"

„Wie bitte?" Gernot wurde auch blass.

„Sie kauft die Schwarzwälder Kirschtorte immer von Coppenrath & Wiese", sagte Bernward.

„Ach du liebe Zeit", sagte Isabell.

„Das glaube ich jetzt nicht", sagte Kalle.

Elli, Sarah und Maggie rissen die Augen auf. „Das ist ja mal ein Zufall", sagte Maggie dann.

Gernot fächerte sich Luft zu. „Dann bist du Bernie." Bernward nickte. „An guten Tagen war ich das, ja. An schlechten, und von denen gab es leider viele, war ich der Versager und die Nullnummer und der Vollpfosten."

„Himmel." Gernot schnaufte. „Jedenfalls hast du den Absprung geschafft."

„Wie ging das denn?“, fragte Sarah neugierig.

„Ich bin ausgezogen, als sie Torte kaufen war. Ganz schnell.“

„Ach“, sagte Maggie. „Heimlich? Du hast also die Konfrontation gescheut? Ein ganzer Mann eben.“

„Du kennst Irmeli nicht.“ Das sagten Gernot und Bernward gleichzeitig. „Sie ist die Ausgeburt des Teufels.“

„Wow“, lachte Maggie. „Ich dachte, das bist du, Bernie.“

Oma klatschte in die Hände. „Nun ist es mal gut. Hört auf mit den Sticheleien. Was ist das für eine Geschichte mit Irmeli? Man will doch seine Frau nicht wegen einer Torte erschießen.“

„Es ist nicht nur die Torte. Es ist das Ganze. Irmeli muss weg“, erklärte Gernot. „Und ich werde so lange schießen üben, bis ich sie beim ersten Schuss ganz sicher in die Ewigen Jagdgründe gebracht habe.“

„Oder ich schieße“, bot Bernward an. „In den Kopf. Ich schieß ihr in den Kopf, während sie Torte frisst.“ Seine Augen glänzten.

„Nein, ich mache das. Das lasse ich mir nicht nehmen.“ Gernot war nicht verhandlungsbereit. „So was erlebt man nur einmal.“

„Oder wir beide.“ Bernward ließ nicht locker. „Gleichzeitig. Und bumm, tot ist das verfressene Miststück. Dann fällt sie um und wir haben endlich Ruhe. Darauf trinken wir dann einen, aber wie wir darauf einen trinken. Tod von Frau und Exfrau, das muss gefeiert werden!“

„Ähem“, sagte da jemand und alle drehten sich um. Matthias und Stephan Hellberg standen da und sahen irgendwie verwirrt aus. „Stören wir?“

„Aber nein. Hallo!“ Isabell versuchte zu lächeln, hatte aber die Befürchtung, dass sie eine Grimasse schnitt. „Wie schön, dass Sie da sind. Ja …“

„Sie wollen bestimmt nach Alma und Horst schauen“, sagte Oma. „Da fällt mir ein, wir müssen auch noch füttern.“

„Das macht nachher die Gruppe“, sagte Hulle. „So war es geplant.“

„Ja, ich wollte nach den Tieren schauen“, sagte Stephan.

„Und ich nach Ihnen“, sagte Matthias zu Edith.

„Gut, dann schauen Sie mal nach den Tieren. Und mit mir ist alles in Ordnung.“

„Also, wir stehen ja schon länger da“, erklärte Matthias. „Und das Gespräch, das wir hörten, war irgendwie so komisch. Wir waren im ‚Kronenstübchen‘ und die Wirtin erzählte was von merkwürdigen Gestalten, die jetzt hier sind, und dass hier Kurse gegeben werden, aber kein Wellness, wie Sie sagten, sondern was für Irre, so redet man im ‚Stübchen‘. Ich dachte eigentlich, dass Sie sich erholen sollen und keine Kurse geben.“

„Ach, mir geht es gut. Arbeit hat noch niemandem geschadet“, sagte Oma. „Und Wellness tut auch gut.“

„Wir sind doch aber gar nicht …“, fing Sarah an und wurde von Maggie mit Blicken getötet.

„Es ist alles in Ordnung. Machen Sie sich bitte keine Sorgen“, sagte Isabell.

„Wir haben alles im Griff mit dem Wellness.“ Kalle nickte.

„Jo“, sagte Hulle. „Alles im Griff. Kein Thema. Alles gut.“

Schweigen.

„Na ja, dann geh ich mal in den Stall“, sagte Stephan.

„Soll ich helfen?“, fragte Isabell schnell. Das war doch eine gute Gelegenheit, mal mit Stephan allein zu sein.

„Horst ist mein Kind“, sagte Kalle. „Ich werde mich mit dem Doktor um ihn kümmern.“

„Also, so was Reizendes.“ Matthias strahlte Isabell an. „Sie haben da einen wirklich netten Freund.“

„Kalle ist nicht mein Freund.“

„Seit wann das denn nicht?“ Kalle war nun beleidigt.

„So meine ich das doch nicht. Natürlich bist du mein Freund. Aber nicht so.“

„Wie denn?“ Er stand wirklich manchmal auf dem Schlauch.

„Platonisch.“

„Ja, sicher, was denn sonst. Ich könnte mir wirklich keine sexuelle Beziehung mit dir vorstellen, das weißt du doch.“

„Sehr süß, Schwuppi, Sie sind so herrlich offen und direkt.“ Edith schüttelte den Kopf. „Nun schauen Sie doch bitte nach den Kühen, Herr Doktor, und der andere Doktor kann ja hier warten. So machen wir es. Und dann geht es hier weiter. Kleine Pause für alle.“

Niemand bemerkte Ulf Winkelbach, der mit bösem Gesicht an einem der Fenster stand und so aussah, als würde ihm die ganze Veranstaltung überhaupt nicht in den Kram passen.

„Hier ist es wirklich schön“, sagte Matthias Hellberg, der mit Isabell auf der Holzbank vor dem Haus saß. „So idyllisch. Eigentlich wie in so einem Kitschfilm.“

„Ich schaue keine Kitschfilme.“

„Nein? Nichts fürs Herz?“

Himmel, konnte er nicht Kalle damit vollsülzen. Aber nein, Kalle musste ja mit Stephan Hellberg im Stall herumeiern. Und natürlich schaute Isabell gern Kitschfilme. Das wollte sie aber nicht mit Matthias diskutieren, sondern mit Stephan. Wie herrlich, sich an einem verregneten Tag auf dem Sofa aneinanderzukuscheln und „Grüne Tomaten“ oder „Vom Winde verweht“ zu schauen. Und Kalle könnte ja das Gleiche mit Matthias machen, aber bitte in seiner Wohnung.

Die beiden wären wirklich ein nettes Paar, sie müssten nur endlich kapieren, dass sie gut zusammenpassten. Kalle merkte so was nie. Er konnte von den tollsten Männern angeschmachtet werden und sagte trotzdem immer, dass er nie jemanden finden würde, von diesem Peitschenmann mal abgesehen. Und mit Matthias schien es ähnlich zu sein. Er war wohl sehr schüchtern. Vielleicht musste sie da mal nachhelfen.

„Ach, da kommt ja Ihr Cousin mit Kalle.“ Isabell stand auf. „Dann müssen wir wohl mal weitermachen.“

„Sagen Sie, da hat aber niemand vor, jemanden umzubringen?“, fragte Matthias vorsichtig.

„So ein Unfug. Das gehörte nur zum Wellnessprogramm. Man muss seine Wut und seinen Hass auch mal rauslassen. Manchmal hilft das ja ungemein. Schreien und von Töten reden!“

„Oh ja, da haben Sie recht.“

Kalle kam zu ihnen. „Ich würde dann in der Tat jetzt nach Hamburg fahren und das Studio ausräumen“, sagte er. „Kann vielleicht jemand mitkommen und mir helfen? Ich möchte mir ungern den Rücken kaputt machen.“

„Ich komme mit", sagte Bernward, und Gernot nickte ebenfalls.

„Dann wollen wir mal weitermachen, Sarah", sagte Oma, nachdem Kalle mit den beiden losgezogen war, um den Hänger zu holen und damit nach Hamburg zu fahren.

„Mit was denn?" Sarah war das gar nicht recht.

„Wir führen jetzt Mitarbeitergespräche."

„Wie jetzt?"

„Ganz einfach. Wir sind Ihre Mitarbeiter und Sie die Vorgesetzte. Ich denke, dass es nicht das Schlechteste ist, dass Bernward nicht hier ist. Er ist ja ein Freund offener Worte und manchmal sind sie zu offen. Andere sollen ja auch ihre Chance bekommen. Kommen Sie auch, Herr Hellberg und Herr Hellberg? Vielleicht können Sie ja mitmachen und lernen sogar noch was. Auf in die Küche. Bei einer guten Tasse Kaffee kann man sich doch wunderbar streiten."

Sie ging im Stechschritt voran und alle folgten ihr brav. Auch die beiden Hellbergs. Das war Isabell gar nicht recht. Matthias Hellberg sollte doch nicht rausfinden, dass sie hier so taten, als könnten sie Menschen therapieren.

„Also, ich fühle mich richtig gut!"

Zwei Stunden später saßen sie alle Mann im „Kronenstübchen". Sarah nahm einen großen Schluck Bier. „Oh, das habe ich jetzt aber auch verdient. Vielen Dank, Frau Edith. Ich hoffe nur, dass es funktioniert."

„Oma, ich bin fassungslos." Isabell konnte nur noch den Kopf schütteln. „Unglaublich, was du rhetorisch draufhast."

„Ich bin durch die Schule des Lebens gegangen. Julchen, bring uns noch Weißwein. Hab ich dir nie erzählt, Klößchen, dass ich mal mit einem Schauspieler zusammen war? Das war noch vor deinem Großvater. Erich. Ein netter Mann. Mit einer wahnsinnig guten Art, sich zu artikulieren. Diese Betonungen. Umwerfend. Er hatte eine Sprachausbildung gemacht und ich fand das hochinteressant, er hat mir viel davon erzählt. Und rhetorisch hatte er auch mords was drauf. Das Wörtchen ‚Nein' zum Beispiel ist so vielseitig einsetzbar. Das ist doch prima, dass unsere Sarah das jetzt verinnerlicht. Ich hatte mal eine längere Affäre mit Erich. Es war wunderbar. Einmal hatten wir Sex auf einem Dreimeterbrett und sind ins Wasser gefallen. Das war nach einem Fototermin."

„Oma."

„Wäre er damals nicht ins Ausland gegangen, wer weiß, was passiert wäre. Ach, ich würde ihn gern einmal wiedersehen. Erich Staudenhaus. Das war ein toller Mann. Im Bett war er unglaublich. Was der jetzt wohl macht? Ich war sehr verliebt!"

„Ach, ist das romantisch", sagte Sarah, die neues Selbstbewusstsein erlangt hatte.

In der Küche hatte Oma Kaffee gekocht und dann hatten sie sich alle an den großen Tisch gesetzt und Oma hatte sich Sarah vorgeknöpft: „Ab sofort werden Sätze wie ‚Das schwör ich dir nackich inne Hand' nicht mehr gesagt. Dafür werden Sätze wie ‚Weil ich es sage', ‚Ich bin Ihre Vorgesetzte' und ‚Ich sagte Nein' verwendet, bis Sie das verinnerlicht haben. Und nichts zu sagen wird auch geübt. Sie glauben gar nicht, wie viel es bewirkt, wenn man auf eine Frage oder einen dummen Spruch hin einfach schweigt."

Sarah hatte genickt.

„Maggie“, hatte Oma gesagt. „Sie sind jetzt eine Mitarbeiterin, die ständig zu spät kommt. Und Sie, Sarah, haben das mitbekommen und sprechen sie nun darauf an. Und bitte sagen Sie Sie zueinander und reden sich mit dem Nachnamen an.“

Die beiden hatten sich gegenübergesessen.

„Sarah, Sie versuchen, hochdeutsch und langsam zu sprechen. Klar akzentuiert“, hatte Oma gesagt.

„Frau Kaltenbach, Sie sind nun schon zum wiederholten Mal zu spät gekommen“, hatte Sarah angefangen und dann gestockt. „So eine Sprache passt irgendwie nicht zu mir“, hatte sie gesagt. „Oh doch.“ Oma hatte auf den Tisch geschlagen. „Sie sind die Besitzerin von Autohäusern und haben massig Angestellte. Und die werden Sie verdammt noch mal ernst nehmen. Weiter jetzt.“

„Gut. Also, Frau Kaltenbach, Sie sind nun schon zum wiederholten Mal zu spät gekommen.“

„Ja, und?“, hatte Maggie geantwortet.

„Die Arbeitszeit in den Büros beginnt um halb neun und nicht um Viertel nach.“

„Das kann Ihnen doch egal sein, Sie kommen doch wenn überhaupt erst mittags.“

Von solchen Mitarbeiterinnen hatte Sarah ihnen erzählt und alle hatten sich aufgeregt und gesagt, das würde ja wohl überhaupt nicht gehen.

Meistens hatte Sarah dann gar nichts mehr erwidert oder gesagt, dass es nett wäre, wenn sie pünktlich sein könnten. Eine hatte sich daraufhin einfach umgedreht und war weggegangen. Eine andere hatte gemotzt, das sollte sie doch einer Currywurst erzählen und nicht ihr. Und dann war Sarah immer verstummt.

Sarah hatte zu Maggie gesagt: „Das geht Sie überhaupt nichts an, wann ich in die Firma komme. Sie werden dafür bezahlt, dass Sie pünktlich an Ihrem Platz sitzen und arbeiten, da gibt es keine Diskussion. Ich bin Ihre Chefin und das haben Sie zu respektieren."

„Dann müssen Sie erst mal mit gutem Beispiel vorangehen und auch morgens um halb neun dahocken", sagte Maggie.

„Nein, das muss ich nicht. Und auch das geht Sie nichts an. Es bleibt dabei, entweder Sie sind künftig pünktlich oder wir müssen unser Arbeitsverhältnis überdenken."

„Wollen Sie mir drohen?"

Schweigen.

„Ich hab Sie was gefragt."

Schweigen.

„Also drohen Sie mir."

Schweigen.

Dann Sarah: „Sie können jetzt wieder an Ihren Platz."

Maggie: „Ich wollte aber noch …"

Sarah: „Nein!"

Und dann hatte sie nur noch geschwiegen.

„Jetzt haben Sie sie verunsichert", hatte Oma jubiliert. „Sie wird darüber nachdenken. Keine Antwort, so sagt man ja, ist auch eine Antwort. Und die Neins haben sie auch stutzig gemacht. Es geht darum, etwas anders zu machen. Veränderung verwirrt die meisten erst mal und sie fangen an, nachzudenken."

„Gut." Sarah hatte eifrig genickt.

„Und wenn unser Schwuppi mit seinem Kosmetikkram aus Hamburg zurück ist, werden wir aus Ihnen eine richtig vorzeigbare Dame machen."

Maggie hatte gleich angeboten, Sarah dabei zu unterstützen und zu beraten.

„Dich kann ich auch beraten“, hatte Maggie dann Isabell vorgeschlagen, die prompt rot geworden war. „Danke, ich schminke mich nie. Ich mag kein Make-up.“

„Du sollst dich ja auch nicht vollkleistern wie Sarah, sondern dezent schminken. Deine schönen Augen betonen zum Beispiel.“

„Sie haben wirklich schöne Augen“, hatte Stephan Hellberg eingeworfen und Isabell war noch röter geworden. „Vielen Dank.“

Später waren sie dann ins „Stübchen“ gegangen.

Julchen kam gerade mit den Speisekarten. „Hört mal, ich hab mit dem Walter gesprochen“, sagte sie. „Also, falls ihr das jetzt so weiter aufziehen wollt mit euren Sachen da, diesen Kursen oder was auch immer das ist, da hab ich mir überlegt, ich kann doch die Zimmer alle wieder herrichten, dann können doch alle bei uns wohnen.“

„So weit sind wir noch nicht, Julchen“, sagte Edith. „Noch wohnen ja alle in der Scheune. Das gehört zum Konzept.“

„Aber abends essen können doch dann alle hier.“ Julchen witterte das große Geschäft.

„Eigentlich geht es ja bei unserem Projekt um Selbstverpflegung“, betonte Hulle wichtig.

„Diesen Punkt sollten wir aber vielleicht noch mal überdenken“, sagte Oma. „Mein Leitspruch lautet ja, dass ein gutes Essen Leib und Seele zusammenhält. Von Heuschrecken und Regenwürmern ist noch niemand glücklich geworden.“

„Ich werde darüber sinnieren“, erwiderte Hulle. Dann kamen Kalle, Gernot und Bernward.

„Alles erledigt, die Sachen stehen im hinteren Teil der Scheune“, sagte Kalle froh. „In unseren Wohnungen ist auch alles in Ordnung, Isabell. Ich habe die Pflanzen zu Frau Richter gebracht, die kümmert sich drum und sie legt auch die Post rein, kein Problem. Wir wissen ja nicht, wie lange wir hier noch bleiben. Die Post, die für dich da war, hab ich mitgebracht.“

„Danke.“

„Jetzt, wo ich die Sachen alle gesehen habe, freue ich mich wieder richtig aufs Arbeiten. Wir bieten das Umstyling jetzt einfach zusätzlich mit an.“

„Wir wissen doch noch gar nicht, ob das weitergeht“, sagte Isabell leise.

„Man muss optimistisch sein“, flüsterte Kalle und setzte sich.

Da kam Matthias Hellberg und zog einen Stuhl heran. „Also, ich finde das, was Sie da machen, richtig klasse. Burn-out-Prävention nennt man das wohl. Sie helfen den Leuten, nicht aufzugeben, Sie stärken sie mit Rhetorik. Und dann kommt noch Edith mit ihrer Lebenserfahrung ins Spiel. Ein Wahnsinnsprojekt. Sie ersparen den Menschen eine Therapie oder versuchen es zumindest. Das ist wirklich toll.“

„Finden Sie?“ Isabell fiel ein Stein vom Herzen.

„Aber ja. Lebenshilfekurse kann doch jeder geben, der sich damit auskennt. Wenn es hilft“, sagte Matthias. „Prävention ist sehr wichtig, damit es nicht zum Schlimmsten kommt. Und wenn Sie mal eine medizinische Fachfrage haben – ich beantworte sie Ihnen gern.“

Plötzlich war alles ganz einfach. „Also – danke." Isabell war außer sich vor Freude. Alles fügte sich auf einmal so wunderbar. Der gute Anfang war gemacht und sie mussten keine Angst davor haben, angezeigt zu werden oder so. Wenn jetzt bloß mal Stephan Hellberg sich zu ihr setzen würde. Aber der unterhielt sich nun angeregt mit Kalle. Es ging darum, wie man den hinteren Teil der Scheune am besten mit den Kosmetikstühlen und Tischen einrichten würde. Was ging das Stephan Hellberg an?

„Eins muss ich mal sagen, Hulle", sagte Oma nun. „Ich bin richtig stolz auf dich, Junge, wie du das alles angeschoben hast. Du bist ja richtig in deinem Element."

Hulle räusperte sich verlegen. „Na ja, ich hab ja auch zum ersten Mal das Gefühl, was Sinnvolles zu machen, also das mit euch so. Dauernd nur Dorfpolizist und so Gewinnspiele, das macht auf Dauer ja nicht zufrieden. Aber seitdem ihr, also du, Isa, und Kalle, da seid, ist es anders geworden. Ich …", er senkte den Kopf. „… fühle mich ernst genommen und gebraucht."

„Oh Hulle, das wirst du auch", sagte Oma und tätschelte seine Wange. „Mein Junge."

„Wie heißen Sie eigentlich wirklich?", wollte Elli wissen. „Hulle ist doch wohl kaum der wahre Name."

„Ich heiße Herkules", sagte Hulle. „Aber alle finden, der Name passt nicht zu mir."

Da hatte er recht, musste Isabell zugeben. Einen Herkules stellte man sich groß und kräftig und bärtig mit Schwielen an den Fingern, einem karierten Hemd und einem geschulterten Rothirsch vor. Nichts davon traf allerdings auf Hulle zu, insofern passte dieser Name einfach besser.

„Irgendwann hat jemand angefangen, mich Hulle zu nennen, dabei ist es dann geblieben", sagte Hulle.

„Ich finde, dass Herkules ganz hervorragend zu dir passt", sagte Kalle. „Ich werde dich gern Herkules nennen, wenn du möchtest."

„Ach nein", sagte Hulle. „Dann fühle ich mich so verpflichtet, mich wie ein Herkules zu benehmen. Nein. Dann wäre ich nicht mehr ich."

„Wir können ja noch ein wenig Zeit vergehen lassen", sagte Oma. „Viel wichtiger finde ich, dass du mal von zu Hause rauskommst und in eine eigene Wohnung ziehst. Ich ..."

„Was soll das hier!", keifte da eine Frauenstimme und alle sahen hoch. „Und was machst du eigentlich dauernd mit diesen Leuten, Hulle?" Es war Alida, seine Mutter. „Du kommst nicht mehr pünktlich zum Essen und bist dauernd unterwegs mit geistig Verwirrten. Edith, was denkst du dir eigentlich dabei, Hulle in so was reinzuziehen? In diesen Sündenpfuhl bei dir. Was kommt denn als Nächstes? Ein Bordell? Du machst mir meinen armen Jungen nicht kaputt."

Oma stand auf. „Halt deinen Rand, Alida!", herrschte sie sie an. „Dein armer Junge ist über vierzig Jahre alt und du hast ihn immer noch nicht losgelassen. Weil du selbst so unglücklich bist mit deinem Leben, gönnst du Herkules nicht das Schwarze unterm Fingernagel. Er soll bloß schön daheimbleiben, damit du mit deinem Schwachkopf von Mann nicht alleine rumsitzt."

„Das verbitte ich mir", keifte Alida.

„Scher dich zum Teufel!"

„Hulle! Du kommst sofort mit nach Hause! Sofort!"

Hulle war zusammengezuckt, als er die Stimme seiner Mutter gehört hatte, und in sich zusammengesunken, dabei hatte er auf den Tisch gestarrt.

„Alida!“, sagte Oma. „Hör auf damit!“

„Nein. Hulle, komm jetzt. Es gibt auch Rouladen.“

„Nein.“ Hulle stand auf.

„Wie bitte?“ Alida war völlig fassungslos. Das war sie von ihrem Sohn nicht gewohnt.

„Ich sagte Nein, Mutti. Nein, nein, nein. Ich komme nicht nach Hause. Jedenfalls jetzt nicht.“

„Du kommst dann heim, wenn ich es dir sage“, regte Alida sich auf. „Denk mal an meinen Magen. Wenn ich mich aufrege …“

„Nein.“

„Doch.“

Hulle sah sie mit festem Blick an und schwieg.

„Komm jetzt.“

Er schwieg. Alle waren still. Das ganze „Stübchen“ lauschte der Stille.

„Hulle!“

Schweigen.

Man sah förmlich, wie sich in Hulle eine Veränderung vollzog. Er stand aufrecht da, ließ die Schultern nicht hängen und hielt dem Blick seiner Mutter stand.

Alida war ratlos. Sie schaute Oma an. „Seitdem du deine Enkelin hierhergeholt hast, ist nichts mehr so, wie es war. Nichts. Und nun hast du auch noch meinen Sohn, mein eigen Fleisch und Blut, verhext. Pfui.“ Damit drehte sie sich um und ging. „Du kannst sehen, wo du bleibst. Das Haus wird nachher verschlossen sein.“

Einige Sekunden später klopften alle auf die Holztische.

„Puha“, machte Hulle, er schien fix und foxi zu sein.

„Junge, ich bin stolz auf dich.“ Oma war ganz gerührt. „Endlich, dieser Schritt war lange überfällig.“

Alle beglückwünschten Hulle zu seiner Entscheidung.

„Aber wo soll ich denn jetzt hin?“, fragte er dann.

„Das ist doch kein Problem. Du kommst zu uns. Zu mir und den anderen in unseren Sündenpfuhl. Vielleicht mach ich ja wirklich auf meine alten Tage noch ein Bordell auf, wer weiß das schon.“ Sie grinste verschmitzt.

„Oma, sag das bloß nicht zu laut, du weißt, wie die Leute tratschen“, zischte Isabell ihr flehentlich zu.

„Ach, sollen sie doch tratschen. Mir doch egal. So, und nun wird gegessen und getrunken. Wer will noch Jägerschnitzel?“

„Ich, ich, ich!“, riefen alle und Isabell musste feststellen, dass sie sich so wohlfühlte wie schon lange nicht mehr. Das lag natürlich auch daran, dass Stephan Hellberg ihr gegenübersaß und sie so lieb anlächelte. Sie lächelte zurück. Himmel, was für ein Mann. Aber sie traute sich nicht, ihn anzusprechen, also so richtig. Wann auch? Hier wimmelte es ja ständig von Leuten. Alleinsein war nicht drin.

Plötzlich betrat Ulf Winkelbach die Kneipe. Er setzte sich in die hinterste Ecke, bestellte ein Bier und beobachtete die Anwesenden misstrauisch. In seinem Gehirn schien es heftig zu arbeiten.

Isabell grinste ihn an. Er grinste nicht zurück, sein Blick wurde noch finsterer. Sein schöner Plan würde scheitern!

Tja, dachte Isabell. *Mit so einer geballten Ladung Zusammenhalt hast du wohl nicht gerechnet, du Idiot.* Und sie freute sich, weil ihr das Wort Zusammenhalt so sehr gefiel.

16. Kapitel

„So. Nun schau."

Es war schon spät. Die anderen saßen noch bei Oma in der Küche, aber Kalle hatte Isabell unbedingt die Studioeinrichtung zeigen wollen. Nun standen sie im hinteren Teil der Scheune, hier befanden sich alte Holzspinde und ein paar Bänke, offenbar hatten sich die Mägde und Knechte hier früher aufhalten und ihre persönlichen Dinge einschließen können.

„Sag mal, ich wusste gar nicht, dass das alles noch so weit verzweigt und verwinkelt ist bei Oma. Da ist ja noch ein Raum." Isabell stieß neugierig die Tür auf. Hier befanden sich Waschzuber und alte Bürsten. „Ach, ein Waschraum, und da sind noch alte Plumpsklos, die wohl hoffentlich nicht mehr in Betrieb sind. Urig."

„Ja, ja, aber nun schau mal. Ich dachte, hier machen wir den Stuhl für die Fußpflege hin, da ist ein Fenster. Und hier kommt die große Liege für die Gesichtsbehandlung hin und … Isabell, jetzt komm doch bitte mal. Isabell … das ist nicht sehr höflich, ich will dir doch alles zeigen." Er ging in den Waschraum und eine Sekunde später verlor er im wahrsten Sinne des Wortes den Boden unter den Füßen.

„Isabell?"

„Ja, ich bin hier. Au, mein Hintern. Ich bin durch den Boden gebrochen."

„Aber da war gar nichts zu sehen. Der Boden war doch heil."

„Du bist doch auch durchgebrochen." Sie schauten nach oben, aber nichts war zu sehen, weil es stockdunkel war.

„Dann war das vielleicht so eine Art Falltür, die von selbst wieder zugeht." Kalle stand auf und tastete sich ab. Er hatte keine Schmerzen, also konnte er nicht allzu tief gefallen sein. „Wie geht es dir, hast du dir wehgetan?", fragte er Isabell.

„Mein Hintern hat mich gut aufgefangen, danke der Nachfrage. Aber wo sind wir hier? Ist das ein Keller?"

„Irgendwas in der Art wird es sein." Kalle tastete den Boden ab. „Steinboden", sagte er.

„Hier gibt es kein Fenster, nichts. Vielleicht wurden hier die Kohlen gelagert."

„Oh mein Gott, Isabell, oder es ist ein Verlies", jammerte Kalle nun. „Ich glaube, hier sind auch Ratten. Bestimmt huschen sie hier herum, da, ich glaube, ich habe zwei blutunterlaufene Augen gesehen. Ach je, und niemand wird uns finden. Unsere ineinander verschlungenen Skelette werden irgendwann einsam daliegen und niemand wird sich mehr an uns …"

„Kalle, hör auf, das ist ja unerträglich", sagte Isabell und stand auf. „Los, taste die Wand ab. Und wir müssen rauskriegen, wie hoch die Decke ist. Ich …"

„Pssst", machte Kalle und sie hörte ihn leise aufstehen. „Hör mal", flüsterte er. Von oben drangen Stimmen. Jemand schien sich zu streiten.

„Wollen wir nicht rufen, damit die uns rauslassen?", flüsterte Isabell.

„Gleich, erst mal hören, wer das ist", murmelte Kalle leise. „Die scheinen sich ganz schön zu fetzen."

„Ist aber niemand aus der Gruppe, oder?"

„Nee, ich glaub nicht …"

„Die bringen mir hier zu viel Unruhe rein", hörte man einen Mann sagen. „Das geht nicht, das ist zu gefährlich. Jahrzehntelang war niemand in Ediths Scheune und jetzt hausieren da plötzlich diese ganzen Leute und bringen alles durcheinander. Isa soll ihren Krempel nehmen und verschwinden, damit hier wieder Ruhe einkehrt."

„Wir können sie ja schlecht zwingen", sagte ein anderer Mann.

„Ach scheiße noch mal", nun wurde die Stimme des Ersten lauter. „Ich hab keine Lust drauf, dass hier noch mehr Pressefuzzis ankommen! Zwei waren ja schon da. Und die wirbeln dann hier herum und dann erinnert sich vielleicht jemand an die Geschichte von damals und dann werden Nachforschungen angestellt und …"

„Jetzt mal doch den Teufel nicht an die Wand", sagte der zweite Mann.

„Wir müssen die von hier wegbringen, so viel steht fest." Der andere hatte schlechte Laune.

„Jetzt oder was, wo gerade alle bei Edith in der Küche hocken. Das ist ja eine Spitzen-Idee. Nee, lass man, die sind hier gut aufgehoben."

„Lass uns wenigstens noch mal nach ihnen schauen."

„Wieso denn? Die sind gut eingepackt und haben sich bestimmt nicht von selbst ausgepackt. Lass uns lieber verschwinden."

„Warum sind wir dann überhaupt hergekommen?"

„Weil ich wissen wollte, ob die sich hier hinten auch häuslich eingerichtet haben."

„Haben sie ja auch. Jetzt soll ja auch noch in Kosmetik gemacht werden."

„Ja, aber den Raum hier werden sie wohl kaum benutzen. Die ganzen alten Klos, da will man ja nicht sein. Trotzdem wär's mir lieber, die wären weg."

„Mir auch, mir auch. Komm, mach den Boden auf, wir holen sie raus."

„Nein", flüsterte Isabell und Kalle atmete hörbar ein.

„Wir können die jetzt nicht wegschaffen, hier wimmelt's überall vor Leuten. Ich hör's doch bis hier. Und wir müssen durch die ganze Scheune, um rauszukommen. Die schlafen doch da. Stell dir vor, da kommt einer."

Isabell und Kalle hielten die Luft an. Jetzt nicht niesen oder so.

„Hast recht, aber wir sollten was über die Falltür legen, du weißt, wie schnell die aufgeht."

„Gut, dann holen wir von mir aus der Garage Bretter. Komm, lass uns schnell machen, bevor jemand kommt."

„Das ist doch viel zu auffällig, wenn da plötzlich Bretter liegen."

„Wieso, das sind ganz alte. Wir legen die so hin, dass es so aussieht, als würden sie da hingehören. Auf jetzt."

„Ist gut, Hinnerk."

Ach, dachten Kalle und Isabell gleichzeitig. Dann war nichts mehr zu hören. Sie warteten noch ein paar Minuten, aber Hinnerk und sein Kumpel schienen wirklich fort zu sein.

„Ich komme an die Decke, die lässt sich anheben", sagte Kalle kurze Zeit später. „Ein Glück, dass da kein richtiges

Schloss dran ist, aber das würde wahrscheinlich zu sehr auffallen. Jetzt müssen wir uns beeilen, raus hier, schnell, bevor die mit den Brettern wiederkommen. Ich geh zuerst und zieh dich dann raus.“ Er klappte die Holzklappe hoch und nun fiel ein wenig Licht in den unterirdischen Raum.

Isabell schaute sich um. „Oh Gott, Kalle, da liegt was.“

Kalle hatte sich schon hochgestemmt. „Komm jetzt.“

„Da ist was in Plastiktüten verpackt, oh, ich will nachschauen.“

„Gar nichts machst du, bist du verrückt! Du kommst jetzt hoch, los, nimm meine Hand.“

„Aber …“

„Nein, kein Aber. Los jetzt!“

„Ob das Leichen sind?“, fragte Isabell, nachdem sie die Scheune schnell verlassen hatten. Nun standen sie neben Omas Haus in der Dunkelheit. Drinnen schien man ordentlich zu bechern. Man feierte offenbar Hulles Eigenständigkeit mit einigen Litern Wein. Jemand spielte Gitarre, wahrscheinlich war es die alte von Isabells Opa.

„Bestimmt, bestimmt, oh Gott“, wisperte Kalle. „Tote! Tote! Wer ist das wohl?“

„Keine Ahnung. Meine Oma hat also Leichen im Keller“, murmelte Isabell fast ehrfürchtig. „Ob sie davon weiß?“

„Keine Ahnung“, antwortete Kalle. „Aber du fragst sie nicht und sagst auch nichts. Wenn sie es nämlich nicht weiß, kriegt sie vielleicht einen Herzinfarkt.“

„Das stimmt“, sagte Isabell. „Schau, da kommen Hinnerk und der andere mit den Brettern. Ah, das ist einer von den Fischköppen, klar, wer auch sonst. Jetzt ist mir auch klar, warum Hinnerk in der Scheune gestanden hat und nicht wollte, dass wir dort sind."

„Und der Hund hat den Hut gefunden. Vielleicht gehörte der Hut einem von denen! Wo ist der Hut denn?", fragte Kalle.

„Der liegt noch in der Scheune."

„Den holen wir." Kalle war aufgeregt.

„Wozu?"

„Ich finde es besser, ihn zu haben. Vielleicht ist es ein wichtiges Beweisstück", sagte Kalle dramatisch. „Komm, lass uns reingehen zu den anderen. Ich kann einen Schluck gebrauchen."

„Vielleicht sollten wir Ulf Winkelbach auf die Zwölf hauen und ihn zu den beiden anderen in den Keller legen", sagte Isabell. „Dann wären wir dieses Arschloch endlich los. Mir geht es auf den Sack, wie er hier herumspaziert."

„Er ist doch gar nicht mehr oft da und irgendwann wird er ganz wegbleiben. Die sind doch hier jetzt alle auf die neuen Wellness-Kurse angesprungen, keiner will verkaufen, nein, nein, die wollen was vom großen Kuchen abhaben." Kalle war sich ganz sicher.

„Meinst du?"

„Garantiert. Kein Seesteiner verlässt jetzt das Dorf. Die sind doch viel zu neugierig, was als Nächstes passiert. Wenn man erst mal aus der Lethargie erwacht ist, gibt es kein Zurück mehr, weil man merkt, was man so alles verpasst hat."

„Seit wann bist du denn so weise?", staunte Isabell. So kannte sie ihren besten Freund gar nicht.

„Ach, mir geht es ja ähnlich. Ich hab das Gefühl, endlich mal was zu bewegen, seitdem wir hier bei deiner Oma sind.

Es ist so, als hätte ich irgendwie was richtig gemacht, als hätte ich einen neuen Sinn in meinem Leben."

Isabell nickte eifrig. „Geht mir irgendwie ähnlich. Aber …"

„Sag mal, glücklich wirkst du nicht. Ist was?"

„Nein, nicht wirklich. Ich bin nur ein bisschen depressiv. Vielleicht komme ich in die Wechseljahre."

„Hä? Du bist Anfang dreißig. Das wäre ja ein medizinisches Wunder. Hallo? Freu dich doch mal, dass alles so gut läuft!"

„Tu ich ja."

„Welche Laus ist dir denn über die Leber gelaufen?"

„Dass wir hier sind und alles so toll funktioniert, macht mich wirklich froh. Trotzdem muss ich immer öfter daran denken, wie schön es wäre, einen Mann an meiner Seite zu haben. Aber ich werde garantiert nie einen finden …"

„Geht das wieder los. Wenn du wie das lebende Elend herumläufst, ganz sicher nicht."

„Ach, lass mich doch in Ruhe."

„Zicke."

„Selber Zicke." Beleidigt streckte Isabell Kalle die Zunge raus.

„Aus dir soll man schlau werden."

„Musst du ja gar nicht. Ich geh jetzt rein", schnaubte Isabell und machte auf dem Absatz kehrt.

Als sie ins Haus kamen, spielte Stephan Hellberg Gitarre und der Rest der Meute tanzte ungelenk dazu. Kalle fing ebenfalls an, herumzuhüpfen, und da kam Matthias und forderte Isabell mit einer Verbeugung auf, aber die schüttelte den Kopf, weil klar war, dass Matthias ja eigentlich mit Kalle tanzen wollte, was er dann auch tat.

Und mit Stephan konnte sie nicht tanzen, der spielte ja Gitarre. Da kam Oma und wirbelte sie im Kreis.

So weit ist es also schon mit mir gekommen, dachte Isabell. *Weil ich keinen Mann abkriege, muss ich mit meiner Großmutter tanzen.*

Später googelte Isabell noch einmal nach den verschwundenen Männern, aber es war nichts Brauchbares zu finden. Auf keinen Fall durfte Oma erfahren, dass in ihrem Keller eingepackte Leichen lagen, nicht auszudenken!

Sie schlief ein und träumte von Leichen, die sich plötzlich bewegten und sie schüttelten und riefen, sie solle aufstehen … „Isabell!"

Sie schoss hoch. „Kalle! Verdammt, was ist denn?"

„Was ist, willst du wissen? Wie tief schläfst du eigentlich? Hörst du das Telefon nicht und die Leute unten?"

„Nein, hab ich nicht mitgekriegt, also, was ist?"

Da stand nun auch Hulle. Er trug wie Kalle ein Nachthemd und eine Schlafmütze, die beiden sahen aus wie Gespenster.

„Edith hat doch gestern mit dem von der Zeitung und dem vom Radio gesprochen."

„Ja, und?" Isabell setzte sich auf und rieb ihre Augen. Wie spät war es wohl?

Hulle warf ihr eine Zeitung zu. „Lies!"

Isabell las: „Zusammen stark sein – wir machen es vor! Oma Edith und ihr Team helfen gestressten Menschen mit ihrem Credo ‚Des Lebens ganze Härte'!"

Ein Foto von Edith war zu sehen, wie sie vor dem Haus stand und Boxbewegungen machte. Der Fotograf hatte in dem Moment abgedrückt, als sie in die Luft gesprungen war.

Es folgte ein langer Text, in dem stand, wie wichtig Zusammenhalt sei und seine Wut rauszulassen und schreien und schwimmen und gemeinsam kochen. Seestein wurde von Oma in den höchsten Tönen als Wellness-Oase der Superlative beschrieben und als Bullerbü von Schleswig-Holstein. Fotos vom „Kronenstübchen“, der Schlachterei, der Bäckerei, den Wiesen und den Pferden waren gedruckt und natürlich der Strand.

„Das ist erst der Anfang“, stand da. „Seestein ist das ideale Fleckchen Erde, um sich selbst wieder geraderücken zu lassen. Mit außergewöhnlichen Methoden, die auf der Lebenserfahrung von Edith basieren. Edith, ihr Team und ganz Seestein freuen sich auf das, was kommt.“

Dann stand da Omas Telefonnummer und Hulles Mail-Adresse.

„Ich …“, fing Isabell an, aber da platzte Maggie plötzlich ins Zimmer.

„Gerade ist ein Beitrag über uns im Radio gelaufen“, keuchte sie außer Atem. „Himmel, was hat deine Oma denen denn erzählt? Die sagen was von hochprofessioneller Betreuung und wunderbar ausgestatteten Zimmern. Hallo, wir wohnen in der Scheune! Die tun da so, als sei das hier ein Zehn-Sterne-Tempel. Und unten klingelt in einer Tour das Telefon. Deine Oma gibt lauter Interviews.“

„Was?“

„Ja. Sämtliche Zeitungen und Radiostationen sind dran und Leute wollen sich anmelden für die nächsten Seminare.“

„Welche nächsten Seminare?“, fragte Isabell verzweifelt.

„Da musst du deine Oma fragen. Sie sitzt da mit einem Terminplaner und vergibt gerade Termine für nächstes Jahr, weil dieses schon ausgebucht ist.“

„Was? Wir haben Mai!“ Isabell wurde schwindelig.

„Vielleicht solltest du mal aufstehen und runterkommen. Der halbe Ort sitzt in der Küche und plant alles Mögliche. Und Matthias Hellberg ist auch schon wieder da. Deine Oma hat ihn gefragt, ob er nicht mitarbeiten möchte.“

„Werde ich auch mal gefragt?“ Isabell schleuderte die Decke zur Seite. Jetzt hörte sie von unten das Stimmengewirr und das Telefonklingeln.

Hulle tippte auf seinem Smartphone herum. „Himmel, so viele Mails mit Buchungsanfragen, ich muss mich gleich mal an die Arbeit machen, das muss ja koordiniert werden.“

„Ich gehe schnell duschen“, sagte Isabell. „Dann komm ich runter.“

„Ja, da steht euch der Mund offen.“ Edith holte einen Streuselkuchen aus dem Ofen. „Hab ich in der Früh um fünf schon gebacken. Die faulen Zeiten sind vorbei. Jetzt brauchen wir alle was zur Stärkung. Es muss bitte mal jemand die Tiere füttern, ich kann nicht alles machen.“

„Selbstverständlich, Frau Edith, ich gehe sofort in den Stall“, sagte Kalle. „Ich muss ja auch nach meinem kleinen Adoptivsohn schauen. Hilft mir jemand?“

Elli stand auf. „Ich komme mit. Ich will es üben.“ Sie war stolz.

„Oh, das nenne ich Courage!“ Oma freute sich. „Fangen Sie erst mal langsam an und dann sieht man weiter. Pferd und Hase haben Sie ja schon hingekriegt.“

„Wie man es nimmt“, sagte Elli. „Das Pferd hat meine Frisur ruiniert, und ob der Hasennachlass aus meiner Hose geht, ist eine weitere Frage, die noch geklärt werden muss.“

„Ach papperlapapp, das geht alles raus. Füttert mal zusammen die Hühner." Oma nickte ihnen zu.

„Die wackeln immer so komisch mit dem Kopf und sind so aggressiv, wenn sie Hunger haben", sagte Elli. „Also, ich würde lieber die Kühe ... die sehen so gütig aus ..."

„Nein, die Hühner. Die tun nichts."

Kalle und Elli verschwanden und Elli wirkte, als würde sie schon wieder alles bereuen.

„Walter plant gerade das Streichen und Herrichten der Zimmer", sagte Julchen aufgeregt. „Wir waren ja alle so groß in der Zeitung. Das ist richtig aufregend. Jetzt haben wir unendlich viele Reservierungen, alle wollen herkommen nach Seestein, so was Schönes!"

Hanni war auch da. „Ich muss gleich wieder weg und backen, Burnoutteilchen und so, das wird ein Renner, habt ihr im Radio gehört, wie die über meinen Laden gesprochen haben? So was Wundervolles."

Viele Dorfbewohner waren da und redeten durcheinander und alle fanden es ganz wunderbar, dass hier plötzlich was los war.

„Oma, was hast du dir denn dabei gedacht?" Isabell war ganz verzweifelt. Alles schien aus dem Ruder zu laufen.

„Was ich mir dabei gedacht habe, Klößchen? Na, ich dachte, dass es das Beste ist, was man machen kann."

„Was?"

„Schau dir doch mal deine Truppe an", sagte Oma leise. „Wie sie zusammenstehen und lachen und sich freuen und wie sie mitplanen, und Maggie und Bernie streiten sich gar nicht mehr. Elli füttert die Tiere, das hätte sie vor ein paar

Tagen auch nicht gemacht, und siehst du ein einziges frustriertes Gesicht?"

Nein, musste Isabell zugeben. Alle hatten gute Laune, durchs ganze Haus schien ein frischer Wind zu wehen. Allein wie Hulle dastand. Selbstsicher und mit geradem Rücken erklärte und erzählte er und lachte über Witzchen, die Stephan Hellberg machte. Oh, er war auch schon wieder da. Warum wohl? Sie musste unbedingt versuchen, ihn mal in einer ruhigen Minute alleine zu erwischen. Und dann? Was sollte sie dann sagen? „Hallo, ich habe mich, glaube ich, in Sie verliebt"? So ein Unfug.

Oma hatte recht. Letztendlich, wenn man es mal zusammenzählte, waren insgesamt eigentlich nur Stunden vergangen, und alles war irgendwie anders. Aber schön anders. Das musste man sagen.

„Ich habe einen Vorschlag zu machen." Oma klatschte in die Hände. „Hanni, du fährst in den Laden und holst Brötchen für alle, dann wird hier gemeinsam gefrühstückt und gemeinsam werden Pläne geschmiedet."

„Ja, gemeinsam, gemeinsam!", riefen alle.

„So soll es sein", sagte Oma fröhlich und Hanni nickte und radelte davon, so schnell wie nie.

„Also Sarah, ich muss sagen, du siehst großartig aus." Oma Edith war wie alle anderen von den Socken. Kalle hatte ganze Arbeit geleistet und war sehr stolz auf sein Werk. Sarah trug eine Jeans und ein schlichtes T-Shirt („Es ist das einzige ohne Aufdruck, das ich habe"), ihre Haare hatte Kalle ein Stück gekürzt und stufig geschnitten und auch ein paar Strähnchen eingearbeitet.

„Ja, da staunt ihr", sagte er. „Ich habe lange nicht mehr

als Friseur gearbeitet, aber ich kann es noch, wie man sieht. Sieht sie nicht großartig aus?"

„Absolut." Isabell nickte. „Ich wusste gar nicht, dass du auch Friseur bist."

„Doch, bin ich. Schon lange. Die Bandscheibe hat mir irgendwann Probleme bereitet, deswegen habe ich nur noch Kosmetik gemacht. Aber so langsam bekomme ich wieder Lust. Gerade wenn man so ein tolles Ergebnis wie das von Sarah sieht."

„Das Gesamtergebnis ist großartig", sagte Isabell und alle nickten. Wo früher eine zentimeterdicke Schicht Make-up und Puder war, hatte Kalle nur noch eine leicht getönte Tagescreme aufgetragen. Die Augenbrauen hatte er in eine schöne Form gezupft, ein wenig goldener Lidschatten, Eyeliner und Wimperntusche, ein Hauch Rouge und roséfarbenes Lipgloss – mehr brauchte es nicht, um Sarah wirklich so richtig gut aussehen zu lassen.

„Wie ein Model", sagte Isabell gar nicht neidisch. Sie freute sich wirklich für Sarah.

„Kannst du mir auch die Haare machen, Kalle?", fragte Elli.

„Klar. Gern. Das muss ja auch dringend erledigt werden." Kalle war ganz in seinem Element.

„Kaffeepause", rief Oma. „Wir müssen auch den Anrufbeantworter abhören wegen der neuen Reservierungen."

„Oma, du wirst ja noch eine richtige Geschäftsfrau." Isabell war erstaunt.

„Ich war schon immer selbständig und habe mein eigenes Geld verdient. Auch als ich mit Opa zusammenkam. Ich hatte immer mein eigenes Konto, auch wenn das unüblich war zu diesen Zeiten." Sie nickte. „Ich bin selbstständiger als so manche Hausfrau heute, die denkt, bloß weil sie geheiratet und zwei Kinder bekommen hat, kann sie sich zurücklehnen und meckern und sich alles vor den Hintern tragen lassen. Es weiß ja wohl jeder, dass es seit einigen Jahren ein neues Ehegattenunterhaltsgesetz gibt."

„Also, ich weiß das nicht", sagte Maggie. „Was ist das?"

„Das Motto ‚Einmal Arztfrau, immer Arztfrau' ist seitdem Vergangenheit", erklärte Oma. „Die Rechtsprechung sagt …"

„… dass jeder für sich selbst zu sorgen hat", vervollständigte Bernward ihren Satz. „Im Großen und Ganzen stimmt das. Kindesunterhalt gibt es natürlich weiter, aber die Ehefrau muss arbeiten gehen, sobald das jüngste Kind ein bestimmtes Alter erreicht hat."

„Und wenn man keine Kinder hat?", fragte Maggie.

„Aus die Maus", sagte Bernward. „Wieso, willst du dich scheiden lassen?"

Maggie wurde rot. „Ähm …"

„Ach", sagte Bernward. „Und hast gedacht, dass es alles so weitergeht. Nee. Ich sag dir was, Frauen, die selbst was auf die Beine stellen, sind für Männer im Übrigen viel attraktiver. Kein Mann will eine Frau, die nur zu Hause hockt und meckert und sein Geld ausgibt, ohne dafür auch noch mal Danke zu sagen."

„Mein Mann beachtet mich kaum noch", sagte Maggie. „Er ist ja nie da. Und er wollte damals, dass ich aufhöre zu arbeiten. Ich bin Zahnärztin. Ich habe promoviert. Und direkt danach habe ich aufgehört."

„Bist du bescheuert?", fragte Wolfi. „Das ist doch ein ganz langwieriges Studium, Zahnmedizin."

„Ja, ist es auch. Aber er wollte es so."

„Du machst auf mich gar nicht den Eindruck, als ob du dir von einem Mann was sagen lassen würdest“, sagte Bernward. „Also, nach dem, was ich so alles mitbekommen habe.“

„Sie ist ja mittlerweile bestimmt auch verbittert“, versuchte Gernot eine Erklärung zu finden. „Eine verbitterte ältere Frau.“

„Du bist wirklich charmant“, sagte Kalle.

„Ich werde vierzig. Ich weiß nicht, ob ich schon zum ganz alten Eisen gehöre“, sagte Maggie und nun hatte sie wieder ihre alte keifende Stimme.

„Meckerst du deinen Mann eigentlich oft an?“, wollte Hulle wissen.

„Was geht dich das an?“

„Sag mal.“

„Ja.“ Maggie verschränkte die Arme. „Weil es ja auch ständig was zu meckern gibt.“

„Was denn?“

„Wenn er schon mal zu Hause ist, will er seine Ruhe haben. Wenn er von New York oder so zurückkommt.“

„Schon mal was von Jetlag gehört?“, mischte Bernward sich ein.

„Trotzdem.“

„Hast du einen Grund zu meckern?“, fragte Hulle.

Maggie dachte nach. „Na ja … eigentlich nicht. Ich habe alles. Also materiell. Ich möchte halt nur gern auch mal mit ihm zusammen sein. Aber er sagt, er sei am liebsten allein. Er will nichts mehr mit mir zusammen unternehmen.“

„Was ist mit Urlaub?“

„Getrennt. Ich fahre gern in ein schönes Hotel, er segelt

lieber in der Weltgeschichte herum. Ich werde aber seekrank. Ich glaube … ich glaube … ich glaube …"

„Was glaubst du denn?", fragten alle durcheinander.

„Dass er eine andere hat. Und mich längerfristig loswerden will. Ich stecke aber den Kopf in den Sand und will alles gar nicht wahrhaben. Und ich dachte, dass ich hier lernen kann, mit der Härte des Lebens umzugehen." Sie fing an zu schluchzen.

„Aber deshalb bist du ja auch hier", sagte Isabell. „Wir sind doch eine gute Gemeinschaft, wir werden schauen, was wir tun können, oder?"

„Klar!", riefen alle.

„Bist du denn sicher, dass er dich betrügt?", fragte Elli.

„Eine Frau hat das im Gefühl", sagte Maggie und putzte sich lautstark die Nase. „Ich habe alles für ihn aufgegeben und dann, wenn er sich trennt von mir, stehe ich ohne irgendwas da."

„Du hast doch aber einen Beruf."

„In dem ich nie wirklich gearbeitet habe." Maggie schluchzte. „Mein Mann sagt … er sagt … ich hätte meine besten Jahre hinter mir, ich würde langsam alt werden. Und fett."

„Wir werden alle nicht jünger", sagte Sarah.

„Ach, du bist ja gerade mal Anfang dreißig, da sagt sich so was leicht. Ich bin fast vierzig und damit bin ich quasi tot. Wusstet ihr, dass Frauen über vierzig öfter in Verkehrsunfälle verwickelt werden? Weil man sie einfach nicht mehr wahrnimmt", klagte Maggie.

„Das ist ja wohl das Letzte", rief Oma und schnaubte entrüstet. „Was ist denn das für ein Mann!"

„Meiner eben. Ich bin ein Statussymbol. Seht, mein Schmuck, meine Klamotten, die Tasche. Alles edel, alles teuer. Aber was habe ich letztendlich davon? Er nimmt mich ja gar nicht mehr mit zu Partys, Bällen oder Empfängen. Er sagt, ich könne da nicht mitreden."

„Geht das wieder los. Dieses Reiche-Frauen-Gelaber." Bernward verdrehte die Augen. „Meine Güte. Dann wach auf und tu was."

„Was denn?"

„Wenn du glaubst, dass dein Mann dich betrügt, finde es heraus."

„Wie denn?"

„Schon mal was von Spionieren gehört?"

„Das ist nicht meine Art", sagte Maggie verschnupft.

„Vom Nichtstun wirst du nichts erfahren", erklärte Oma. „Also, wo ist er gerade?"

„Keine Ahnung." Sie dachte nach. „Ich glaube, demnächst ist er in Paris."

„Was macht er da?"

„Sich mit irgendwelchen Geschäftskollegen treffen."

„Im Puff!", johlte Bernward.

„Nun sei doch mal still", wies Isabell ihn zurecht.

„Keine Ahnung, was er da macht. Er erzählt mir nie von seiner Arbeit. Er will … will … will mich nicht mehr."

„Du könntest wieder als Zahnärztin arbeiten", sagte Sandra.

„Arbeit hat noch niemandem geschadet."

„Ja, das sagt unser frischgebackenes Model", kläffte Maggie. „Jetzt hat sie Oberwasser."

„Und recht", sagte Kalle. „Was spricht dagegen? Dann würde dein Mann sehen, dass du eigenes Geld hast und nicht mehr von ihm abhängig bist, und oft ist es doch dann so, dass sie aufhorchen. Wenn sie merken, dass da keine Abhängigkeit mehr besteht."

„Ach, ich weiß nicht." Maggie war durcheinander. „Ich muss mal darüber nachdenken."

„Tu das und unterrichte uns davon. So. Sarah, aus dir haben wir ja richtig was gemacht. Jetzt werden noch Gespräche geübt, immer und immer wieder! Bis es sitzt!" Oma hakte etwas auf einer Liste ab. „Maggie muss erst mal nachdenken, wen haben wir hier noch? Bernward."

„Ich?" Bernward glotzte, als würde Russland vor der Tür stehen.

„Ja. Du bist ja auch aus einem bestimmten Grund hier."

„Weil ich dachte, kurz vor dem Burn-out zu stehen, ja. Aber das hat sich mittlerweile gelegt. Mir geht es schon besser."

„Warum?"

„Wenn man sich hier so umschaut, bekommt man ja automatisch das Gefühl, sehr gesund zu sein, hahaha", lachte Bernward.

„Sehr nett von dir. Sind wir alles Bekloppte hier oder was?", sagte Sarah. „Ich bin's nicht. Das schwör ich dir …"

„Sarah, solche Sätze gibst du nicht mehr von dir!", brüllte Oma. „Damit ist Schluss. Du bist nicht mehr die Currywurst-Tante."

Sarah schwieg.

„Aber es gab doch einen Grund, dass du dich für diesen Kurs hier angemeldet hast", sagte Oma. „Oder?"

Bernward sackte ein wenig in sich zusammen. „Na ja."

„Heraus damit." Isabell war gespannt.

„Die Scheidung, der berufliche Stress, manchmal achtzehn Stunden Arbeit am Tag, das alles hat wohl keinen besonders guten Menschen aus mir gemacht“, gab er zu.

„Deswegen dieser reizende Zynismus“, warf Maggie in die Runde, aber anstatt giftig zu reagieren, nickte Bernward nur. „Ja, Maggie, da hast du wohl leider recht.“ Er räusperte sich und schwieg.

„Und nun?“, fragte Kalle. „War es das? Hast du nicht mehr zu sagen?“

„Doch, also die Sache ist die, dass ich kaum mehr schlafen kann, Zukunftsängste und Versagensängste habe, dass ich keine Freunde mehr habe und auch keine mehr will und dass ich manchmal einfach stundenlang auf dem Sofa sitze und denke: ‚Wofür lebst du eigentlich?‘“

„Das kann ich mir bei dir gar nicht vorstellen“, sagte Sarah fast ehrfürchtig. „Du bist doch so ein großer Kerl und haust hier nur so mit Sprüchen um dich.“

„Ja, das denken alle. Im Job. Privat.“ Er stützte seinen Kopf in beide Hände. „Immer stark sein, immer einen guten Spruch draufhaben, immer die richtige Entscheidung treffen, das ganze Leid und Elend der Welt … Und ich sage euch, ich als Staatsanwalt habe schon viel Leid gesehen. Und Neid. Und Ungerechtigkeit.“

„Damit bist du nicht alleine“, sagte Maggie.

„Lass Bernward bitte ausreden“, tadelte Oma sie. „Er ist jetzt dran.“

„Wisst ihr, wovon ich träume?“, fragte Bernward. „Ich träume von einer heilen Welt. Einem kleinen Häuschen, so wie hier, das schön gemütlich eingerichtet ist, einen Kamin hat und einen Garten. Ich träume von einer Frau, die einfach lieb und nett und gern mit mir zusammen ist. Von mir aus kann sie auch Schwarzwälder Kirschtorte essen, aber keine fünf Stücke auf einmal. Noch lieber wäre mir allerdings, wenn sie den Kuchen selbst backen würde. Und das Brot. Ich wünsche mir einfach nur, glücklich zu sein."

„Das sind große Worte", sagte Oma. „Einfach so glücklich sein. Das ist nicht so einfach. Man muss etwas dafür tun. Diesen Satz sagen Eltern gern zu ihren Kindern: Ich will einfach nur, dass du glücklich bist. Ja, wenn es nur so einfach wäre. Eins kann ich euch allen hier mit auf den Weg geben: Solange ihr nicht bei euch selbst angekommen seid, werdet ihr nicht glücklich sein und euch immer wurzellos fühlen. Das eigene Ich, das Sich-selbst-Liebhaben, darauf kommt es an. Sagt mal, ihr alle … wie geht es euch denn, seitdem ihr hier seid? Ich weiß, es ist noch nicht allzu lange, aber es interessiert mich. Maggie?"

„Na ja …", sagte Maggie. „Direkt nach der Anreise fand ich es furchtbar, aber jetzt … es ist ja schon ein bisschen was passiert und wir haben was erlebt und uns unterhalten, also, ich … mir geht es besser als vorher, ja, ich fühle mich wohl. Erklären kann ich das nicht. Es ist ein gutes Gefühl … ja, einfach gut. Es ist auch, weil ihr alle irgendwie … also, das ist ja nicht normal hier."

„Wie meinst du das denn?", fragte Sarah.

„Ich dachte, es sei alles durchorganisiert hier und so, aber das ist es nicht und ich hab das Gefühl, wir bringen gerade was ins Rollen durch das Interview, das Sie gegeben haben, Frau …"

„Edith. Ich bin nun für euch alle Oma Edith", sagte Oma.

„Oh danke." Maggie hatte Tränen in den Augen. „Meine beiden Omas sind so früh verstorben …"

„Jetzt hast du eine, die lebt", stellte Edith ganz richtig fest und lächelte verschmitzt.

Isabell konnte nur noch staunen. Oma war schon immer agil und fit gewesen und jetzt war sie es auch, aber es war anders. Sie war nicht mehr die gutmütige Omi, die es allen recht machte, sie packte an, sah, wo Not am Mann war, handelte und hatte die Fäden in der Hand. Von Oma konnte man in der Tat noch viel lernen.

„Es ist doch schön, wenn man hier mit einem bestimmten Ziel zusammensitzt, nämlich dem, sein Leben ändern zu wollen. Natürlich will das nicht jeder auf die gleiche Art und Weise, aber letztendlich ist es Glück oder zumindest Zufriedenheit, was man sucht. Gemeinsam ist es viel leichter, solch einem Ziel näher zu kommen", sagte Oma. „Weil man in einem Boot sitzt. Es fängt mit Kleinigkeiten an. Nehmen wir zum Beispiel mal unseren Hulle …"

Der Dorfpolizist wurde rot.

„Jahrelang hat er nicht aufgemuckt, hat im langweiligen Seestein gehockt und gemacht, was Mutti ihm gesagt hat. Als einzige Abwechslung waren da die Gewinnspiele und der Traum, dass irgendwann alles besser würde. Und dann kam meine Enkelin mit Schwuppi und plötzlich kam alles wie von selbst ins Rollen, und nun sitzen wir hier, weil ein Arzt zu mir sagte, ich müsste kürzertreten, weil ich Burn-out habe. Ja, ich habe auch viel falsch gemacht. War immer nur für andere da, nie für mich. Und jetzt, mit euch, in dieser Gruppe, ist es plötzlich alles ganz einfach. Es macht Spaß, etwas für andere zu tun, wenn es einem selbst auch guttut, wenn man schöne Ergebnisse sieht", erklärte Oma. „Überlegt euch mal, dass es, wenn man es genau nimmt, erst einige Stunden her ist, dass ihr hier angekommen seid, und überlegt, was schon alles war. Streiten und

Vertragen, Sticheleien und Einsicht, ihr seid dabei, bereitwillig von euch zu erzählen, und das ist auch gut so. Um letztendlich gemeinsam was zu ändern."

Alle saßen still da und hörten ihr zu. Und sie nickten.

„Das macht mir Freude. Ich tue es zwar für euch, aber auch für mich. Und ich danke dir, Isabell, dass du hergekommen bist und das alles irgendwie ins Laufen gebracht hast. Ganz ehrlich, ich finde, wir machen da gerade was ganz Tolles. Und ich fühle mich so erwachsen. So, als müsse ich meinen Teil dazu beitragen, dass es funktioniert." Oma machte eine kurze Pause. „Ich danke euch allen", sagte sie dann und wirkte dabei rundum zufrieden. „Ach, guckt mal, da ist ja schon Hanni mit den Brötchen!"

17. Kapitel

Hanni stellte die noch warmen Tüten auf den Tisch.

Oma rieb sich die Hände. „Na schaut. Das sieht doch lecker aus. Lasst uns gemeinsam frühstücken und dann gehen wir alle an den Strand."

„Was machen wir da?", wollte Bernward wissen.

„Sage ich dann." Oma machte auf geheimnisvoll. „Kalle und Hulle, ihr bleibt hier und kümmert euch bitte um die Anmeldungen."

Julchen kam hereingeschneit. „Hulle, ob du uns beim Streichen helfen kannst. Alleine dauert das und …"

„Nein, Julchen, da gehst du bitte zum Edgar, der ist Malermeister und der soll das machen."

„Aber der kostet doch Geld."

„Hulle wird hier gebraucht."

„Bezahlst du ihn überhaupt für die Arbeit, Edith?"

„Das letzte Wort ist nicht gesprochen und das entwickelt sich doch alles sehr gut. Warum sollte ich Hulle da nicht bezahlen, Julchen? Also, du hast gehört, was ich gesagt habe."

Julchen verschwand türenknallend.

„So macht man das, immer schön hart bleiben und sich nicht bequatschen lassen", triumphierte Oma.

„Aber Edith, ich nehm doch von dir kein Geld", sagte Hulle.

„Man wird sehen, wie das hier alles weitergeht. Reicht mir mal bitte jemand den Honig? Danke."

Maggie, Elli, Wolfgang, Bernward, Sarah und Gernot standen mit hochgekrempelten Hosenbeinen im kalten Ostseewasser.

„Was empfindet ihr?“, fragte Oma, die im Badeanzug danebenstand. Ein paar Hühner waren auch mitgekommen und liefen gackernd herum.

„Ist das jetzt eine Kneipp-Kur?“, fragte Maggie. „So alt sind wir nun auch noch nicht. Es ist ganz schön kalt.“

„Also, diese Hühner missfallen mir“, sagte Elli. „Dieses Kopfwackeln, das hat mir beim Füttern schon nicht behagt.“

„Ihre Oma ist wirklich ein Original.“ Stephan Hellberg war mitgekommen und das machte Isabell sehr froh. Endlich war sie mal halbwegs alleine mit ihm. Die anderen standen ja im Wasser, sie und er am Strand, und Oma sprang irgendwo zwischen den Hühnern herum.

„Ja, das ist sie. Sie war schon immer so, aber gerade wächst sie über sich selbst hinaus. Unglaublich, aber toll. Mich freut es sehr. Ich hatte mir nämlich wirklich Sorgen um sie gemacht.“

„Ich glaube, Ihre Oma ist sehr zäh. Die haut so leicht nichts um.“

„Ich hoffe, ich werde mal so wie sie.“

„Da haben Sie ja noch ein bisschen Zeit. Was machen die denn da?“

„Ich habe keine Ahnung.“ Sie sahen zum Wasser. Oma befahl: „Schreit euch an. Brüllt euch Dinge ins Gesicht, die ihr sonst nie sagen würdet! Los! Lasst es raus, lasst es raus!“

„Wo hat sie das denn gelesen?“, fragte Stephan Hellberg amüsiert. „Wobei es manchmal wirklich gut ist, alles herauszulassen.“

„Hm."

Sie schwiegen.

„Wollen Sie schreien?", fragte Stephan.

„Nein danke." Warum brachte sie es nicht fertig, das Gespräch in die gewünschte Richtung zu schieben? War sie denn für alles zu blöd? Und das fehlte noch, dass sie vor Stephan anfing zu schreien.

„Wie gesagt, es hilft manchmal", sagte Stephan, während die sechs Kursteilnehmer verbal von Oma durch die Ostsee gepeitscht wurden. Elli strauchelte gerade und fiel hintenüber.

„Schrei Arschloch, Elli, schrei es, los!", brüllte Oma.

„Es ist nicht meine Art, herumzukreischen", sagte Isabell.

„Afteröffnung", schrie Elli.

„Arschloch!", brüllten die anderen.

„Sind Sie immer noch so traurig, weil Sie keinen Partner haben?", fragte Stephan Hellberg unverblümt und Isabell blieb kurz die Luft weg.

„Nein … alles gut. Mir geht es prima. Ich habe hier zu tun, werde gebraucht und meine Oma ist auch fit. Es ist alles in Ordnung."

„Das glaube ich Ihnen nicht."

Isabell drehte sich zu ihm um. „Was glauben Sie dann?" Ihr Herz klopfte so stark, dass sie am liebsten gegen ihre Brust geschlagen hätte, damit es aufhörte.

„Ich glaube, dass Ihnen die Liebe fehlt", sagte Stephan, kam näher und legte den Arm um ihre Schultern.

Oh mein Gott, dachte Isabell. *Endlich!*

„Vielleicht haben Sie recht", sagte sie. „Nein, ganz bestimmt sogar." Sie war schon wieder durcheinander.

„Wollen wir uns eigentlich nicht mal duzen?“, fragte Hellberg leise.

„Natürlich“, antwortete sie und schloss glücklich die Augen. *Stephan …*

„Mit der Liebe ist es so eine Sache“, sagte Stephan. „Manchmal dauert es einfach eine Zeit, bis man merkt, dass sie direkt vor einem steht. Weißt du, was ich meine?“

„Aber ja.“ Sie öffnete die Augen wieder und sah ihn an. Er kam näher und fuhr ihr mit dem Zeigefinger über die Wange.

„Oh, Stephan“, sagte sie und kam noch näher.

„Halt bitte kurz still“, sagte er. „Da ist ein Insekt auf deiner Wange. So …“, er schnippte es weg. „Erledigt.“ Er drehte sich zu den anderen um. Im Wasser hatte mittlerweile ein Tumult begonnen, alle brüllten durcheinander. Elli am lautesten: „Ihr beschissenen Arschlöcher!“, brüllte sie.

„Ich glaube, das will ich mir mal von Nahem ansehen“, sagte Stephan. „Kommst du mit?“

Und Isabell stand da und nickte und verstand gar nichts mehr.

„Ach, hat das gutgetan“, sagte Elli nun zum tausendsten Mal. „Arschloch, Arschloch, Arschloch. Drecksau, Mistsack, Schweinepriester, mieses, mieses … Dreifacharschloch. Oh, ist das herrlich.“ Sie hatten sich in Badetücher gewickelt und waren auf dem Weg nach Hause. „So befreit habe ich mich noch nie gefühlt.“

„Siehst du“, sagte Oma. „Ich glaube, alle fühlen sich gut.“

„So ein Gezeter habe ich lange nicht gehört. Mir hat es selbst Spaß gemacht.“

„Wolfgang, ich habe es natürlich nicht persönlich gemeint, dass ich dich als dummes, unmännliches, ungelenkes Puddinggesicht und so bezeichnet habe“, sagte Bernward.

„Natürlich hast du das persönlich gemeint“, sagte Wolfgang. „Und ich will dir was sagen, du hast ja auch recht. Mit allem, was du gesagt hast. Ich bin unmännlich. Allein meine Sprache. Wie hast du sie bezeichnet? Als dämliches Öko-Gelaber. Das wird sich ab sofort ändern. Ich werde Sport machen, ich werde anders sprechen, und, das sage ich hier und heute: Ich will ein richtiger Mann werden. Wie es dann mit der Schule weitergeht, weiß ich jetzt auch noch nicht. Das wird man sehen. Ich hätte nie gedacht, dass ein paar Stunden mit euch so viel bewirken können. JAAAAAAAAAAA!“, schrie er.

„Sehr gut“, sagte Oma. „Einen Schritt nach dem anderen. So soll es sein. Und jetzt gibt's einen guten Grog. Mal schauen, was es Neues zu Hause gibt. Ich höre das Telefon ja bis hierhin klingeln.“

„Ihr glaubt es nicht.“ Kalle und Hulle waren völlig aus dem Häuschen. „Also, wenn es nach den Anrufern und Reservierungen geht, sind wir das komplette nächste Jahr ausgebucht.“ Sie klatschten sich ab. „Ha! Wir sind klasse! Wir haben komplette Pläne erstellt. Edith“, sagte Hulle. „Das halbe Dorf war hier und wir haben über alles Mögliche diskutiert, um alles auszubauen.“

„Aha“, sagte Oma und holte die Rumflasche. „Was denn bitte?“

„Also, Hanni erweitert ihr komplettes Sortiment mit Therapiementkeksen und Depressionswasweißich. Dann war Grethel aus der Schlachterei hier.“

„Was wollte sie?"

„Sie hat sich mit Paul und Hanni überlegt, dass man doch einen kleinen Wochenmarkt in Seestein veranstalten könnte. Brot, Brötchen, Kuchen, Wurst, Fleisch, alles bio. Darauf stehen die Leute. Und einen Streichelzoo für die Kinder, jeder hat doch Tiere im Stall."

„Wir bieten doch gar nichts für Kinder an", warf Isabell verwundert ein.

„Noch nicht, noch nicht", sagte Hulle. „Aber da kennst du uns schlecht. Wir planen die Zukunft von Seestein. Julchen und Walther haben den Maler geholt, jetzt gerade werden die Zimmer gestrichen. Und viele Seesteiner wohnen ja nur noch im Erdgeschoss und oben aus den Zimmern könnte man Ferienwohnungen machen ..."

„Das wollte doch dieser Winkelbach", sagte Isabell. „War der etwa noch mal da? Hat den jemand noch mal gesehen?"

Alle schüttelten den Kopf.

„Wollen wir nicht erst mal klein anfangen, ich meine, noch ist ja nicht mal dieser Kurs hier rum", sagte Isabell vorsichtig, hatte aber nicht mit Hulle und Kalle gerechnet. „Wir bieten Wellness für Familien an, dann können die Kinder reiten, Pferde gibt's hier wohl genug. Und überhaupt, sei doch nicht so negativ", sagte Hulle sauer. „Wir haben hier so viel Arbeit und machen und tun."

„Das ist ja auch total toll", sagte Isabell. „Es war eben nur anders geplant."

Aus der Scheune kam ein ohrenbetäubendes Gekläffe.

„Oh, das ist Bosko", sagte Hulle. „Wahrscheinlich hat er sich wieder verlaufen. Dieser Hund macht mich noch wahnsinnig. Also, Tatsache ist, dass hier einiges ins Rollen kommt. Und das ist gut so."

„Wir helfen", sagte Bernward. „Das ist ja wohl klar, oder?"

„Sicher!" „Natürlich!" „Ehrensache!", riefen alle durcheinander.

„Was ist eigentlich los mit dir, Isabell?", fragte Kalle sie kurze Zeit später.

„Nichts."

„Ach Quatsch. Ein Blinder mit Krückstock sieht, dass du nicht gut drauf bist. Hab ich was falsch gemacht? Bist du sauer auf mich?"

Isabell schüttelte vehement den Kopf. „Nein, Quatsch. Es ist alles okay."

„Du siehst traurig aus. Also los, raus damit." Kalle ließ nicht locker.

„Es ist wirklich nichts. Es ist nur so, dass ich wohl kein Glück habe, was Männer betrifft."

„Frag mich mal!"

„Haha. Er schaut dich doch die ganze Zeit an. Du musst nur den ersten Schritt tun."

„Wer?" Kalle sah aus wie ein Fragezeichen.

„Stell dich doch nicht so blöd!"

„Ich weiß wirklich nicht, was du meinst. Er schaut mich gar nicht an."

„Ist ja auch egal."

„Isabell, jetzt sag doch mal … jetzt geh doch nicht weg. Hör mal auf jetzt. Meine Güte, bist du bockig."

„Dann bin ich eben bockig. Kannst du nicht aufhören zu bohren? Lass mich doch einfach mal in Ruhe."

Sie ging raus und in die Scheune, wo Bosko immer noch unerträglich kläffte. Da kam er ihr entgegen und hatte tatsächlich wieder diesen Hut im Maul. Den hatten sie doch aus der Scheune holen wollen.

„Gib her, Bosko." Er knurrte. „Bosko, gib mir den Hut."

„Nein, er gibt ihn mir." Isabell erschrak und fuhr herum. Da stand Hinnerk und schaute finster aus.

„Was willst du mit dem Hut?", fragte sie.

„Geht dich nichts an", sagte Hinnerk.

„Das ist immer noch Omas Scheune."

„Geht dich trotzdem nichts an. Und noch was."

„Was?"

„Du weißt genau, was ich meine. Sorg dafür, dass auch dein kleiner Freund seine Klappe hält."

„Was meinst du?"

Hinnerk sah sie durchdringend an, riss Bosko den Hut aus dem Maul und verschwand so leise, wie er gekommen war.

Abends saßen sie wieder im „Kronenstübchen".

„Julchen, bring bitte Bier für alle!", rief Kalle. Mittlerweile waren alle per Du. Das halbe Dorf war hier, denn ein neuer Wind ging durch Seestein. Als sei es aus seinem Dornröschenschlaf erwacht.

„Ist das lustig", sagte Maggie. „Eine schöne Gemeinschaft ist das hier."

„Finde ich auch, das schwör … das ist großartig", sagte Sarah.

„Ich fühle mich geborgen", freute sich Wolfi.

Gernot nickte eifrig. „Wie in einer Familie."

„Genau", stimmte Elli strahlend zu.

„Nun fangt ihr vor Freude bald noch an zu heulen oder was“, stichelte Bernward. „Lasst uns lieber die nächsten Schritte überlegen. Kalle, ich bin handwerklich sehr begabt, wir werden uns morgen mal die restlichen Räume der Scheune anschauen, da habe ich bestimmt viele Ideen! Und überhaupt, ich werde länger bleiben. Ich werde so lange bleiben, wie ich gebraucht werde.“

Er war völlig außer sich.

Alle redeten durcheinander, Kalle und Hulle hatten vor Eifer ganz rote Köpfe. Nur Isabell saß da und kam sich irgendwie verloren vor.

Kurz hatte sie Blickkontakt mit Matthias Hellberg, der wandte sich aber sofort wieder Kalle zu – und Kalle merkte gar nichts, weil er Stephan Hellberg zuhörte, der ihm lang und breit erzählte, wie gut sich der kleine Horst machte. Kalle hatte sich wirklich perfekt integriert und würde hier zweifellos sein Glück finden.

Das Leben war wirklich hart und ungerecht.

„Isabell!“ Sie schaute auf. Oma stand vor ihr. „Komm mal mit bitte.“

„Ist was passiert?“, fragte Isabell. „Ich meine, weil du mich nicht Klößchen nennst.“

„Was ist eigentlich los mit dir? Du bist kein Klößchen, du bist der reinste Trauerkloß, der hier herumsitzt, als gäbe es kein Morgen mehr. Musst du mir was sagen? Ist irgendwas passiert?“

„Nein, es ist nur … alle sind so fröhlich und ich … fühle mich irgendwie, als würde ich nicht dazugehören.“

Sie verließen das „Kronenstübchen“ und setzten sich draußen auf die Bank, die am Eingang stand. Von drinnen klang Gelächter.

Oma nahm ihre Hand. „Durch dich, mein Kind, ist doch erst alles ins Rollen gekommen. Wenn du nicht beschlossen hättest, zu mir nach Seestein zu kommen und mich zu unterstützen, wären wir heute nicht da, wo wir sind."

„Trotzdem."

„Und sieh mal, was in den letzten Tagen passiert ist. Das ist ja wie damals nach der Maueröffnung! Nein, es ist noch viel schöner! Ich bin so froh über das, was hier gerade passiert. Und ich will meine Enkelin auch froh sehen. Was ist los?"

„Ich werde als alte Jungfer enden", seufzte Isabell und musste die Tränen unterdrücken.

„Ha!", machte Oma. „Das hab ich mir gedacht. Du hast die Augen immer noch zu, mein Kind, und siehst nicht, dass das Glück manchmal sehr nahe ist. Zum Greifen nahe."

„Wie soll ich das verstehen?" Stephan Hellberg hatte ja fast dasselbe gemeint. War sie die Einzige, die nicht verstand, was gerade passierte?

„Schau doch einfach mal genau hin! Und lauf nicht mit einer Leidensmiene rum. Krempel die Ärmel hoch und tu was dafür."

„Wie denn? Wofür?"

„Darauf musst du schon selbst kommen und das wirst du auch", sagte Oma Edith. „Meine Güte, Isabell! Du wärst nicht meine Enkelin, wenn du nicht bald wieder lachen könntest. Ich weiß es! Und nun hinein mit uns, wir werden bei der Planung gebraucht."

Sie saßen bis spät in die Nacht im „Stübchen", zum Schluss stand ein Plan, der sich sehen lassen konnte. Fast alle

Dorfbewohner stellten Zimmer zur Verfügung, der alte Ole würde Reitunterricht geben und Ausritte ans Meer machen, ein Kinderhort würde bei Luise Johannsen eingerichtet werden für Leute, die keine Möglichkeit hatten, ihren Nachwuchs zu Hause zu lassen. Kalle würde ein umfassendes Kosmetik- und Friseurangebot anbieten, Oma wollte Wassergymnastik zu jeder Jahreszeit in der Ostsee machen, Matthias Hellberg hatte angeboten, wöchentlich stundenweise in Seestein Sprechstunde abzuhalten. Eine richtige Wellness-Oase sollte in Seestein entstehen. Alle waren Feuer und Flamme und selbst die Dorfbewohner, die erst gemeckert hatten, was das denn alles solle mit dem neumodischen Burn-out-Kram, waren jetzt hin und weg vor Begeisterung. Sie wurden gefordert und gebraucht.

„Isabell, du übernimmst die Planung der Gruppen. Wir können hier weiterhin sechs Personen in der Scheune aufnehmen und oben im Haus sind auch noch zwei Zimmer unterm Dach, die niemand braucht, die werden hergerichtet und vermietet", sagte Oma.

Dann sah sie auf die Uhr. „Nun bin ich aber hundemüde, meine Güte, es ist halb eins! Wir müssen die Presse noch informieren, ach, das wird ein Spaß!" Sie gähnte. „Lasst uns Schluss machen für heute. Ich muss ins Bett. Und morgen früh um acht Uhr geht's weiter."

„Können wir nicht ausschlafen?", fragte Elli und Maggie nickte. „Oh nein. Ihr habt bezahlt und werdet etwas dafür bekommen", sagte Oma. „Das wäre ja noch schöner. Ausschlafen könnt ihr zu Hause. Wir sehen uns morgen früh um acht Uhr. Gute Nacht."

„Natürlich will dieser unheimliche Kerl nicht, dass wir hier herumschnüffeln, das ist ja wohl klar“, sagte Kalle. Isabell hatte ihm gerade von Hinnerks Besuch erzählt.

Sie waren schon um fünf Uhr wieder aufgestanden, um sich in Ruhe in der Scheune umsehen zu können. Bei den Massen an Gästen, die sich schon angemeldet hatten, würden sie viel mehr Räume brauchen.

Isabell schauderte, als sie an Hinnerk dachte. „Er hat es sehr deutlich gemacht, dass er was dagegen hat, dass irgendjemand überhaupt in der Scheune ist. Und Bosko könnte ja die Leichen riechen!“

„Wenn es überhaupt Leichen sind, jetzt mal bitte den Teufel nicht an die Wand“, flehte Kalle entsetzt. „Wir wissen es doch nicht. Es könnte ja auch sein, dass die da ganz viele Plastiktüten zum Recycling aufbewahren, weil sie an die Umwelt denken oder so.“

„Was redest du denn bloß?“, fragte Isabell. „Deswegen kommt man doch nicht nachts mit Holzbrettern. Aber wir werden dieses Fass nicht aufmachen, jetzt, wo gerade alles so toll anläuft.“

„Du, Isabell, wo wir mal unter uns sind, muss ich mich endlich bei dir bedanken“, sagte Kalle. „Das will ich dir die ganze Zeit schon sagen: Es ist toll, mit dir hier zu sein. Das macht alles so einen Spaß, ehrlich. Ich hatte doch nie wirklich eine Familie. Meine Eltern sind ja früh gestorben, wie du weißt. Ich fühle mich hier wirklich sehr wohl.“

„Das freut mich“, erwiderte Isabell und meinte es auch so. Ihr bester Freund hatte es verdient und sie gönnte es ihm von Herzen. „Aber wenn meine Mutter wüsste, was Oma hier fabriziert … Wahrscheinlich würde sie durchdrehen, weil sie so in Sorge ist, also sage ich ihr gar nichts und sie und Papa sollen schön auf Hawaii bleiben oder wo sie sonst gerade sind.“

„Richtig so, die sollen Edith bloß mal machen lassen.“ Kalle trat durch eine Tür im hinteren Teil der Scheune und sah sich begeistert um. „Ach schau mal, wie schön hell das hier hinten ist. Da kann man doch einen Yoga-Raum draus machen.“ Sie sahen sich um. „Gute Idee“, sagte Isabell. „Yoga wollte ich immer schon mal ausprobieren.“

„Jetzt kommen wir aber erst zu etwas anderem, das mir sehr wichtig ist“, verkündete Kalle. „Los. Wir beide nehmen uns jetzt mal eine Auszeit.“

Nach der Auszeit schaute Isabell in den Spiegel.

„Oh“, staunte sie und drehte den Kopf zur Seite. Kalle hatte ihre Haare mit Conditioner und einem guten Shampoo seidig glänzend gemacht und ihre Naturfarbe mit ein paar goldenen Strähnchen aufgefrischt. Dann war die Rundbürste zum Einsatz gekommen. Isabells Augenbrauen hatte er gezupft und in eine schöne ovale Form gebracht und eine wimpernverlängernde Tusche benutzt sowie einen golden schimmernden Concealer um die Augen aufgetragen. Das dunkelrote, aber sparsam aufgetragene Lipgloss stand ihr ganz ausgezeichnet.

„Jetzt bräuchte ich nur noch was Anständiges zum Anziehen“, sagte Isabell. „Ich habe nur Jeans, schlichte T-Shirts und Pullover eingepackt.“

„Dafür gibt’s ja mich. Ich hab dir was von zu Hause mitgebracht.“ Er holte von irgendwo einen kleinen Koffer hervor. „Hier, bitte. Eine Chino und eine schicke Bluse, deine schöne bunte Kette und die grünen Ohrringe. Zieh dich um.“ Er war zufrieden.

„Oha“, staunte nun er, als Isabell fertig war, und stellte diese wunderbare Frage, die alle Frauen lieben: „Hast du abgenommen?“

Isabell konnte es gar nicht fassen. Die beige Chino, die ihr immer zu eng gewesen war, passte nun wie angegossen. Die Bluse, die sie zwei Nummern zu klein gekauft hatte, weil das ein Ansporn zum Abnehmen sein sollte, saß nun so, wie sie sitzen sollte. Kalle hatte ihr auch die Fingernägel lackiert, etwas, was sie selbst nie fertiggebracht hatte, weil sie immer mit dem Lack gegen die Nagelhaut gekommen war. Sie waren nun gefeilt und rosé. Herrlich.

Sie fiel Kalle um den Hals. „Ich danke dir! So gut habe ich mich schon lange nicht mehr gefühlt.“

„Ach, gern geschehen. Ich glaube, jetzt gehen wir mal ins Haus, oder? Die anderen sitzen bestimmt schon beim Frühstück.“

Leise verließen sie die Scheune durch einen Hinterausgang und gingen zum Haus.

Isabell schloss die Tür auf.

„Ich hol mir noch mal schnell mein Handy von oben, das liegt noch auf dem Nachttisch“, sagte sie.

In ihrem Zimmer setzte sie sich einen Moment ans offene Fenster und schaute hinaus in den jungen Morgen. Es war so schön ruhig. Bis auf … sie beugte sich hinaus. Da war Kalle. Und noch jemand. Ah. Matthias Hellberg. Die beiden unterhielten sich leise vor dem Haus.

Na endlich.

„Die Zeit mit uns war ja die reinste Schönheitskur für dich, Isabell“, rief Bernward, als sie zum Frühstück kam. „Aus der kleinen grauen Maus ist ein Schwan geworden. Aaaah!“ Er streckte sich. „Das war ein Lauf, was, Wolfgang? Zehn Kilometer am Strand entlang. Ich fühle mich wie neugeboren.“

„Na ja, für den Anfang hätten mir hundert Meter gereicht“, japste Wolfgang.

„Was heißt denn hier graue Maus“, sagte Maggie. „Ihr tut ja gerade so, als sei Isabell potthässlich gewesen. Das war sie ja wohl nicht. Kalle hat nur noch das Beste an ihr herausgekitzelt.“

„Danke.“ Isabell hatte zwar panische Angst, die neue Frisur zu ruinieren und dass der Nagellack abblättern könnte – aber bis jetzt hielt alles und sie fühlte sich rundum wohl.

„Hübsch siehst du aus, Klößchen“, sagte Oma. „Hier, nimm etwas Obst.“

„Ich hätte gern ein Brötchen“, erwiderte Isabell.

„Du willst doch hübsch bleiben“, mahnte Oma lächelnd und Isabell fügte sich ihrem Schicksal.

18. Kapitel

„Wir werden uns heute mit der Liebe beschäftigen“, erklärte Oma und schaute in die Runde.

„Aha“, sagte Wolfgang. „Aber wir müssen nicht Sex haben oder so. Darauf bin ich nicht vorbereitet.“

„Doch, sicher haben wir Sex. Mitten auf der Dorfstraße“, sagte Oma. „Wenn schon, denn schon.“

Sarah schaute auf. „Alle miteinander oder darf man sich die Partner aussuchen?“ Sie sah aus, als würde sie am liebsten auf der Stelle anfangen.

„Das war ein Scherz. Nein, mit Liebe meine ich keinen Sex, sondern Gefühle. Die sind beim einen oder anderen wahrscheinlich ein bisschen abhandengekommen.“

Sie klatschte in die Hände. „Alle nach draußen in den Hof.“

„Ich mag dich.“ Elli schaute Wolfgang an. „Ich mag dich sogar sehr gern.“

„Ich dich auch“, hauchte Wolfgang.

„Schau sie an“, befahl Oma. „Ich möchte, dass ihr euch alle anschaut. Jeder sein Gegenüber. Du auch, Klößchen.“

Isabell schaute Stephan Hellberg an, der – natürlich und wie sein Cousin – schon wieder da war.

„Warum seid ihr eigentlich dauernd hier, müsst ihr nicht arbeiten?“, hatte Bernward vorhin gefragt.

„Meine Praxis wird renoviert“, hatte Matthias gesagt. „Und hier kann ich offenbar viel lernen.“ Er hatte gegrinst. „Das ist eine lustige Truppe.“

„Und ich hab ja hier meine Patienten, nicht nur den kleinen Horst“, hatte Stephan gesagt. „Außerdem komme ich gern her.“

Nun lächelte er Isabell an. „Ich mag dich.“

„Ich mag dich auch.“ Isabells Herz klopfte, während Stephan näher kam und ihr sanft über die Wange strich. Bitte, dachte sie. *Lass ihn das nicht machen, weil da ein Insekt ist.*

„Du bist sehr hübsch“, sagte Stephan und alle horchten nun auf und schauten zu ihnen rüber. „Du verdienst es sehr, dass du glücklich wirst. Wirklich.“

„Danke“, flüsterte Isabell.

„Ich habe zu danken. Denn ohne dich wäre ich jetzt nicht verliebt.“

„Oh …“ Isabell stand einfach da und sagte nichts. Wie schön war das denn bitte? War denn das zu glauben?

„Und das ist ganz wunderbar. Isabell, darf ich dir einen Kuss geben?“

Sie war ganz durcheinander. „Äh, ja, sicher, ich, äh, ich, äh, mir geht es ja genauso. Ich bin … oh Stephan, wie schön. Ich freue mich so.“ War das denn wahr?

Er beugte sich nach vorn und küsste sie sanft auf die Stirn. Ein wahrer Gentleman! Höflich, dezent. Was hatte sie anderes erwartet? Nun legte er einen Arm um ihre Schultern und schaute in die Runde. „Dank Isabell bin ich glücklich“, sagte er. „Ich habe lange überlegt, ob ich es überhaupt im großen Kreis sagen soll, aber dann dachte ich, warum nicht. Es ist so, dass ich mich kurz nach meiner ersten Ankunft hier sehr verliebt habe. Und Isabell …“, er schaute sie liebevoll an und sie lächelte glückselig, „ist quasi schuld daran.“

„Hurra!“, rief Bernward.

„Langsam, langsam“, sagte Stephan. „Es ist also so, dass ich verliebt bin – und ich hoffe, dass diese Liebe auf Gegenliebe stößt.“

„Natürlich“, sagte Isabell sehr leise, sie war so durcheinander.

„Du denkst, sie stößt auf Gegenliebe?“, fragte Stephan und sie nickte.

„Du scheinst deinen Freund wirklich gut zu kennen. Dann wollen wir ihn doch mal fragen. Kalle? Hat Isabell recht? Wie sieht es mit dir und deinen Gefühlen für mich aus?“

Isabell stand da wie vom Donner gerührt.

„Oh“, quiekte Sarah.

Und dann passierte alles auf einmal.

„Ich …“, sagte Isabell und war sich nicht sicher, ob sie gleich ohnmächtig werden würde. Letzte Nacht hatte sie doch Kalle noch mit Matthias Hellberg gesehen. Was war denn bitte hier los?

„Klößchen, ist alles in Ordnung?“ Oma stand da. „Du bist ja kalkweiß im Gesicht.“

Kalle kam auch an. „Isabell … oh Himmel! Sie fällt uns gleich um. Stephan, wie konntest du nur!“

„Ich dachte, es sei ein guter Zeitpunkt, um dir mitzuteilen, dass ich mich …“, fing Stephan an.

„Du Idiot“, fauchte Kalle. „Du kapierst wohl gar nichts. Schau sie dir doch an.“

„Oh, oh, oh“, keuchte Isabell nur dauernd.

„Meine arme, arme Freundin. So war das doch nicht geplant."

„Seid ihr jetzt ein Paar?", fragte Hulle Stephan.

„Das weiß ich noch nicht", sagte Stephan. „Ich weiß nur, dass ich offenbar gerade einen großen Fehler gemacht habe."

„Guten Tag." Wie aus dem Boden gestampft stand da plötzlich Ulf Winkelbach vor ihnen, flankiert von zwei ernst aussehenden Männern in grauen Anzügen, die sich als „Stein, Ordnungsamt" und „Münkel, Bauamt" vorstellten.

„Du bist in Kalle verliebt?", fragte Isabell fassungslos.

Stephan nickte.

„Ähem, guten Tag, sagte ich", sagte Ulf Winkelbach.

„Aber das geht doch nicht", sagte Isabell. „Ich dachte, ich dachte, also ehrlich gesagt dachte ich …"

„Dass ich in dich … oh nein, Isabell", sagte Stephan. „Du bist klasse und ich mag dich. Du bist lieb und nett und …"

„Lieb und nett. Schönen Dank auch. Lieb und nett sind immer die dicken Kusinen aus dem Osten, die Gudrun heißen und keinen abkriegen und bei Familienfeiern an den Tisch gesetzt werden, der direkt am Klo ist", sagte Isabell.

„Gegen Sie ist Anzeige erstattet worden", sagte Herr Münkel zu Oma.

„Jetzt nicht, Sie sehen doch, was mit meiner Enkelin los ist", wies Oma ihn zurecht.

„Ich habe doch nicht gesagt, dass du keinen abkriegst, ich rede ja nur von mir. Ich bin nun mal schwul. Kalle, jetzt sag doch auch mal was." Stephan war hilflos.

„Das war vielleicht nicht der großartigste Moment dafür“, sagte Kalle. „Isabell, willst du dich setzen?“

„Nein. Ich falle sowieso gleich tot um. Ich dachte, dass du und Matthias … ich habe euch heute Morgen doch noch draußen gesehen.“

„Ja, da hab ich ihn gefragt, ob ich wohl Stephan gestehen könnte, dass ich … na ja, dass ich ihn gut finde. Um ehrlich zu sein, bin ich total verknallt.“

„Ach“, sagte Isabell. „Er ja offenbar auch.“

„Aber das hier war von mir ja nicht geplant.“

„Auf Ihrem Grundstück befinden sich Gebäude, die ohne Genehmigung gebaut wurden“, sagte Herr Münkel.

„Was?“, fragte Oma. „Die Scheune? Der Schuppen oder was?“

„Auch“, sagte Herr Münkel.

„Mein Leben ist zu Ende“, sagte Isabell.

„Ach, tut mir das leid, Isabell.“ Hulle schien ehrlich bedrückt. „Wenn alle Stricke reißen – ich bin da.“

„Ja, deinen Spargel kann ich dann stechen“, sagte Isabell resigniert.

„Was?“, keckerte Sarah.

„Die Gebäude sind allesamt ohne Genehmigung errichtet worden.“ Der Bauamtsmann tat wichtig. „Es ist Anzeige erstattet worden. Wegen unbefugter Bebauung und …“

„Das war vor dreihundert Jahren“, sagte Oma. „Da gab es noch kein Bauamt und keine Befugnisse. Da hat man sich gegenseitig ein Bier ausgegeben und das war’s dann auch. Wer kommt denn auf so eine Idee?“

Ulf Winkelbach stand da und plusterte sich auf. „Ich.

Schon seit Längerem beobachte ich das Wirken in diesem Dorf. Seitdem Ihre Enkeltochter da ist, steht ja kein Stein mehr auf dem anderen."

„Die ist erst ganz kurz hier", sagte Oma. „Und was geht Sie das eigentlich an, Sie Pimpf?"

„Wollen Sie noch eine Anzeige wegen Beleidigung?", blaffte Winkelbach.

„Nein, aber vielleicht bekomme ich heute noch eine wegen Totschlags im Affekt." Oma regte sich auf.

„Ich bringe mich um", sagte Isabell. „Um, um, um."

„Das ist alles marode und vom Einsturz bedroht, wie das ganze Dorf", sagte der Mann böse. „Wie gut, dass der nette, fürsorgliche Herr Winkelbach sich das mal angeschaut und uns Mitteilung gemacht hat."

„Ja, er hatte schon immer ein gutes Herz, das sieht man ihm an. So ein offenes, sympathisches Gesicht ohne einen gemeinen Zug", knurrte Kalle und Ulf Winkelbach sah ihn an wie eine wütende Bulldogge.

„Das war das eine." Nun meldete sich der andere Mann zu Wort, dieser Herr Stein. „Nun das andere. Uns ist zu Ohren gekommen, dass man plant, hier ein zwielichtiges Etablissement zu eröffnen."

„Wie bitte?" Oma war fassungslos, was nicht allzu oft vorkam.

„Ein Bordell soll hier entstehen."

„Hier? Auf meinem Hof?" Oma lachte. „Wo denn? Im Kuhstall? Bei den Hühnern? Bei den Pferden? Oder in meinem Schlafzimmer?"

„So weit reichen unsere Informationen noch nicht. Jedenfalls …"

„So." Bernward kam näher. „Und nun ist hier Ruhe im

Karton. So einen Schwachsinn habe ich wohl lange nicht gehört. Wer hat denn so was erzählt?"

„Darüber sollen wir Stillschweigen wahren", sagten die beiden Herren und Winkelbach nickte selbstgefällig.

„Wir werden das überprüfen", sagte Bernward. „Und nun bitte ich Sie zu gehen."

„Was maßen Sie sich an?", fragte Herr Stein. „Sie haben hier doch gar nichts zu sagen."

„Wollen Sie es darauf ankommen lassen?" Bernward ballte vorsorglich schon mal die Hände zu Fäusten.

„Sie bedrohen uns?", fragte Winkelbach. „Obacht, sag ich da nur. Mit mir ist nicht gut Kirschen essen, das möchte ich an dieser Stelle deutlich machen. Merken Sie sich das!"

„Wir werden Termine zur Besichtigung der Gebäude vereinbaren müssen", sagte Herr Münkel wichtig. „Und dann umfassende Maßnahmen ergreifen. Tja", er kratzte sich am Kinn. „Ich denke mal, das wird teuer."

„Ein neuer Kiefer ist auch teuer", warf da Hulle ein und alle drehten sich um. Solche Worte war man von ihm einfach nicht gewohnt.

„*Gehen Sie jetzt wech*", knurrte Hulle. „Gehen Sie."

„Aber …" Herr Münkel und Herr Stein blickten Ulf Winkelbach hilflos an.

„*Ge-hen Sie!*"

Und sie drehten sich tatsächlich um und gingen.

„Oha", sagte Oma. „Dieser kleine Mistkerl. Die ganze Zeit ist er fast unsichtbar hier rumgeschlichen. Wir haben ihn ja kaum noch gesehen. Das hätte uns zu denken geben müssen. So einer wie der verschwindet ja nicht einfach. Der hat im Untergrund gearbeitet."

„Wer ist das überhaupt?", fragte Bernward.

„So ein Immobilienfuzzi, der hier alles aufkaufen und umbauen will“, sagte Kalle. „Was machen wir jetzt bloß? Mit diesen Ämtern ist nicht zu spaßen.“

„Wie witzig, ein Bordell in Seestein. Stimmt das?“, fragte Sarah. „Natürlich nicht“, sagte Oma. „Ich hab das mal aus Witz irgendwann im ‚Kronenstübchen‘ gesagt, das muss ihm zu Ohren gekommen sein oder er ist selbst auf diese grandiose Idee gekommen, keine Ahnung.“

„Ich glaub, den einen kenn ich, den vom Ordnungsamt. Von früher“, sagte Maggie.

„Ach, so klein ist die Welt. Woher denn?“, wollte Wolfgang wissen, aber Maggie lächelte nur geheimnisvoll. „Ich kenne ihn eben.“

„Isabell“, sagte Hulle. „Angenommen, wir machen hier wirklich ein Bordell auf, dann könntest du doch da arbeiten und hättest wieder einen Job.“

„Sehr witzig“, erwiderte Isabell tonlos.

„Wieso? Ach so, du denkst, als … nein, natürlich nicht. Aber hinter der Bar“, erklärte Hulle. „Da wird doch auch Personal gebraucht.“

„Lasst mich doch einfach alle in Ruhe“, motzte Isabell.

„Das war doch nicht böse gemeint.“ Hulle klang wieder ganz kleinlaut.

„Manchmal ist es einfach besser, die Klappe zu halten“, warf Kalle ein. „Nicht wahr, Isabell? Ach Isabell, mir tut das so leid. Ich konnte das doch nicht wissen, ganz ehrlich, ich hab es nicht mal geahnt.“

„Mir tut es auch leid“, sagte Stephan. „Aber ich kann ja schlecht heterosexuell werden, das geht einfach nicht. Ich …“

„Ich lege mich ein bisschen hin“, sagte Isabell. „Irgendwie kann ich euch alle gerade nicht ertragen.“

„Soll ich mitkommen?“, fragte Kalle.

„Nein.“ Isabell drehte sich um. „Dich kann ich im Moment am wenigsten ertragen.“

„Jetzt haben wir hier mehrere Probleme auf einmal“, klagte Oma. „Ich muss mich erst mal setzen. Und brauche was zu trinken. Schwuppi, kommen Sie mal bitte mit. Herrje. Unsere schöne Planung! Wenn die von den Ämtern ernst machen, ist alles hin. Ein Bordell! Ich denke, dieses Gerücht kriegt man noch am ehesten aus der Welt. Andererseits, wenn sich das erst mal rumgesprochen hat … man weiß ja, wie die Leute sind. So was bleibt immer haften.“

„Primär muss man sich um die Anzeige des Bauamts sorgen“, sagte Bernward. „Wenn die erst mal mit Umwelt- und Denkmalschutz anfangen, kann das eine endlose Geschichte werden. Und teuer. Da kann ich euch Geschichten vom Gericht erzählen …“

Kalle wurde ganz anders, als er das hörte. Sollten all ihre Träume jetzt wirklich nur wegen diesem blöden Winkelbach zerplatzen? Dass so ein widerlicher Kerl überhaupt Erfolg hatte. Der könnte dringend mal ein Umstyling und eine Verhaltenstherapie in Omas Scheune gebrauchen, dachte Kalle und musste unwillkürlich grinsen.

„Lasst uns mal in die Küche gehen“, schlug Oma vor. Dort holte sie Gläser und Wein. „Ja, ich weiß, dass es noch hell ist, das ist mir jetzt gerade egal. Es ist so schön, dass hier alles, das ganze Dorf, in so einem Aufschwung ist, und nun kommen die hohen Herren aus Flensburg, weil dieser Winkelbach hier den großen Reibach machen will.“

„Was können wir denn tun?“, fragte Gernot. „Ich kann ja jetzt schießen, ich könnte …“

„Hör bloß damit auf, wir kommen noch alle ins Gefängnis“, rief Elli. „Das fehlt noch.“

„Aber irgendwas müssen wir doch tun“, jammerte Gernot.

Das Telefon klingelte. Oma ging ran und winkte Kalle herbei. Sie hielt den Hörer so, dass er dem Gespräch lauschen konnte. Es war Grethel. „Hömma“, keuchte sie. „Da war’n so Leute vom Amt hier und die sagen, wir können den Laden nicht mehr machen, weil alles einsturzgefährdet ist. Die drohen mit Geldbuße, was ist denn da los? Noch nie hat sich jemand Gedanken um unsern Laden gemacht. Der ist so alt wie die Bäckerei von Hanni, also vierhundertnochwas Jahre, und nie kam jemand auf so ’ne Idee. Was hat denn das zu bedeuten? Dieser Schwachkopf war dabei, der uns alles abkaufen wollte.“

„Reg dich nicht auf, wir klären das“, sagte Oma bestimmt.

„Das will ich hoffen! So was, so was. Unsere schönen Pläne“, lamentierte Grethel. „Paul mischt schon neue Bratwurstfüllungen. Mit Bärlauch. Für die Leute. Für den Biomarkt.“

„Das soll er mal weiter machen“, entschied Oma. „Wir kümmern uns um den Rest.“

Sie legte auf und setzte sich zu den anderen. Kalle folgte ihr.

„Dieser verdammte Winkelbach“, schimpfte sie und erzählte kurz von Grethel. „Der will uns alles kaputt machen. Und wir waren doch auf so einem tollen Weg.“

„Und wir alle involviert“, sagte Elli. „Das darf er nicht kaputt machen, das können wir nicht zulassen.“

„Nein“, sagte Oma.

„Nein!“, riefen alle Anwesenden im Chor und Oma schien sehr gerührt, strahlend sah sie sich um. Aber dann runzelte sie plötzlich die Stirn. Und da fiel es Kalle auch auf: Jemand fehlte.

Isabell!

Ohne Isabell würden sie nämlich alle nicht hier sein.

19. Kapitel

„Ach Oma“, schniefte Isabell. „Wie peinlich. Erst erzähle ich ihm, dass ich keinen Sex habe, dann verliebe ich mich und dann denke ich, er hat sich auch verliebt, und dann stellt sich heraus, dass er schwul ist. Ich stand da wie ein Depp, habe mich vor den anderen total blamiert. Es ist so demütigend.“

„Ach Unfug, Klößchen. Es ist doch überhaupt nichts passiert und du hast nicht wie ein Depp dagestanden, im Gegenteil, wunderhübsch hast du ausgesehen. Und Stephan Hellberg ist doch selbst schuld, dass er schwul ist. Außerdem hab ich dir doch gesagt, dass das Glück manchmal direkt vor einem steht und man es trotzdem einfach nicht sieht.“

„Was meinst du denn bloß damit?“ Isabell putzte sich die Nase. Sie war ratlos.

„Das musst du schon selbst herausfinden. Und nun komm und mach jetzt hier bitte kein Drama. Du wärst nicht meine Enkeltochter, wenn du jetzt nicht aufstehst, dir das Gesicht wäschst und runterkommst, damit wir alle gemeinsam beratschlagen können, wie es weitergehen soll.“

„Was soll denn weitergehen? Ich stand so unter Schock, ich habe gar nichts mitbekommen. Was wollte denn dieser Winkelbach mit den beiden Typen?“

„Uns alles nehmen“, rief Oma theatralisch. „So, dass

wir am Hungertuch nagen und von der Hand in den Mund leben müssen. Nichts wollen sie uns lassen, nichts!"

„Oma!"

„Kommst du jetzt oder willst du daran schuld sein, dass ich vor Aufregung Burn-out bekomme?"

Seufzend stand Isabell auf und ging ins Bad, um sich ein wenig frisch zu machen. Oma wartete im Zimmer.

„So gefällt mir mein Klößchen schon viel besser", lobte Edith, als Isabell herauskam, und dann gingen sie gemeinsam hinunter zu den anderen, die am großen Küchentisch saßen und beratschlagten, was zu tun sei.

„Ich kenne ja Leute in den Behörden, ich kann mal schauen, ob ich da was machen kann", sagte Bernward. „Ansonsten hauen wir denen mal gepflegt aufs Maul."

„Also wirklich, Bernward, man muss doch nicht gleich zuhauen", schimpfte Maggie. „Manchmal hilft doch ein gutes Gespräch."

„Ich will dir jetzt was sagen, Maggie", sagte Bernward. „Manchmal hilft es dem Denkvermögen ungemein, einfach mal den Arsch vollzukriegen."

„Ach ja?" Sie sah kampfeslustig aus.

„Ja." Er lächelte sie auf eine bestimmte Art und Weise an, die sie knallrot werden ließ.

„Ich bin auch dafür, sie zu schlagen", tönte Hulle und Kalle nickte eifrig.

„Das ist doch Unfug", unterbrach Stephan Hellberg das kampflustige Gerede. „Nun lasst mal die Kirche im Dorf. Wir können hier nicht mit Selbstjustiz anfangen. Schließlich sind wir keine Wilden."

„Och", sagte Gernot. Aber Wolfgang stimmte ihm zu: „Ich bin auch für eine friedliche Lösung."

„Da muss eine andere Möglichkeit gefunden werden", sagte Stephan. „Sonst schneiden wir uns ins eigene Fleisch."

„Wenn das die Presse mitkriegt, wäre das auch nicht so doll. Also beides nicht", sagte Sarah. „Ich weiß, wovon ich spreche. Als ich damals mit meinem Mann zusammenkam, haben die alle gedacht, ich wäre eine aus dem Rotlichtmilieu, obwohl viele wussten, dass ich in Currywurst gemacht habe. Das war nicht schön. Und wenn so ein Gerücht sich erst mal verbreitet hat, dann bleibt ewig was haften. Ich bin natürlich die Ausnahme. Ich bin jetzt eine knallharte, seriöse, gediegene Geschäftsfrau, die Nein sagen kann, wenn sie es muss." Stolz tätschelte Isabell ihr den Arm. Die Therapie hatte echt was gebracht.

„Also muss schnell gehandelt werden, jedenfalls was die Puffgeschichte angeht", sagte Stephan und grinste im nächsten Moment Kalle an, was Isabell unerträglich fand. Wo war überhaupt Matthias Hellberg? Der hatte wahrscheinlich keine Lust mehr, sich mit Irren zu umgeben, was man ja auch nachvollziehen konnte. Wenigstens hatten die anderen keine blöden Fragen gestellt, als sie sich zu ihnen gesetzt hatte.

Abrupt stand Maggie auf. „Ich muss mal weg", sagte sie.

„Wieso, wohin?", wollten die anderen wissen.

„Meine Güte, muss man hier über jeden Schritt Rechenschaft ablegen?" Maggie verließ die Küche.

„Sag mal, Isabell, ist das jetzt eigentlich sehr schlimm für dich?" Sarah, die neben Isabell saß, streichelte ihre Hand. „Ich meine, das ist ja nicht schön, wenn man sich in einen verguckt und dann feststellt, dass er schwul ist. Und dann noch in den besten Freund verknallt. Arme Isabell, arme, arme Isabell."

Das war Isabell hochgradig unangenehm. „Hör doch auf. Es ist schon in Ordnung. Und ich wünsche mir natürlich, dass Kalle glücklich wird mit Stephan." Sie lächelte zu Kalle hinüber, der lächelte jedoch so schief zurück, als hätte er gerade einen Zahn gezogen bekommen.

„Trotzdem ist es doof für Isabell, weil sie damit ja nicht gerechnet hatte. Vielleicht ist hier noch einer für dich dabei? Wie wäre es denn mit Gernot, Bernward oder Wolfgang?"

„Kannst du bitte aufhören, mich hier anzubieten wie eine Marktfrau ihr Gemüse", motzte Isabell wütend. „Ich werde schon noch einen Mann finden, wenn ich das möchte."

„Hm, wenn du meinst." Sarah schien sich dessen nicht so sicher zu sein. „Oder was ist mit Matthias, der ist doch total lieb. Wo ist er eigentlich?"

„Keine Ahnung", sagte Stephan. „Vorhin war er noch da."

„Das weiß ich auch. Aber dann das ganze Durcheinander mit den Leuten vom Amt", sagte Sarah. „Nun isser wech."

„Wahrscheinlich ist er ein wenig spazieren gegangen. Er erzählte mir mal, dass er das gerne macht", sagte Isabell. „Sollten wir uns nicht lieber Gedanken darum machen, wie es nun weitergehen soll?"

„Das sollten wir wohl", sagte Oma. „Ich weiß nur nicht, wie. Wenn die jetzt anfangen, sämtliche Baugenehmigungen im Dorf unter die Lupe zu nehmen, dann weiß ich auch nicht weiter. Das sind ja alles Gebäude, die jahrhundertelang da stehen. Und jetzt kommen da so Prüfer. Dieser Mistsack von Winkelbach. Dieser Schuft. Unsere schönen Pläne. Und mein Klößchen … wäre dann hiergeblieben bei mir und ich hätte sinnvolle Aufgaben gehabt und ihr alle seid mir ja innerhalb von Stunden so ans Herz gewachsen, so was erlebt man auch nur einmal. Und dann so was! Ich werde noch einen Herzanfall bekommen wegen diesem Unhold."

„Oma, bitte. Wenn du dich aufregst und einen Anfall bekommst, nützt das niemandem was und du machst uns alle unglücklich!" Isabell stand auf, ging zu ihrer Großmutter und umarmte sie.

„Ja, Oma, du musst doch auf dich achtgeben", sagte Bernward und hatte Tränen in den Augen so wie alle, die sie da saßen und an den ganzen Plänen so viel Spaß gehabt hatten.

„Du erschreckst mich zu Tode", sagte Isabell, die auf dem Kosmetikstuhl in der Scheune saß und nachgedacht hatte. „Entschuldige bitte, dass ich an meinen Arbeitsplatz zurückkomme", sagte Kalle ironisch. „Geht es dir denn ein bisschen besser?"

„Mir ging es nie schlecht", antwortete sie schnippisch.

„Haha", machte Kalle. „Jetzt sag mal."

„Können wir uns einfach mit den wichtigen Dingen beschäftigen? Mit Ulf Winkelbach zum Beispiel."

„Können wir. Und wenn wir gerade dabei sind, gerne auch mit den beiden Leichen, die im Keller des Nebenraums liegen. Übrigens hat Hinnerk mit seinem Freund die Planken so dämlich hingelegt, dass jeder Blinde mit Krückstock sieht, dass da was versteckt werden soll."

Isabell schlug sich die Hand vor den Kopf. „Natürlich, du hast recht, die Säcke müssen weg. Wenn die vom Amt hier alles durchsuchen, kommt Oma in Erklärungsnot, weil sie womöglich gar nichts weiß.“

„Wohin mit zwei Toten?“ Kalle war ratlos. „Ins Meer?“

„Ich hab so was auch noch nie gemacht.“

„Was?“, fragte da jemand. „Leichen verschwinden lassen?“

Sie fuhren herum. Da stand Bernward und sah ein bisschen fassungslos aus. „Ich … äh … wollte eigentlich fragen, ob du mir die Haare nachschneiden kannst, Kalle. Jetzt will ich etwas ganz anderes wissen.“

„Öhm, äh, was denn?“

„Das Gespräch eben.“

„Welches Gespräch?“

„Tote ins Meer.“

„Hä? Ach so, hahahaha, lustig. Nein, ich hatte mich mit Isa über meine zukünftige Hochzeitstorte unterhalten“, erwiderte Kalle. „Und gesagt, die Torte wird bestimmt schwer. So war das.“

„So war das nicht“, sagte Bernward. „Hier liegen also zwei Leichen? Wo? Im Nebenraum?“

„Nein.“ Isabell baute sich vor ihm auf und lächelte unschuldig. „Da liegt nichts. Ehrlich nicht.“

„Seit wann liegen die da?“, fragte Bernward.

„Schon seit einiger Zeit“, antwortete da jemand hinter ihnen. Sie drehten sich um und sahen, dass es Hinnerk war. „Und man soll doch die Toten ruhen lassen.“

Eine halbe Stunde später saßen sie da und schwiegen.

„Ja, so war das“, sagte Hinnerk nun. „Die kamen an und haben uns einen Witz an Geld geboten, allen, und haben uns erpresst. Ja, da gab es noch die Schlägerei auf dem Fest, aber darum ging es letztendlich nicht. Es waren ja wie gesagt auch keine Erntehelfer, sie haben hier nur alles ausspioniert. Und dann haben sie angefangen, im Dorf für Unruhe zu sorgen, haben alle gegeneinander aufgebracht. Auf dem Fest ist es dann ganz schlimm geworden. Sie haben uns bedroht und gesagt, sie würden unser Land vergiften und die Tiere töten und, ach, ich weiß das gar nicht mehr alles. Jedenfalls war es damals so, dass wir alle von der Landwirtschaft und den Tieren abhängig waren. Andererseits wollten wir natürlich nicht verkaufen und uns auch nicht erpressen lassen. Da kamen so zwei Schleimscheißer und wollten unser Dorf sozusagen übernehmen für einen Spottpreis, und wenn wir nicht mitmachen, hätten wir bald keine Einkünfte mehr. Was hätten wir denn tun sollen?"

„Dass das nie rausgekommen ist", sagte Isabell fast ehrfürchtig.

„Man hält zusammen, wenn es nötig ist", erklärte Hinnerk.

„Der Hut", sagte Kalle. „Gehörte er einem von denen?"

„Ja, sicher. Ihr kamt da plötzlich an und eine Unruhe war hier in der Scheune. Ich dachte, ich hör und seh nicht recht. Dann seid ihr auch noch hier hinten rein, ich dachte, mein Herz bleibt steh'n."

„Hättet ihr die beiden nicht einfach anzeigen können?", fragte Bernward. „Ich meine, für so was gibt es ja die Polizei und Gerichtsverhandlungen."

Müde winkte Hinnerk ab. „Die hätten überall ihre Handlanger gehabt und wir mussten ein Zeichen setzen. Danach war auch Ruhe im Karton." Er seufzte. „Und das

Schräge: Jetzt geht es von vorn los. Ich hab das mit dem Winkelbach schon mitbekommen. Was ihr nicht wisst: Der will hier Nachforschungen anstellen wegen der verschwundenen Männer. Und wisst ihr auch, warum?“

Er machte eine Kunstpause. „Es handelt sich dabei um seinen Vater und seinen Onkel.“

„Um Himmels willen“, sagte Isabell. „Woher weißt du das?“

„Die hatten damals falsche Namen angegeben, aber wir haben die Pässe an uns genommen, nachdem … nun, sie heißen Winkelbach. Und Ulf Winkelbach will zu Ende bringen, was die angefangen haben.“

Besorgt sah er Isabell an. „Wir müssen überlegen, was wir jetzt tun sollen.“

„Das dürfte wohl klar sein, Hinnerk.“ Auf einmal stand Oma in der Tür.

„Oder, Herr Staatsanwalt? Das sehen Sie doch auch so? Sie haben doch bestimmt Ihre Beziehungen, oder?“

Hinter Bernwards Stirn arbeitete es. „Hm“, machte er.

„Ich weiß, was du denkst“, ertönte Gernots Stimme. „Du überlegst, ob du Irmeli gleich mit um die Ecke bringen lässt. Eine gute Idee, wie ich finde.“

„Unfug“, sagte Bernward. „Und wo kommt ihr eigentlich alle her und was habt ihr mitbekommen?“

„Genug.“ Alle standen da. „Keine Sorge“, sagte Wolfgang. Und da waren sie wieder alle und standen beieinander und es schien ihnen so viel daran zu liegen, dass alles gut würde.

„Wenn ein Seesteiner schweigen will, dann schweigt er“, murmelte Oma.

Später saßen sie in Oma Ediths Küche und nun war auch Maggie wieder da. Sie sah aufgeräumt und zufrieden aus.

„Wo warst du?", fragte Isabell.

„Och, in Flensburg."

„Was hast du da gemacht?"

„Dies und das."

„Aha."

„Genau." Sie nahm ihr Bierglas und prostete Isabell zu.

„Sag mal, Stephan, wo ist eigentlich Matthias? Weißt du das inzwischen?"

„Er wollte schon längst wieder hier sein, er ... da ist er ja."

Matthias kam herein, zog seine Jacke aus, setzte sich und wirkte irgendwie paralysiert.

„Was ist denn?", fragte Stephan.

„Nichts."

Und so saß er schweigend weiter da und starrte vor sich hin. „Jetzt sag uns doch bitte, was los ist", bohrte Stephan weiter nach.

„Ich musste nach Hause, weil ich dachte, dass ich nicht abgeschlossen hätte ...", begann Matthias tonlos und stockte.

Isabell wurde unruhig. „Ja, und?"

„Es war aber zu. Ich hatte abgeschlossen. Dann bin ich zurückgefahren und plötzlich ging das Auto aus. Vor der Schlachterei. Und da sah ich diesen Kerl. Diesen Winkelbach. Ich wollte rein in die Schlachterei und um ein Überbrückungskabel oder so bitten, aber durch die Scheibe konnte ich erkennen, dass die riesigen Streit hatten. Und dann ... bin ich näher gekommen, weil es anfing zu nieseln. Die Besitzer der Schlachterei ... also ... und da war noch dieser Hinnerk und sie stritten sich, das hab ich durch die Scheibe gehört. Und dann … also, die Sache ist die, dass wir uns, glaube ich, um irgendwelche Anzeigen keine Sorgen mehr machen müssen."

„Warum?", wollte Oma wissen.

„Weil es so ist. Meiner Meinung nach. Ich persönlich werde mich allerdings die nächste Zeit vegetarisch ernähren."

Stille.

„Was sagst du da?"

„Moin." Hinnerk kam rein und setzte sich ungefragt. „So schnell kann's gehen, nech."

„Ja, aber, Hinnerk, WIE DENN?", fragte Oma.

„Och, Grethel und Paul haben doch den großen Fleischwolf."

„Ihr habt Winkelbach zerhackt?", schrie Oma und Hinnerk nickte stolz.

„Oh nein, oh nein", sagte Isabell.

„Was für eine Aufregung", rief Sarah und schien dabei mehr froh als schockiert zu sein. „Aber wie gut. Dann kann ja hier alles seinen gewohnten Gang gehen."

„Im Fleischwolf", sagte Oma. „Wie konntet ihr nur? Das muss doch alles gereinigt werden!"

„Er ist mit einem Messer auf mich losgegangen", sagte Grethel und Paul nickte nur. „Wie ein Irrer. Er sagte, er würde uns alle fertigmachen, wir sollten als Erste unterschreiben, dass wir aufgeben. Und außerdem hat er gesagt, er wüsste Bescheid über die verschwundenen Männer."

„Wenn wir nicht aufpassen, weiß darüber bald ganz

Deutschland Bescheid", sagte Isabell. „Und es wissen jetzt schon zu viele Menschen."

„Wir sagen nix", versprachen die anderen.

„Dann hat Paul das Bolzenschussgerät genommen", sagte Grethel. „Bumm, weg war er. Kurz und schmerzlos. Davor hat Hinnerk ihn noch unterschreiben lassen, dass er seine Anzeige zurückzieht. Clever!"

„Kann ich nicht doch Irmeli anrufen?", fragte Gernot. „Und sie bitten, herzukommen? Das hört sich gut an."

„Was machen wir jetzt mit den Anzeigen, die Winkelbach aufgegeben hat?", fragte Hulle. „Die bestehen ja noch."

„Um das Ordnungsamt müsst ihr euch nicht kümmern." Maggie lächelte huldvoll. „Habe ich erledigt."

„Also langsam verstehe ich gar nichts mehr", sagte Kalle.

„Man muss auch nicht immer alles verstehen", sagte Maggie. „Ich sage nur so viel: Die Anzeige gibt es nicht mehr und die Presse wird darüber auch nicht berichten."

„Aber warum? Wie hast du das gemacht?"

„Tja", sagte Maggie. „Irgendwas muss ich ja auch können."

„Nun", sagte Oma. „Also dann … wie sieht es aus? Ich brauche jetzt erst mal einen Schnaps. Und dann … würde ich sagen, machen wir mit unserem Projekt weiter! Wobei … Projekt hört sich so ernst an. Und wir wollen ja Spaß haben."

„Genau!", riefen alle.

„Also, dann machen wir doch mit unserer lustigen Familienplanung weiter", sagte Oma. „Mal sehen, wo uns das alles hinführt. Krempelt die Ärmel hoch."

Und alle taten, was sie sagte.

„Morgen schütten wir den Keller zu", sagte Hinnerk, als sie sich spät in der Nacht voneinander verabschiedeten.

„Gut." Isabell nickte und er verschwand in der Dunkelheit. Die anderen waren schon in die Scheune gegangen und Kalle und Hulle saßen noch bei Oma in der Küche. Sie stand alleine draußen und schaute in die sternenklare Nacht.

Was waren denn das bitte für Tage gewesen? Was war innerhalb von kürzester Zeit alles passiert! Und dieser Zusammenhalt!

Und dann … die Sache mit Stephan und Kalle.

Es wäre alles perfekt, wenn sie jetzt noch glücklich wäre. Also rundum glücklich. So mit allem Drum und Dran. So mit Mann.

Wie aufs Stichwort kam Matthias Hellberg aus Omas Haus und ging zu seinem Auto.

Er drehte sich kurz um und sah sie an, hob die Hand zum Gruß und lächelte sein liebes Lächeln.

Isabell zog die Schultern hoch, weil ihr plötzlich ganz kalt war. Er kam näher und es kam ihr so vor, als würden sich diverse Puzzleteile zusammenfügen.

„Ich fahr dann mal", sagte er. „Und wünsche euch allen alles Gute."

„Was meinst du denn damit?"

„Dass ich das nicht mehr kann", erwiderte Matthias.

„Was denn?"

„Ich gehöre nicht zu den Männern, die viele Worte machen", erklärte er. „Ich bin eher der introvertierte Typ. Mein Cousin ist da ganz anders oder beispielsweise Bernward. Ich kann meine Gefühle nicht so zur Schau stellen. Im Stillen hatte ich gehofft, dass du es trotzdem merkst …"

„Ja“, flüsterte Isabell, während er noch näher kam.

„Was ja?“, fragte Matthias.

„Manchmal ist das Glück so nah, dass man nur danach greifen muss“, antwortete sie. „Es ist direkt vor uns.“

Sie standen da und schauten sich an.

„Na endlich“, raunte Oma, die im Haus am Fenster stand, leise. „Und ich dachte schon, die beiden Königskinder kapieren es nie.“

„Die machen aber gar nix, die gucken sich nur an“, wunderte Kalle sich.

„Was glaubst du, wie du aussiehst, Schwuppi, wenn du Stephan anschaust. Und nun lasst uns zu Bett gehen.“

„Sind die jetzt ein Paar?“, fragte Hulle.

„Das will ich doch schwer hoffen“, polterte Oma. „Hier müssen langsam mal geordnete Verhältnisse herrschen. So geht das ja nicht weiter!“

„Ach, die Liebe“, sagte Hulle. „Vielleicht finde ich sie ja auch irgendwann. Ansonsten habe ich wenigstens noch Bridget. Sie gibt keine Widerworte und ist einfach da.“

„Dazu sage ich jetzt nichts“, seufzte Oma. „Auf ins Bett.“

Sie löschten das Licht und gingen nach oben.

Isabell klopfte sanft an Omas Tür.

„Ja?“

„Ich bin’s, Oma.“

„Klößchen. Komm rein.“

Isabell huschte zum Bett ihrer Oma und setzte sich an den Rand.

„Es hat sich alles so verändert. Alles, in den paar Tagen. Es ist nichts mehr wie vorher."

„Das ist doch auch gut", sagte Oma. „Veränderungen sind immer gut, dann entsteht etwas Neues."

„Ich war gerade draußen mit Matthias … du hattest recht mit dem, was du sagtest, übers Glück."

„Ich weiß. Und siehst du, so fügt sich alles. Es sollte wohl so sein."

„Plötzlich fühle ich mich so froh und befreit und bin gleichzeitig so durcheinander, Oma. Wie ein kleines Kind irgendwie."

„Das macht nichts, Klößchen. Ich bin ja da und ich kümmere mich um dich."

„Du? Oma, du sollst dich schonen."

„Bei der wilden Horde, die uns momentan umgibt? Nein, nein, Klößchen, mach dir mal keinen Kopf. Mit geht es besser als je zuvor. Ich habe tatsächlich das Gefühl, erwachsen geworden zu sein. Und das ist ganz, ganz toll!"

„Ach Oma …"

„Und nun lass uns schlafen. Morgen ist ein neuer Tag und wir haben viel zu tun. Es müssen noch weitere Leichen entsorgt werden."

„Du bist unmöglich, Oma."

„Ich weiß. Also, dass Hinnerk den Winkelbach in den Fleischwolf geworfen hat. Was für eine Arbeit, den sauber zu kriegen. Na ja, vielleicht gehe ich morgen zu Grethel, schlage ihr vor, eine Sodalauge anzurühren …"

Isabell brauchte sie nur kurz mahnend anzusehen.

„Nein, du hast recht, Klößchen! Darauf kann Grethel auch selbst kommen. Ich bin ja jetzt erwachsen!"

Drei Monate später

Das „Kronenstübchen“ war voll besetzt. Julchen und Walther hatten die Zimmer renoviert und waren auf Monate ausgebucht.

Denn das Konzept hatte eingeschlagen wie eine Bombe. Die Kombination von Anti-Stress-Behandlungen, Burnout-Prävention und Familienurlaub war wunderbar von der Presse aufgenommen worden. Seestein war wieder zu einem Schmuckstück geworden. Hier gab es jetzt eine Kindertagesstätte, wo der Nachwuchs betreut wurde, während die Eltern es sich gutgehen ließen, es gab natürlich auch Angebote für Einzelpersonen. Oma und Hulle sausten mit den Leuten durch Wald und Flur, schwammen in der See, man brüllte sich an und ließ alles raus – um sich zum Schluss wieder zu vertragen.

Kalle ging ganz in seinem Kosmetik- und Friseurstudio auf und hatte alle Hände voll zu tun. Er war immer noch nah am Wasser gebaut und heulte bei vielen Gelegenheiten. Stephan hatte sich mittlerweile halbwegs daran gewöhnt, und er sagte auch nichts, als Kalle beschloss, nach einer Doku im Fernsehen einen herrenlosen Hund aus Gibraltar zu adoptieren. Der kleine Fips und der blinde Bosko wurden ein Herz und eine Seele und Kalle war glücklich, Gutes getan zu haben. Isabell kümmerte sich um die Reservierungen, plante Sonderaktionen und einen Weihnachtsmarkt. Kurzum: Sie war nur am Wirbeln. Manchmal, nur manchmal, fehlte ihr die Großstadt ein bisschen und sie überlegte, mal wieder nach Hamburg zu fahren, um abends einen draufzumachen – dann aber fiel ihr ein, dass sie hier in Seestein so gut wie jeden Abend bis in die Puppen zu tun hatte, da blieb für Hamburg gar keine Zeit. Und Seestein war wirklich ein Zuhause geworden.

Matthias hatte eine Praxis in Seestein eröffnet und hier konnte man nun auch eine „richtige" Therapie machen. Die Presse jubelte, als der Biomarkt zum ersten Mal stattfand und eine Art Tag der offenen Tür angeboten wurde. Seestein war nun *das* Urlaubsziel an der Ostsee!

Bernward arbeitete nur noch in Teilzeit als Staatsanwalt, die meiste Zeit war er hier, um sich mit Maggie zu kabbeln, die sich mittlerweile von ihrem Mann getrennt hatte und gerade überlegte, in Seestein als Zahnärztin tätig zu werden. Die beiden waren ein Paar, ohne dass das jemals offiziell so gesagt wurde. Jeder, wie er mag – und sie wirkten sehr glücklich dabei. Isabell hatte Maggie mal in einer ruhigen Minute gefragt, wie sie es denn nun hinbekommen hatte, dass die Sache mit der Anzeige wegen des Bordells fallen gelassen worden war. Und Maggie hatte ihr anvertraut, dass auch sie mal jung gewesen war und Geld gebraucht hatte – und in einem gewissen Etablissement gewisse Leute erkannt hatte. Und die ehrbaren Männer wollten ja nicht, dass Gerüchte über ihre Vergangenheit in die Welt gesetzt wurden.

Elli hatte in ihrer Zoohandlung gekündigt und war nach Seestein gezogen. Sie kümmerte sich gemeinsam mit Hulle um die Entstehung eines Streichelzoos und hatte auch keine Angst mehr vor Hühnern. Man sah sie oft mit Hulle spazieren gehen. Manch einer behauptete, sie würden Händchen halten. Es wunderte letztendlich niemanden, als sie verkündeten, zusammenziehen zu wollen. Die beiden passten einfach wunderbar zueinander. Die Trennung von

Bridget Big Boob fiel Hulle nur ein paar Sekunden schwer und er rechnete es sich hoch an, dass er sich so schnell von ihr lösen konnte – an einen Luftballon geknotet ließ er sie in die Luft steigen und hoffte, dass der neue Besitzer viel Freude an ihr haben würde.

Wolfgang leitete die Kindertagesstätte und hatte eine wunderbare Assistentin an seiner Seite: Sarah, die keine Lust mehr auf Autohäuser hatte. Sie verkaufte alles und ließ sich in Seestein nieder. Und würde in ein paar Monaten ihr erstes Kind bekommen, was Wolfgang an den Rand eines Nervenzusammenbruchs brachte. Dass er mal Vater werden würde, hätte er nie zu hoffen gewagt.

Auch Gernot war geblieben. Angeblich hatte Irmeli ihm keine Schwierigkeiten gemacht, als er sich trennen wollte, und angeblich sei sie ins Ausland gezogen. Als man allerdings eines Nachts Hinnerk und Gernot mit einem schwarzen Sack herumlaufen sah, glaubte niemand mehr so recht an die Geschichte, aber es fragte auch niemand. Es gab schon genügend Leichen.

Der gute Hinnerk hatte auch dafür gesorgt, dass Isabell von ihrem ehemaligen Chef, Big H, eine schicke Abfindung bekommen hatte. Sie wollte sich bei Hinnerk dafür bedanken, aber der sagte einfach nur „Wir Seesteiner halten zusammen“ und das war für Isabell das größte Lob.

Julchens Bäckerei lief wie geschnitten Brot, genauso die Schlachterei. Den Fleischwolf hatte man auch wieder sauber gekriegt.

Und so saßen sie heute wieder alle zusammen, „die ganze Familie“, wie Oma gern sagte, redeten über den Tag, tranken Bier und freuten sich, dass alles so gut lief.

Isabell war restlos glücklich. Alle, die sie hier saßen, waren glücklich oder sahen zumindest so aus.

Mit Matthias war es wunderbar. Sie verstanden sich ohne große Worte und es war so, als seien sie einfach gemacht füreinander. Und da saß Oma und lächelte ihr liebes Lächeln.

Isabell stand auf und setzte sich zu ihr. „Geht's dir gut, Oma?"

„Aber ja, Klößchen. Du hast wieder abgenommen, das steht dir wunderbar. Ach, ist das nicht schön! Wie wir hier alle zusammen sind? Und das, was wir tun, tun wir für uns. Und ist es nicht witzig, dass ausgerechnet hier jeder Topf seinen Deckel findet?"

„Ja, das ist großartig", sagte Isabell. „Jetzt fehlt nur noch dein Deckelchen."

„Ach was, Klößchen, in meinem Alter macht man sich über so was keine Gedanken mehr. Ich bin glücklich, gesund und zufrieden. Ihr alle seid hier und das ist gut. Mehr brauche ich nicht."

Da ging die Tür auf und ein älterer Herr betrat das „Stübchen". Er sah in die Runde, entdeckte Oma und kam mit schnellen Schritten auf sie zu.

„Edith?"

Oma saß regungslos da und starrte den Neuankömmling an.

„Nein", flüsterte sie schließlich.

„Doch", erwiderte er. „Ich bin es."

„Erich", sagte Oma. „Erich Staudenhaus."

Er lächelte. „Genau."

„Himmel", sagte Oma. „Wie um alles in der Welt …"

„Deine Enkelin hat mich ausfindig gemacht", erläuterte Erich. „Darf ich mich setzen?"

Oma rückte bereitwillig zur Seite. „Also so was! Klößchen! Also so was. Erich. Wo warst du?"

„In Hamburg", sagte er. „Also gar nicht weit weg."

„Ich bin fassungslos", sagte Oma. „Dass wir uns noch mal wiedersehen. Ich hatte ja tollen Sex mit Erich", sagte sie in die Runde und alle nickten.

„Schade, dass es hier kein Schwimmbad mit Dreimeterbrett gibt", sagte Edith.

„Oma", sagte Isabell. „Also wirklich."

Und alle lachten. Die ganze Familie.

Isabell lehnte sich zurück.

Das Leben war schön. Punkt.

– ENDE –

Miranda Dickinson

Acht Wochen und ein Leben lang

Deutsche Erstveröffentlichung

Plötzlich ist Nell Sullivans Zukunft völlig ungewiss. Als ihre Beziehung zerbricht und sie ihren Job verliert beschließt sie, für acht Wochen zu ihrer Cousine nach San Francisco zu fliegen. Sie fühlt sich so frei wie seit Langem nicht mehr! Hier hat sie endlich Zeit für ihre größte Leidenschaft: Das Backen. Alle reißen sich um ihre Leckereien und mit einem Mal scheint ihr Traum von einem eigenen Diner greifbar - und vielleicht sogar der von einer neuen Liebe?

ISBN: 978-3-95649-606-6

9,99 € (D)

Deutsche Erstveröffentlichung

Susan Mallery

Der Für-immer-Mann

Quinn glaubt nicht, dass es die richtige Frau für ihn gibt.

Doch bei einem Wettkampf begegnet er der Selbstverteidigungsexpertin D.J., die ihn buchstäblich aus den Socken haut. Zwischen ihnen sprühen vom ersten Augenblick an die Funken. Da passt es sehr gut, dass D.J. ihn als Ausbilder haben möchte. So kann er ihr körperlich umso näher kommen. Nachteil: Emotional beißt er bei D.J. auf Granit. Doch so leicht lässt sich ein Special-Forces-Mann nicht von seinem Ziel abbringen ...

ISBN: 978-3-95649-624-0

9,99 € (D)

Originalausgabe

Tanja Janz

Krabbe mit Rettungsring

ISBN: 978-3-95649-568-7

9,99 € (D)

War es wirkliche eine gute Idee, an einer Abnehm-Show teilzunehmen? Das fragt sich Mittdreißigerin Nina, als sie in Seenot im kalten Wasser vor St. Peter-Ording treibt. Und das nur, weil ihre blöde Weight Fight-Kollegin Silke mit den Katzenfoto-Shirts ihre Surfkünste maßlos überschätzt hat. Können Nina und ihr Team nun noch gewinnen? Und warum muss ausgerechnet Rettungsschwimmer Veit sie aus dem Meer fischen, der die Abnehmer abschätzig „Krabben mit Rettungsring" nennt? Ja, sie sind alle füllig und sie haben vielleicht zu lange in der Sonne gebrutzelt. Aber sie wird es ihm und allen anderen zeigen - zusammen mit Silke, Paul und Edwin, der besten Abnehmtruppe der Welt.